漫娱图书
SINCE BOOKS

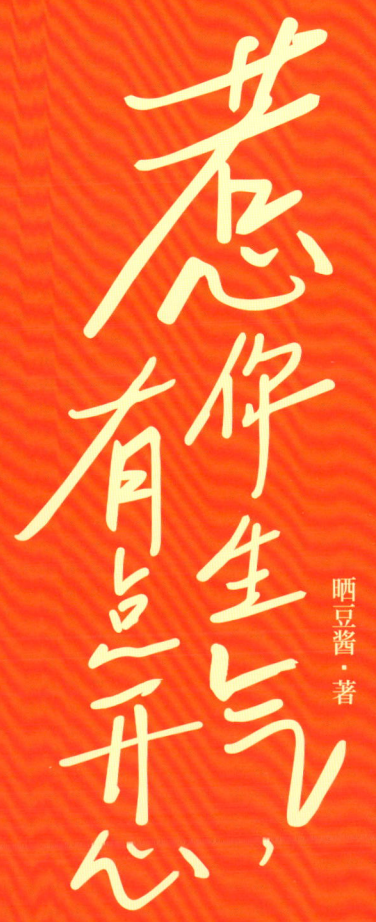

惹你生气有点开心

晒豆酱 · 著

长江出版社 CHANGJIANGPRESS　漫娱图书

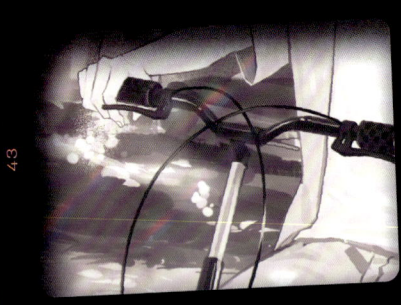

☆☆ 22. X SXY.

惹你生气,
有点开心!

2018.06.02

Sweet Mischief

目录

致5000米长跑运动员：

今天，你的身影成就了赛场最壮观的风景线。前一刻你踏上起点，奔上跑道，下一刻你驰骋前进，英勇无边！

5000米，对于小小的我，是一种无法想象的恐惧和挑战，可对于你，却是可以尽情燃烧魅力的角斗！

看着你奔向终点的背影，或许比赛输赢已然不再重要。因为你已然战意胜火，战功显赫！加油！

高三（9）班投稿

CHAPTER

"你好，我叫苏晓原……苏门答腊的苏。"

新同桌
Xin Tongzhuo

01

"你好，我姓张，嚣张的张。"

新同桌

CHAPTER 01

八月初，知了叫疯了，操场在暴晒下显得比往年更旧。这天，和区一中的高三生提前开学，操场上乱糟糟的，像集市一样。

何安从小卖部过来，跑得直喘气，把饮料扔给了陶文昌："昌子，给！怎么样，夏训提速了吗？"

陶文昌汗流浃背，一脸鄙视："我一跳高尖子，你跟我扯提速？你怎么不问问我爆发力和软开度呢？"他一面接着压腿一面往嘴里灌水，"差不多 1 米 95 吧，你呢？"

何安是铅球队的，人高马大，平且宽的背阔肌把运动衣都撑鼓了，他手肘还贴着一大块膏药："没进步，也就那样儿吧。你真牛，今年吉林省的纪录 2 米 12……对了，你刚才看见门口分班的告示了吗？"

"看了啊，"陶文昌长得倍儿抢眼，很高，人又精明，好多人迷他，"学校也忒不地道了吧？就说咱们这帮体育生不行吧，也不至于单独弄个班出来。"

何安更高，XXXL 码的校服披在身上，一般人真不敢惹，实际他却胆小得像个小仓鼠，还会做针线活儿呢。

"要真是队里那帮体育生也就算了，咱们又不闹事儿，充其量就是文化课不太行。敢情高二期末联考就为了分班，年级后 20 名和体育生划拉到一块儿，这可热闹了。"

"我看班主任还是老韩，这一年可累坏她。"体育生都提前到校，上课前要进行晨练，陶文昌按摩着脚腕子，顶着太阳说，"今年够热的。"

何安长了个书生脸，却是个扔铅球的，晒得黝黑也不显他多粗犷。

"昌子，我看分班名单上……祝杰那帮人也在 9 班。你说这课还能上得下去吗？"

陶文昌累死了，拿命换的 1 米 95，躺在垫子上喘气。

"祝杰再浑也不敢跟老韩杠，别的课……悬。大腿根儿撕裂了似的，真疼，我以后再陪张钊跑步我就是傻瓜！"

"钊哥知道了吗？"何安书包里还装着一瓶饮料，给张钊留的。

"知道了啊，还能怎么着？跟教导处反应去？说你们真过分，看不起我们体特生是吧？闹起来了算谁的？"陶文昌歇了一会儿，爬起来，把腿往专门压腿的铁爬架上放，一下脚高过头，往狠了压，疼得咝咝吸气，"夏训你看见他了？"

"没有啊，他高二就不参加夏训了，可惜了。"俩人练的项目不一样，何安永远压不上这个腿，可上肢肌肉已经练得很有料了，"咦，钊哥人呢？"

"跑着呢，他一跑步机器，不活动开了，难受死他。"陶文昌往第 8 跑道上看，正巧一个白上衣、湖蓝短裤的影子跑过来，带着风，快如箭，冲破了这一天燥热的空气。

"昌子掐表啊！"张钊冲过去的时候喊，运动裤被风压着，包得大腿很好看。

光看一个背影，就知道这人绝对是田径队的，一对儿跟腱那么长。

"钊哥跑多久了啊？"何安擦着头发间的汗问。

陶文昌像报菜名似的往外吐露："这家伙，5 公里下来我还抻小腿呢，他扭身加速跑又惯性跑了 5 组，这不，冲刺呢……"

"说我什么坏话呢！掐表没有啊！"张钊过来的时候也气喘吁吁，汗水流进眼睛里，一阵刺痛，"今年夏天真是太热了！"

"钊哥给，先喝几口，冰的！"何安把饮料扔给他，"分班名单你看见了吗？"

"我又不瞎，能没看见吗？"张钊的上衣全湿，穿着特别短的田径短裤，就为了减少那么一点点的风阻，两条腿晒得黑到泛油儿，有种阳光下挥洒大汗过后的朝气。

"祝杰他们在咱们班是吧？"张钊坐在地上换完了白袜子。

"是的。"陶文昌拎着仁人的书包，三个人一起往教学楼里走，"祝杰、薛业，都分9班来了。从前咱们好歹还在8班，这回倒好，九九归一。"

"来就来呗。谁怕谁！"

进了教学楼，仁人先往男厕所走，擦一把汗再换校服。湿透的上衣扒下来，衣服下是三副挺拔的好身材，从肌群分布上来看，能很轻易地辨认出他们练的个人项目。

何安是大肌群，陶文昌是小肌群，张钊最匀称，逆天的小腿后面还挂着汗珠，可想而知他蹿高的时候肌肉有多酸。仁人嘻嘻哈哈你笑我骂，在一声声"有病""你是不是傻""你裤衩儿破了"的互损中走进了崭新的9班教室。

新班级找新座位，张钊很有自知之明，自己那破成绩，再加上1米85的个子，直接往最后一排找。这不，第4组第8排的桌面贴着他的名字和学号。

这个位置钊哥就很满意了，方便睡觉、溜号儿、看小说。落座之后张钊往后挪了一下椅子，噔一声，直接把椅背顶到了后墙。

怎么教室这么小啊？钊哥不是很满意。

后黑板还空着，教室比从前8班的还小。看来一中真是不重视这个新分出来的9班，摆明半放弃的态度了吧？

何安轻微近视，坐第1组的最后，戴上眼镜总有一种差生还想努力一把的样儿。

"钊哥，钊哥！昌子坐哪儿了？"

"你不是吧？"张钊服他了，运动包直接扔在同桌的桌子下面。桌上没有贴学号，看来这位置没人坐。"就你这视力，市里比赛可别把铅球扔歪了，砸了裁判你要负责的知道吗？"

何安其实看得见，就是没话找话，同学陆陆续续地进来，坐他周围的全不认识，他又紧张道："看见祝杰和薛业了吗？"

"没有啊……你是开光嘴吧？"张钊正往前头找陶文昌，俩高个儿就从前门进来了，还穿着田径队的运动衣。其中一个连书包都没背，就这么直接上课来了。

祝杰，张钊队里队外的死对头。薛业就更别说了，祝杰的小跟班儿，在体特生这个拿成绩说话的圈子里，薛业就属于根本说不上话的。

"嚯，人齐了啊。"祝杰新剪了圆寸头，上来把仨人看一圈，"又没看见你夏训，真不练了啊？别是跑不出成绩就不敢跑了吧？"

张钊的脾气直接上来了："我练不练用你管？想高三老老实实过就别找事儿；不想过了，咱俩出去练。"

"我不跟你练，你也别想激我。"祝杰和张钊的梁子结得早，初三冬训的时候因为赛道过弯谁碰了谁大打出手，"这班的班主任谁啊？这么倒霉。"

"就韩雯，原先8班的老韩。那女老师挺凶的，办公室里谁都不敢惹她……"薛业像个小白脸儿，漂漂亮亮，把书包里的课本往外头拿，除了自己的还有祝杰那一份，"听说到现在都没结婚呢。"

张钊看薛业更不顺眼了，跑个步要他小命似的，传话倒是快。

"薛业别怪我没提醒你！进了9班就别说老韩坏话！"

"我说什么了？"薛业蔫儿坏，更何况仗着祝杰在，"你都不练了还成天牛什么啊？我是跑不过你，可我还练着，没放弃没认过输，你可别牛了。"

一句话扎进了张钊的心坎儿，他猛地蹿过来，刚挪好的椅子在地上划出刺耳的声响，椅子又咣当磕了后墙，墙皮眼见掉了一大块。

"欠收拾是吧！"张钊不练了，也就没那么多顾忌，后牙槽咬紧了显得特别狠。他左面头发里藏着一条不显眼的白痕，是一道口子。有些人追星就喜欢弄这个款，他不是，那是一道疤。也不是因为打架，是他高一上半学期为了增加足肌群的爆发力练习负重深蹲跳，咬牙完成了指标，结果没站起来，一头栽在水泥地上留下的。

体特生的每半秒、半厘米进步，都是拼了身体极限换的。

"钊哥！"陶文昌瞧着架势不对，从第六组直接跳过来，跃了两个桌子，和何安一左一右地拦着他，"钊哥你别冲动，有话好好说！老韩来了！老韩！"

"张钊！"韩雯刚踏进9班就看到有人要打架，何安、陶文昌在劝，大部分人则在看热闹，"干吗呢你！"

张钊立马松了劲儿，但这口气压不下去，挨个指了薛业、祝杰两人一遍。

"刚开学你就折腾，都回座位！"韩雯狠狠地拍了一把讲桌，太阳穴涨疼。张钊这小子让她愁得慌。

张钊对老韩还是很佩服的，假笑着回了座位。他唇峰高，不笑显得很冷，真心笑起来是一个很能叫人联想到操场上暖橙色的光和大朵大朵白云的男孩子。

8班本身就是排名最次的班级，是从高一入校开始，按照中考成绩排出来的。别说1班、2班那种尖子班了，哪个班都看不起他们。

可老韩这女人很厉害，把8班一盘散沙收拾得服服帖帖。她长得就是很厉害的样子，丹凤眼，戴眼镜儿，法令纹比同龄人深。没人猜得出她多少岁，肯定不年轻了，可也不显老。

这回更好，直接弄了个9班出来。坐下来的时候张钊在想，这回8班的那些老同学可以扬眉吐气咯，恭喜恭喜。

高三分班的消息韩雯早就知道，只是压住没说。

"现在班里的人都到齐了吗？"她问。

没人理她。不是不愿意搭理，而是刚组成的新集体，班长、副班长、各种委员都空缺。班里 45 个人，女生不到 10 个，谁也不知道到底来齐了没有。

"那好，我先做个自我介绍，以前 8 班的学生就不用说了，都我带的。"韩雯穿一身正装，6 厘米的标准教师高跟鞋，视线里除了 45 个孩子，还有最后排的一个摄像头，"从今天起，我就是咱们 9 班的班主任。不管大家愿不愿意，这一年你们得朝夕相处。所以我把话挑明了说，有情绪，操场上解决情绪问题。教室是学习的地方，明白了没有？"

"明白了。"底下稀稀拉拉地回应。

"狠话说在前头，下面咱们关上门说家常话。"韩雯把教室前门关上，楼道里的喧闹瞬间不再属于这里，"咱们这个班怎么来的，大家心里都有数。我也不想再多说什么，既然 9 班成立了，我就把你们当自己孩子一样，好好带着。我韩雯别的本事没有，就是护犊子，不管其他班的人怎么样，咱们 9 班的学生，我不会让你们受欺负，你们也别看不起自己。明白了吗？"

"明白了！""谢谢韩老师！"学生们雀跃起来。

韩雯的腰板挺得笔直："咱们 9 班的硬件条件是次一些，教室小，座椅比从前拥挤，你们体特生又高，行动起来难免磕磕碰碰，大家互相体谅一下。真打出毛病来，体考成绩还要不要了！张钊你说呢？"

刚趴下的张钊就怕老韩点他名字，挠了挠后脑勺："噢，我跟您保证，在教室里绝对不动手。"

"祝杰，你呢？"韩雯问另外一个。这小子曾经在 5 班，现在带着小跟班一起来的，虽然没接触过，可也不是善茬儿。

祝杰没说话，只点点头。

"行，既然咱们要在一起度过高三，从现在起就是 个大集体了。"韩雯自信，镇压得住高三（9）班，"接下来，我为大家介绍一位新同学，咱们 9 班 46 个人，争取顺利地度过高中最后一年。"

嗯？怎么回事儿？有转校生？张钊从地上捡起昌子扔的纸团儿，打开里头写的是：卖老韩一个面子，别在班里收拾他。唉，往后这班里可热闹了。

陶文昌扔完纸球儿的第一个反应也是，哪个人这么倒霉，插班插到9班来？

韩雯在办公室见过新生，班里这情况，新生不一定能融进来。

"9班今天成立，大家都是新同学，所以也没什么新旧先后……"

"报告。"声音在门外响起，很轻，轻到班里顿时哑然无声。在和区一中这样的高中，没有多少学生进门喊报告的，而9班里的这一帮人，进门前能敲两下门，都是给老帅面子。

"请进吧。"韩雯声音也轻，好像被门外的人影响了。

苏晓原是踩着预备铃进来的，不早也不晚，刚刚好。而在进高三（9）班之前，他的心理建设轰隆塌了一半。

高三这一年自己肯定是要回户籍地的，从他6月回到北城开始就一直做着心理建设，或者说从上高中开始——时间够长了吧？可苏晓原从踏进和区一中那扇很高却不算气派的正门，走过对奇装异服视而不见的门卫张大爷，看到满操场乱哄哄晨练的体育生的时候，他承认自己败了，他是真的不想进来。

在南城长大的他，早忘记7岁之前居住的北城是什么样子了。他熟悉的是南城那座城市，干净又充满温情，身边是淳朴的操着南城口音的街坊阿姨。北城于他只是一个户籍地，留下的印象不深也不美好。可他再不情愿也得回来，感受大北城的酷暑暴晒。

其实苏晓原是来一中踩过点的，在七月中旬的一天。

第一印象就是特别高的大铁门，墙头都比他从前的重点学校高，有点儿像……监狱？后来张大爷告诉他，因为一中的体育尖子太多，是出了名儿的体特生基地，不弄高了，那帮练体育的孩子直接翻墙走人，逮不住啊。

体育生？苏晓原根本不了解。从前的学校是南城知名的实验高中，很难考，从初中就在1班的他没体验过寒暑假，因为学校对尖子班有要求，假期每天也有半天的课程。可一中的教学楼静悄悄，不像有人的样子。

他问张大爷，暑假补课的学生呢？张大爷像听笑话儿似的，给这个一中准高三生开了门，带着他在操场走了圈。

"补课的？都在那儿呢！"张大爷指了指操场，正好一声发令枪响，吓了苏晓原一个激灵。

张大爷还说，一中很小，就操场还勉强能看，400米一圈8条跑道，都跑翻皮了，从来没有寒暑假补文化课的惯例。倒是那帮玩儿命的体育生没有假期，这是在赶夏训呢。

那天，苏晓原站在漆皮斑驳的篮球架旁边，刚下过雨，脚边一片泥泞，热气烘上来却丝毫没有湿意。整个塑胶场地都散发着被暴晒过的味道。从前的高中不是这样，操场大，人造草坪球场很干净，优秀毕业生一年比一年多。

现在，苏晓原站在9班的讲桌旁，眼里、心里、脑子里，全是迷茫。和他原来的教室比，这个教室太小、太破，和他原来的学霸同学比，这帮学生连校服都不好好穿。

好多人的桌面上连书都没有，都在低着头干自己的事，对他这个插班新生既没有明显的排挤，也没有明显的注意。苏晓原被孤立怕了，像站错了地方，迷茫又尴尬。

"我为大家介绍一下，这位是新同学，叫苏晓原。"韩雯打破了这场尴尬的宁静，"高三插班生不多，新同学从南城过来，对一中还不熟悉，大家尽快帮他融入环境……"

后面的话苏晓原实在听不进去，融入环境？什么环境？这种吃饱了混天黑、不知道明天能干吗的环境？他才不要。

张钊靠着椅背，长腿蹬着桌腿，一晃一晃地看着前方。他的想法和昌子如出一辙，插到 9 班来，可真是倒大霉了。

"大家好，我叫苏晓原。"轮到做自我介绍，苏晓原紧了紧手里的书包带，上回被这么多人盯着，是自己在学校礼堂代表高二（1）班发言。他还以为开学头一天会受到全班的打量，甚至小声非议，却没想到是这样一片尴尬的宁静，茫然的宁静。

越是静，他越是站得不安，喘了口气，重新说道："大家好，我叫苏……"

"哟，韩老师您在啊！"门被无礼地推开，进来的是教数学的老王，地中海，灰马甲，个子不高脾气挺臭，"要不，有事儿您下课再说？我该上课了啊。"

新生发言被王老师打断，韩雯心里不太舒服，护犊子技能被动点亮："王老师，这位是我们班的插班生苏晓原，正在做自我介绍呢。他入学考试的成绩我看了，非常优秀，数学英语这两科……"

"好的，我知道了。"老王不太愿意耽误工夫，1 班现在聚集了学校前 50 名的学生，都是重点培养苗子，9 班还能有个单拎出来的好坯子吗？这个班的学生能走体育的走体育，剩下的……

"我在说话，请您不要打断我。"可韩雯不卖年级组长这个面子，"苏晓原的数学很好，您得单独给他留作业，您 1 班用什么卷子，也得给他一套。"说完她又问苏晓原，"真抱歉啊，咱们班的座位和排名都是暑假前定好的，能暂时委屈你坐最后一排吗？"

被忽视、被鄙视的感觉苏晓原不陌生，可成绩上他还没受过这委屈。他的细嗓音，在 9 班里辨识度高得过分："能，我视力没问题。韩老师您安排我坐哪儿都行，王老师的数学课要是简单了，下课我自己去办公室要卷子。"

老王抬着眼镜瞥了这位插班生一眼，看得特勉强，没作声。

可这一下，趴在桌上准备补觉的张钊醒了。

可以啊，举目无亲插班来的，撅老王还挺有一套。更别说那一口标准的普通话，好听得厉害。像一杯清水，给干渴边缘随时爆发的张钊灌了一口，说着人间有多温软。

倍儿好听！

可南城回来的，他没有口音吗？张钊细细回味，逐字逐字地回味。普通话不像北城话，说快了不觉得，单独拎出来就很醒目。比如普通话说西红柿炒鸡蛋，北城人说出来就是"胸儿炒鸡蛋"。

敢情这小子不仅数学好，还挺咬文嚼字。

韩雯在看苏晓原的身高，中不溜儿，和体特生是没得比，可坐最后一排也没问题。

"张钊，"韩雯看了一眼第4组，"坐你旁边行吗？"

张钊愣了，内心茫然。他茫然地看了一眼右手边的空位置，想说不行。

"韩老师我觉得……"张钊直起身来，准备拒绝。然后冥冥之中有一股力量，把他拒绝的视线从韩老师的脸转移到了苏晓原的脸上。

"……完全没问题啊。"

不因为别的，单纯因为新生倍儿好看。看惯了体特生汗流浃背，他的出现，好比给干燥的跑道来了一场小雨，还是太阳没升起来的时候下的，不热，有晨曦独特的清凉，还有蜻蜓扇动小翅膀。

脸很小，圆的，水汪汪。眼睛大，也是圆的，也水汪汪。头发不太听话，总有一缕立着，但是不像刷完晨练的体育生，都是汗水，而像随时能冒皂角味道的肥皂泡儿。对上视线的刹那，张钊甚至觉得自己莽撞了。

韩雯也有私心，苏晓原的性格到了9班摆明要挨欺负，不如直接安排在张钊旁边。

"王老师，真对不起您，我们班新成立，我还得再啰唆两句。"

老王在旁边看起了教案："嗯嗯嗯，您说，您说，我不着急。"

韩雯看不上他区别对待的样子，当着学生的面也不好发作："时间紧迫，咱们还没来得及开班会。张钊，你暂时代理班长，行吗？"

张钊还沉浸在拿笔尖戳皂角肥皂泡儿的幻想里："啊？"

"班长你暂时干着。苏晓原坐你旁边，出什么差错唯你是问。"韩雯把重担子直接扔给了他，"然后……副班长，祝杰，你行吗？"

祝杰都披上校服外套准备睡了，抬头有蒙了一下："谁？"

"你，暂任副班长。其他班委待定，下午开班会！"韩雯开始往讲台下走，"王老师您上课吧，真不好意思。"

"没事儿，新集体且磨合呢。"老王拉了一把门，把班主任请出去，回头看见新生还站着，"你怎么不回座位啊？都要开始上课了……你们班谁是生活委员？粉笔呢？"

黑板槽比垃圾桶还脏。他又低头在讲桌里找了找，也没有。唉，这一帮不好好上课的学生。

"先自习吧，我去别的班拿盒粉笔去。"没有粉笔就没法上课。老王刚迈出前门，底下的假寂静瞬间被打破，你叫我、我叫你，投篮扔垃圾的、借水喝的……嗡嗡轰轰吵了起来。

乱，像最廉价的菜市场。就是没有人搭理插班生，视而不见。

苏晓原轻轻地叹了口气，往座位走。也好，没有人注意自己也好。

可在他往近了走的时候，张钊却越来越明白，为什么苏晓原站在班里特别清新，那么的与众不同。

因为他的校服太新了。别人的都穿过两年，能比吗？他一身新的不说，尺码还太大，特别是裤子，直接遮了他的脚背。蓝色的校服长裤配一件崭新的雪白运动短袖，左胸口绣着校徽。

可他走路的姿势……不大对啊。

一迈步，肩就有轻微的不自然摆动，并不明显。张钊纠正过半年踩地姿势，他知道这种情况是因为落地时把重心全放在了脚尖儿导致的。说直白些就是这人踮脚尖儿走路。

学跳舞的？张钊见过那帮跳舞的小子，走路外八字。苏晓原坐下之前他特意看了一下，苏晓原的右脚果真是个小外八。

前因后果地联想起来，张钊突然就有些受不了他了。咬文嚼字、自视甚高、跳过舞的，受不了，真受不了。

苏晓原却不知道自己的步态被人分析了个遍。他看向同桌，韩老师叫他张钊，离这么近看，这人比远看更邋遢。可最让他注意的是一双匀称有力的小腿。

好羡慕啊，苏晓原多看了几眼。张钊披着一件很旧的校服外衣，里头是运动上衣，橙色的，这要是在自己从前的高中绝对进不了校门。

鼻子好高啊，高高的鼻梁自眉心开始，眉毛压住眼头却放过了眼尾，往好听说是玩世不恭，说不好听了就是……痞。

可是却很抢眼。

"你好，我叫苏晓原……苏门答腊的苏。"他自以为幽默地说，帮自己缓解紧张。桌斗底下的地方被人占了，放着个鼓鼓囊囊的大运动包，自己的腿只好挤在一边。

张钊在队里待习惯了，特受不了这种动作幅度像小姑娘的人，轻蔑地点点头，学他，又像笑话他："你好，我姓张，嚣张的张。"

苏晓原没听出来，还害羞地笑了，笑一下，抿一下嘴——这是班里第一个和自己说话的人。

他这一抿嘴，张钊看到两个酒窝，浅浅的。俩人桌子紧挨着，他面朝左边想睡觉，没一会儿就卧不住了。

"你干吗呢？"右边的课桌总动，砰一下砰一下，始作俑者还在那儿捣鼓，手就没停下，给张钊惹烦了，"问你话呢，还能老实上课吗？"

苏晓原本来在认真地擦桌子，这会儿右手停在半空，没着没落的。不知怎的，他突然想起曾经的同桌，那个叫季重阳的好学生。他始终坐得笔直，成绩总能超过自己，校服还永远有柔顺剂的香味。会帮自己擦桌子，还会在自己偷懒开小差的时候提醒班主任在后门徘徊。永远不大声喧哗，不嫌自己动得多。

"我……咱们上课说话会扣分吗？"苏晓原不善于在上课时间交谈。以前哪儿敢交头接耳啊，班主任神出鬼没，可现在的环境简直就是菜市场刚开张。

张钊很看不惯1班那帮学生，身边这个更是受不了："扣分？我就问你，你能不动弹老实上课吗？"

"你胡说，我擦课桌呢，脏，不信你看……"苏晓原脸皮薄，叫人训一句能无地自容，他直接摸了一把课桌，手指头都黑了，"都是灰。"

"灰又怎么了，谁桌斗里没有啊，这不刚开学嘛。"张钊身边一直都是抗摔打的小伙子，头一回接触苏晓原，生出些坑蒙拐骗的坏心。

他摆出一副错怪他了的表情，态度温和显得很好接触："那你轻点儿擦啊，我补觉。"

苏晓原在9班举目无亲，还当张钊是真友好，未经世事地问道："那你要不要湿纸巾啊？我带了一大包……"说着看了一眼书包，拿出试图交新朋友的豪迈，"管够。"

四个白白的指肚，沾着灰，申诉它们的主人根本不应该坐在这个脏不拉几的教室里。张钊拿脚腕子钩了一把桌腿，动作生猛，直接亮出空荡荡的桌斗给他。

"你觉得呢？"这人有点儿意思，张钊像逗小动物，假装善良地笑。

空的，一本书都没有。苏晓原看不懂，睫毛和手指头一起颤了几下，继续试图交新朋友："那你平时上课的书……都放哪儿啊？"

"我？书？"张钊再哐当把桌子正过来，薄薄的运动上衣随着他的动作起了褶皱，显出一片刚干燥的汗渍。

"是啊，你书呢？"苏晓原擦干净手指头，从包里拿出一个新塑料袋，在桌腿儿上拴好当作垃圾袋。

这一通操作给张钊看蒙了，他一个男孩子讲究什么啊？这要是队里的新人，张钊能把人欺负到直接不练了。

"在你脚底下呢，别踩着我的包啊，脏了你给我擦。"不行了，假善良装到一半，失败。

因为身体原因苏晓原对别人的态度很敏感，他能感觉出来，张钊不太好相处，当下没有反对，只是很小心地把运动包往旁边挪了一点儿。

这一点儿，大概也就是1厘米。他必须得挪开，否则右腿这么支棱一上午，中午该站不起来了。

苏晓原动起来时手忙脚乱，明明像个练舞蹈的，可真不怎么协调，弯一把腰拿书都像要摔。

"喂，要不要帮忙？"张钊想起了老韩的话，苏晓原出任何状况，自己都要倒霉。

"我不踩你包。"苏晓原知道有些人很反感自己的东西被别人碰，还以为张钊怪他，"咱俩做个交换，你包放我脚底下，上课能不能别打扰我？"

性格还挺刚的，上来就别打扰我，仿佛预见张钊一定会打扰他似的。

"我不打扰你，你还准备认真听课？"张钊歪着脸看他，找到了新的乐趣。

他发现苏晓原脖子好细，头发好软，像随时欢迎人来揉，特别日系。张钊笑嘻嘻地盯着他，心里却在琢磨怎么修理他。望着苏晓原身上崭新的校服，他仿佛看到好多好多肥皂泡儿从他身上升腾起来。

皂角味儿的，一戳就破。破的时候还有啵的一声，碎掉的水珠全部砸在张钊脸上。

"嗯，我得好好听课……这个暑假没上补习班，也不知道你们课程的进度，我怕成绩下降。"苏晓原偷偷摸摸地说，好像没补习是件让他特别抬不起头的事。他冲着张钊笑，还用的商量的口吻。

可张钊看得出来，他笑不是因为真开心，是想增加好感度。这人聪明，新环境，没人待见他，越快认识核心人物就越能融进集体，跟自己熟络他不吃亏。

这可是你主动搭我的啊，别后悔。

"行，绝对不吵你，我睡觉。你好好上你的课，要是有人吵你，叫我，钊哥帮你教训他。"张钊虚情假意地帮他挪桌子。老王拿着一盒白粉笔进来了，先敲了几下黑板，示意准备上课。

韩雯的话并没有干扰他的授课进程，成绩很好的插班生？他看都不看。

"谢谢你啊，我也不吵你睡觉。"只有苏晓原一个人，认认真真把笔袋拉开。一个薄荷绿色的铅笔袋，张钊不想叫人看见他偷看了，但还是拼了命地往里头瞟。像笨拙的体育生扒在舞蹈教室外头，偷看那些准备变成白天鹅的丑小鸭们绷脚尖儿。

不仅偷看，他还很幼稚地数里头的笔。牛，粗算下来 20 根儿绝对有，红蓝黑齐全，还有荧光记号笔。呵，这不是白天鹅啊，这根本就是一只冒着肥皂泡儿的小仙鹤，静悄悄地，落在这一地鸡毛的差生堆里了。

张钊大咧咧地偷看。插班生手指头特别白，手掌很薄，所以中指和尾指的两块茧子就格外明显，红红的，都磨出光亮来了。他的右手戴着一块皮带手表，雪青色的表带箍着细腕子。

受不了，真受不了，男孩儿用雪青色，钊哥鸡皮疙瘩起了一身。

"下面大家翻开练习册 B 本的 17 页！"老王在上头喊，底下翻书的人寥寥无几，张钊闲得无聊，干脆戴上耳机听音乐，却总觉得今天的耳机有些问题，里头老有沙沙写字的声音，轻轻地擦着他的耳道、耳蜗，还是环绕音效。

真邪性！张钊看了一眼昌子和何安，俩人摊开书，都在底下干自己的事儿。

有时候，张钊总会发觉世界上有些无法理解的现象。比如，他耳机里的写字声，再比如，哪个奇葩排的课程表，一上午全是数学。

第一节课全是魔音灌耳的幻觉，第二三节课他做笔记，上头是老王念经一样的嘚吧。到了第四节课，他实在烦得够呛，干脆趴桌子上闭眼歇着。

老王的授课速度对苏晓原来说太慢了，他一边做笔记一边做带回来的练习册。正当他准备审下一道大题的时候，不知道从哪个方向飞过来一个纸团儿，狠狠砸在了他的太阳穴上。

不疼，可是砸得也不轻，是攥实在的纸团儿。

"钊哥……钊哥……"曾经8班的哥们儿把教室后门开了一条缝儿，"钊哥！喂，帮忙叫他一下！"

苏晓原瞥了一眼张钊，他没睡，就是不愿意搭理。自己更不想搭理了，谁也不认识，于是继续审题。

"嘿！叫他一下啊！"门外的急了，"你捅他一下，睡着了你叫他一下！"

苏晓原对一中学生肆无忌惮的胡闹彻底无奈，拿笔轻轻地捅了左边的人一下："喂，有人叫你呢。"

"干啥……"张钊早就醒了，腰上像被人挠了一把痒痒，柔柔软软的。昌子和何安都是一拳头呼过来，这种叫醒服务他还没享受过，"肯定又是借球儿，我篮球又不是公用的……跟他们说我睡了。"

说完翻向左边，残局留给了同桌。

苏晓原从来不在课上说没用的话，更何况自己坐第4组，离后门老远："他……他说他睡了啊，你们走吧，快走吧，我们这儿上课呢。"

几秒之后一个硬硬的纸球儿，精准无误地砸在他脑袋上："你再叫他一下啊！球儿！借个球儿！"

苏晓原心里特别不舒服，换了一个学校，待遇天壤之别。接二连三的纸球儿过来，有的砸在脑袋上，有的砸在身上。但更多的是在脑袋，外头的人找准了砸的。

"跟你说话呢！听没听见啊！"外头的两个哥们儿逃了第四节课，声音不大但明显急了，"你再叫他一下！"

苏晓原左右为难，只好放下圆珠笔，再碰一下张钊的胳膊。这回刚要说话，张钊却先一步坐直，伸一把懒腰，然后整个人斜靠过来，去够那个占地方的运动包。

"你！"苏晓原最忌讳别人碰他腿，刚才的好欺负全部不见了，被人揪了羽毛似的，猛推他一把，"你这人……你做什么！"

胳膊细，力气却大，一下把张钊的身体给推歪了，脑袋撞到课桌角上，动静很大。

张钊撞了额角。田径队一起撕腿拉膀子的，没谁像苏晓原，碰一下就跟被自己非礼似的："你有病啊！"

"这也是一道送分题……后面！你们干什么呢！"老王正在讲题，后头发生什么他知道，就是懒得搭理，这会儿忍不住了，"叫什么啊你！说你呢，张钊旁边的那个新生！"

苏晓原委屈到不想说话，恭恭敬敬地站了起来，眼睛瞟着同桌："苏晓原。"

"苏晓原是吧。"老王记下了这个名字，"怎么，学习好就不上课了？要打球和他们几个从后门走！别耽误别人，好歹屋里还有听讲的呢！坐下！"

"我没有。"苏晓原又委委屈屈地坐下了，脸涨得特别红。一个从没在班里挨过批评的尖子生，在9班快要待不下去了。

没等坐稳，左小腿猛地被谁扫了一下，他的重心全压在这一条腿上，身子立马歪倒。好在张钊还知道接着他，抬了一条胳膊过来，没让他歪在桌子上。

"啊！你……"这回他学乖了，声音很小，瞪着眼睛。

张钊很幼稚，你打我一下，我还手一下。更何况欺负新生太有意思了，再说他几句，估计他得抽搭着鼻子哭出来。

"我这是给你上课呢，别轻易跟体特动手动脚，我们反应快，有时候会下意识地还手，真把你怎么着了还是你吃亏。拿着球儿。"

说完把运动包里的篮球硬塞给他。苏晓原连球场都没上过，文绉绉的样子，抱着个大篮球很可笑。

"你给我干吗啊，我不要。"他不敢大声，怕老师再听见。

"谁说给你了啊。给他们，扔过去。"

门外头俩哥们儿在老王说话的时候躲起来了，这会儿又回来了："谢谢了啊钊哥，下午请你吃冷面！"

"别冷面了，你们能不能买个球去！占球架子别老用我的！"张钊用东西很独，也很霸道，他的运动柜从来不让教练碰，"扔吧，不然他们烦死你，多影响你上课啊。"

苏晓原，一个连上课说话都不敢的好学生，换个学校就要变成上课扔篮球的差生了。刚才挨骂的羞耻还没从脸上褪去，他支着很细的腕子，想把球还给张钊。

张钊给他吹桌边风："扔啊，刚才成心推我那么大劲儿，打球儿一定不错。"

"你！你心里摸摸正，我那是成心的吗？我真的不会。"几乎哀求了，再挨一顿批苏晓原真要无地自容，"你扔吧，我真不会。"

"这有什么不会的，你就扔，老王不管。"张钊轻轻地碰他胳膊，摸摸正，这一定是南城话了，倍儿好听，"你心里也摸摸正，老韩把你交给我了，我能害你吗？老王要说你，我替你挨批，绝不让他说你一句不是。"

苏晓原把球放在大腿上，挡着膝盖，并拢腿的坐姿像个少女。

"还是你扔吧，我没打过篮球，我的题还没做完呢。"

"你扔过去不就得了，他们特别烦，真的，我又不能出去。要不钊哥我早冲出去揍人了。是不是还拿纸团儿砸你了？"张钊心怀鬼胎地教他，因为刚才那一推，很幼稚地记上了仇，"疼了吗？"

苏晓原看着脚下满地的纸球儿，想说有一个挺疼的，都砸眼睛旁边了："不疼，你别出去打架，上课呢……这样不好。"

张钊假装听进去了，还点头："行，你求情我就不动手了。你别怕，使劲儿，能多大劲儿就多大劲儿，往后门一扔，齐活。"

苏晓原不想扔，上课交头接耳已经是他的极限，怎么能往后门扔篮球呢？他别别扭扭转了身子，双手抱球，像张钊教的那样使出最大力气扔了过去。

砰的一声，篮球没砸中后门的那条缝儿，正好砸在门板上。虽然他没打过篮球，可终究是个男孩子，扔球的力度不小。

一个打满了气的篮球，扔出去，再原路反弹回来，硬邦邦地砸了张钊看好戏的脸。

张钊捋了一把刘海儿，痛苦地低头。

这动静太大了，老王直接把教案拍在讲桌上："你！那个新生！起立！还上不上课了？不上课给我出去！"

苏晓原从没挨过当堂批评，还接连两次，除了捏紧的拳头，脚趾尖儿一点力气都使不出来。可没等他站起来，旁边一个高高大大的人先起来了，挡着了他，还捂着鼻子。

"干吗啊王老师，我扔的球儿，给您赔不是了啊。"张钊捏着鼻子，他打球还从没让人砸过脸。

苏晓原傻傻地看他，挨批这种事儿多下不来台，张钊竟然……真替自己扛了。张钊没耍他，说替自己挨批就真替。他真高，长腿站直了怪吓人的高，可他心好，没表面上看着那么坏。

张钊揉着鼻梁骨，给了苏晓原一个放心的眼神，心里想的却是，往后钊哥好好修理你。

CHAPTER

苏晓原，人有脾气，字如其人很纤秀。
干什么都特认真。

好学生

Hao Xuesheng

02

就这股认真，是9班学生里不可能
有的，让他一下脱颖而出。

好学生

CHAPTER 02

老王对差生班没耐心，尤其忍不了他们逃课打篮球，瞪圆眼睛的刹那，眼袋更凸了："你坐下！苏晓原！起立！"

苏晓原脸皮薄，起立活像受刑："王老师我……"

"你什么，球是你扔的，我还能瞎了不成！"老王气从中来，辛辛苦苦上四节课，底下没几个人听。可他又懒得说，底下不是体特就是根本不在乎成绩的。

"我……"苏晓原不敢解释。

"就你学习好是吧！啊，学习好，嫌我课讲得慢了，就不听了？刚来一天就和那帮逃课的混一起，你眼里还有没有课堂纪律！"老王的怒火已酝酿到爆发边缘，正好下课铃响了，把苏晓原给救了，"行，我也不说你什么了，省得你们班老韩找我……中午你们班找个人，当数学课代表，到我办公室里拿卷子。两套试卷，后天上课分析。"说完他抬脚离去。苏晓原像被人抽了骨头，软绵绵地坐了回去。

他想亲手挖开地板砖，挖出个地缝来，钻进去，再也不抬头了。

"喂，你没事儿吧？"张钊鼻子巨酸，假装关心，实际过来看笑话，"唉，不就挨批嘛，真不至于。一回生二回熟，以后有机会钊哥教你打篮球，行吗？"

苏晓原有气无力地瞪了一眼："你胡说。"

这个铃声对于苏晓原而言是挨批的结束，但对于9班，是提醒大家伙儿要吃午饭了。前头陆陆续续有人站起来，没人在乎谁究竟怎么扔了篮球，为什么好端端就扔了个篮球，好像 9 班的课堂出什么闹剧都正常。就连张钊也是，挨了一句不疼不痒的骂，一溜烟从后门跑了。

不得不说，收拾一顿新生，他有点开心。

9 班在四层拐角，张钊打开窗户换换气，按照惯例，不到十秒就会有两个人出现在身后头。

"恭喜啊，正班长。"陶文昌按着他拍了一下，声音响亮、劲儿够大。苏晓原究竟是怎么挨批的他清清楚楚，可他和张钊一样满不在乎。

"真没想到啊，钊哥你还有当官的一天，牛啊！新官上任三把火，先从新生下手了？"

"烦死我了，你爱当你当！"张钊把人掀下去，"何安呢？"

"说水喝多了，先去厕所。"陶文昌靠着墙，弯下腰摸脚尖儿，活动他因为坐了一上午而紧绷的大腿韧带，"现在训练量都大，他喝水多。"

张钊当然知道，何安是扔铅球的，正是身体要劲儿的时候。

"别提了，他胸那块儿都撑出裂纹儿了吧，一看就是急速增肌，胸推得过了，我一会儿得熊他一顿……这么半天，跑二层男厕所去了？"

陶文昌又钩起脚尖压小腿："可不是。四层厕所老有人偷着抽烟，咱仨可别。体育生惜命，二手烟滚蛋。"

这倒是，为了那点儿宝贵的肺活量，这仨人烟酒两不沾。俩人靠着窗等何安，后背斜靠着窗台的边儿，长腿往前伸得像准备绊谁一跤。

"钊哥……"陶文昌神神秘秘地靠过来，"祝杰、薛业那俩人，你觉得怎么样？"

"啊？"张钊往后仰着头，突出来的少年喉结上下滑动，早把欺负人的事儿抛之脑后了，"虽然我挺烦他们的，但是吧……祝杰那人，成绩放整个区都排得上名次，放远些，市里也行，我俩巅峰期能打个平手，就是他跑步的时候老用胳膊肘顶别人挺让人反感的。薛业……成天屁颠儿颠儿地捧着他杰哥，挺烦人的。"

陶文昌那张特招小姑娘喜欢的脸又神秘地靠过来："上回路过器材

间，我看薛业还给祝杰按摩呢……"

"这有啥的？咱仁训练住一屋的时候，不天天你揉我、我揉你嘛。"直到现在，张钊还能想起来那种疼。要不说体特生的关系都特别铁，能铁一辈子呢，集训的苦吃下来，每个人回宿舍都跟废了一样，一个趴一个身上，互相按摩，互相踩背。

身上没旧伤，就等于没练到位。

"不是，你都没瞧薛业那样……祝杰也不推他，大爷似的让他伺候。这俩人成天在一起……啧啧。"

"啊？就还……行吧。薛业是挺那啥的……反正也……唉……"张钊很不自然地动了动肩膀，像想解释，但又不知道该怎么说，他转移话题道，"哎，你管他俩干吗呢，只要不惹咱们，我不让老韩难做人……何安！这儿呢！"

何安傻憨憨的，还往教室里找人，两大步跑过来："钊哥，一楼领营养餐的地方就咱们班的没人抬，怎么着，班里谁去啊？"

"我把这茬儿给忘了！"张钊愁得想去楼下跑圈儿，班里没有生活委员，累活儿肯定落班长身上。最要命的是体育生的营养餐分量大，每个都是两份，跑一趟就是4箱。

谁说练体育不要钱啊？这都是钱！成绩一半靠拼毅力打比赛，一半靠吃靠补。

"走走走，先下楼拿饭去！"张钊没辙，老韩任命的正班长，他不好推脱责任。要是自己班学生再不给面子，班主任的威严怕是树立不起来。

"可咱们仁也不够啊，何安，从班里再叫俩人！"

"叫谁？"何安想不出来，瞧着旮旯里看手机的那俩人，"副班长和他小跟班儿？"

"你不提他，咱俩还是好朋友，提他就……"张钊往前门跑，准备抓几个壮丁，结果一眼瞅见在讲台上擦黑板的苏晓凉。

瘦，肘部拐弯儿都比别人的角度漂亮，用着踩脚尖儿的走路姿势，鹤立鸡群地站在前头。松松垮垮的校服上衣隐约透着他微凸的两片肩胛骨，真像个跳舞的。

苏晓原站着的时候总爱扶着东西，就像现在，擦个黑板都要抓着黑板槽，白皙的手指头扣得很紧。

送上门的小仙鹤，就他了！

"咦，你擦黑板啊？累不累？"张钊走过去问。

苏晓原扔篮球之前其实有些犯困，一个原因是昨晚没睡好。其次是老王的授课难度太没有挑战性，全是基础知识点，害他连做笔记都兴致缺缺。

谁知道最后还挨了一顿莫须有的批评，这会儿来擦黑板精神精神。何况班里没有人搭理自己，傻坐着，显得自己多不合群似的。

他被孤立怕了。

"不累。黑板能擦吗？"可张钊这一问把苏晓原吓住了，他以为还是在从前的高中呢，大家都抢着记知识点，"你要是没做完笔记，我做完了，中午借你抄行吗？我看没人擦，就……"

"没有没有，我怕你够不着。"张钊受不了他自作聪明，想惹他生气试试，"你要这么喜欢干活儿，以后你就当 9 班的生活委员吧，快，跟我们下楼抬饭！"

"啊？"苏晓原不太愿意干体力活儿，明显想推托，"可我没订饭啊……"但还是挪着外八的脚走过来了，每一步都比别人一步的跨度要小。

"快点，拿上来咱们赶紧吃。"张钊嫌他走得慢了，肥皂泡儿就是磨叽，迈什么小碎步啊，"对了，咱们班少个数学课代表，你当吧，吃完饭你去老王办公室里拿卷子……等等，刚才你说什么！"

苏晓原刚下一节台阶，单薄的后背试图去靠墙，怕站不稳："刚才？

我刚才说什么了啊？"

"你上学不订饭，中午喝西北风是吗？"张钊的声音不大，可他高，再加上体特生习惯动手的毛病，直接把苏晓原当作昌子、何安对付。

说一句话，还带推一把的。可他万万没料到苏晓原不经推，一推就掉了两节台阶，多亏靠着墙才站稳。

"妈啊……"张钊服他了，也怕了，这一下推下去不得了，老韩不批死自己，"敢情你脚底下不生根儿啊，中午不吃饭了？"

苏晓原紧紧贴着墙，小时候从楼梯上摔下去过一次，有了心理阴影："我家离得近，我中午回去吃……你手劲儿大，以后咱们说话……你能不能别动手。"

"噢，早说啊。"张钊觉得自己挺好笑，人家订不订饭，关自己什么事儿，"那你怎么还不走，擦黑板就那么有瘾。不走正好，下去跟我们仨抬饭。"

苏晓原不想给人留下太过娇气的印象，咬咬牙问："在几层啊？"

"一层啊，送餐公司才不管抬上来呢。"不用他说，张钊已经觉得这人矫情又娇气了，张钊叫上陶文昌、何安，"走，下楼吧，拿晚了班里再炸了锅。"

苏晓原也没说什么，慢慢地跟着他们，每一步都扶着楼梯的扶手。

前头三个体特生肆意地往下跳台阶，一蹦就蹦五六节，他眼热又羡慕，手抓得一紧再紧。

一层领餐处就剩下四个箱子，张钊在领餐名单的高三（9）班那排签了大名，指挥他们："昌子，你俩抬那个，我和他另外一个。"

陶文昌和何安以前经常抬饭，配合又默契，抬起来只走了几步一拐弯便没了踪影。苏晓原慢慢蹲下，他从没干过这份工作，腿也不敢直接使力，就先用两根指头去钩餐箱外的提手，想试试重量。

试了一下，拉不动，很沉呢。

"不用试，咱俩直接抬，你拿稳了啊！一、二、三！"张钊还特意看了一眼他的身高，不是特高，但绝对够用了，自己弯着点儿膝盖就行。

指使人家干了活儿，再晾着苦力就不太合适，张钊开始考虑能和他聊些什么。但自己跟他这种浑身上下散发着我很弱、我手不能提、你别过来啊的小仙鹤实在没话说，勉勉强强地问："你抬上去就赶紧回家吃饭吧，家不远吧？"

苏晓原跟着他的大步往台阶上迈，装出轻松的模样："嗯，我家离得挺近的，不坐公交车走一会儿……也能到。"

所有力气压在左腿，他像走钢丝的人，丝毫不敢大意，拼了命也要维持住平衡。

张钊带着他拐弯儿，倒着上了楼梯。现在他很后悔，因为他发现苏晓原是真没有力气。刚走到二楼，小仙鹤的肩膀就耸高了，可见他不会用下盘使劲儿。

结果就是大部分的重量全压在自己这边，和一个人抬差不多。

"你拿稳了啊，咱们快到了。"张钊尽量好脾气地提醒他，毕竟老韩把人交给自己了，"要不行你就说话，我上楼换人来……"

说时迟那时快，苏晓原一个屁墩儿摔在三楼的拐弯处，声音响不说，餐箱少了底端的托举瞬间大幅度倾斜，眼看就要以 50 米冲刺的速度往下滑落！

张钊傻了，救人还是救饭，他只能选一个。

滑下去后果不堪设想，一箱的饭菜全都得打翻。而摆在张钊面前的选择更是两难。要么，他箭步去拉苏晓原，放开手里的餐箱；要么，他紧紧拉住餐箱减速下滑，最后撞到苏晓原的身上。

几乎没过脑子，张钊就选择了后者。新生和自己不熟，显然比不上一箱营养餐重要。

"你拉不住你早说行不行！"张钊有点儿生气，他把压住苏晓原脚的餐箱推开，"队里那帮新人也是，就你这样儿，能跑不能跑也不吭声，傻不楞登跟着练……真练不下去了，队里成绩早被他们拖垮……挪挪脚，没压着吧？"

白色餐箱下面压着一双复古的胶皮底儿球鞋，本身很白很干净，现在沾了几滴汤汁。

苏晓原正好撞到膝盖，把脚收回来直接往下蹲。疼，特别疼，疼得他说不出话来。张钊的速度太快了，他在下头，本身就跟不上，越走越慢，高低差造成的倾斜度也越大。一着急，右脚磕在一节台阶上。

早年扎进屁股的那一针，生生扎断了他正常生活的后路。别人每一分每一秒里最正常的行走，他根本不行。

"怎么了啊？"张钊身边都是摔倒了爬起来接着跑的，头一回见被撞一下往下蹲的。

"没事儿，没事儿……嗞……你先走吧，我缓缓。"苏晓原倒吸着凉气，右膝盖疼得快烧起来。

"不是钊哥说你，你也太瘦了吧，胳膊和小姑娘差不多，脚底下没劲儿都是缺练。"张钊把餐箱拉到三层半的转弯处，交给下来接应的何安，"你拿上去啊，那谁摔了！"

"摔了？"何安一个人往上拉，推铅球的体格干这个，优势明显得不是一星半点，"怎么摔了啊？"

"谁知道……也怪我，非叫他下楼帮忙抬。"张钊挽着袖子往教室里走，第一箱已经被拿空了，"昌子，你拉俩人下楼抬另外两箱，赶紧去，别人班都吃完了往回送呢！"

陶文昌正看着视频里的小姐姐朝自己比心，放下手机抓了两个男生下楼了。

"钊哥，那谁，摔哪儿了啊？"何安从第二箱拿出6个餐盒来，这是他们仨的，"你就该和昌子搬一箱，非欺负那谁干吗啊……人家叫什么来着？"

"我怎么欺负他了啊？"张钊不想承认，"我看他没事儿做，帮他融入集体。"

"在队里的时候就数你爱欺负新人。"何安看张钊旁边的位置空着，课本码成端正的好几摞，一瞧就和别人不一样，"他叫什么来着？"

"苏晓原，名字都跟个小姑娘似的。你可不知道他多矫情，放个书还得擦桌斗。"张钊不吃肥肉，挑出来全扔了，瘦肉却往何安的米饭上放，"吃啊。"

何安有些退却："钊哥你别……我够吃。"

"让你吃，你就吃，瓶颈期怎么样了？多吃！多练！别多想！体特谁还没遇上过瓶颈啊。你看昌子，现在牛哄哄的，高一躲男厕所里哭那次，比你惨多了，大腿根儿叫杆子磨出那么大一片红，现在不也出成绩了嘛。"

何安知道张钊的意思，终于肯动筷子："谢谢钊哥……其实我昨天还想呢，自己到底适不适合走体特这条路啊。咱们文化课不好，再练不出成绩来真是没路可走。"

"呵，昌子那年也是这么想的。我跟你说啊，体特这条路只能闷头往前冲，比北影考表演还难呢。"两盒营养餐，瘦肉叫张钊全挑给何安了。谁让两个好哥们儿的家里条件完全天上和地下。

昌子家里有钱，搞体育是他愿意，再加上他确实在跳高这方面有天赋。从初中开始大小比赛就没断过，名次一直往前冲，经常上着课这人就没了，请假比赛为校争光去了。

可就算是这样的优秀苗子，也逃不过体特生的瓶颈魔咒。高一上半学期，陶文昌最痛苦的瓶颈来了，就差 0.25 米，1 米 83 的国家二级运动员标准高度无异于一道喜马拉雅山那么高的屏障，折磨得他寸步难行。

可 0.25 米的差距到了跳高场上，和差 25 米没有区别，都是压杆儿。

无论怎么加大训练强度，改变起跳习惯和肌肉记忆，愣是过不去。

这种痛苦无解，能把一个体特生的所有骄傲磨灭，体力磨尽。练到最后，陶文昌连起跳都不敢了，每回都压着杆儿落下去，那滋味很不好受，张钊特别懂。

能给他们无上荣誉的操场，顷刻之间凶相毕露，成了这帮练体育的孩子们的战场。

伤痛、失败……光张钊就见陶文昌哭过两回，一回是 200 米跨跳生生累哭的，一回是不服输地哭了。但眼泪帮不了成绩，只能咬着牙，再往上拼。

成绩雷打不动的滋味儿折磨死人，可冲过去了就是国家二级运动员，才能有参加体考的资格。冲不破的人满地都是，好在陶文昌有天赋，肯努力。一个国二成绩拿下来，再加上他名次已经冲到市级，只要文化课成绩别低得太过分了，基本上前途一片光明。

可何安这个家伙就比较倒霉了，7.26 公斤的铅球，死活扔不过 12.5 米，也是差一点，就差那么一点！更别说他家里条件差，训练服磨破了都是自己补的。

磨得满是血泡的大手拿着绣花针，钊哥都看不过去。

"多吃啊，下个月我订三份儿。"张钊很快挑完一盒，开始挑另外一盒。

何安默默地吃着，直到张钊快把第二份的肉也挑完。

"钊哥你吃吧，我够。"

"让你吃就吃，废话那么多。不吃你天天喝蛋白粉怎么着？"张钊把最后一块瘦肉塞过去，陶文昌才带着两个男生搬回剩下的餐箱。跟着进来的是苏晓原，一身肥大的校服，微微地跐着脚。

他走路真是颠颠的，虽然不明显。可还是叫张钊看出来了。

这么半天才爬上来吗？张钊愣着看他。

"你干吗去了啊？"

苏晓原不能说自己是缓了半天才走回来的，他完全可以说是磕疼了，好叫这个不负责任的班长感到自责。

"我顺路去了一趟洗手间……数学老师办公室在几层啊？我一会儿去拿卷子。"

嚯，挺高傲的。张钊现在知道自己受不了他什么了，就是身上那股劲儿，一股 9 班谁也没有的方向感。

他不该在这里，张钊知道，相信苏晓原自己也知道。9 班剩下的 45 个人全是找不到目标瞎凑热闹的迷糊蛋，折腾得再大也没用，成绩决定了他们未来的局限性。可苏晓原是以鸟瞰的方式在直视未来，他有蓝图，知道自己在干什么，要干什么，他能谈梦想，他马上就能起飞。

就很想一巴掌给他拍下来，听他骂"你胡说"。

"就四楼，你顺着楼道往外头走就能看见，年级组长那屋。"张钊发现苏晓原生气了，巴掌大的小圆脸上满是冷酷。

"谢了。"苏晓原累了。挪着一条使不上力气的右腿爬楼梯，累得他都不想回家吃饭。

张钊看着苏晓原的脚，原本不想帮他，可心想老韩既然把人交给自己了，还是问出了口："学校里你不熟，用不用我带你去？"

"不用，就这么一条路，我找得着……你吃饭吧。"苏晓原抓住薄荷绿色的笔袋，掩饰被盯着脚看的紧张。一紧张，笔袋拉锁没有拉开，赶紧假装翻书。

这是叫他看出来了？苏晓原像等待发落，翻书动作快得不像话，心里却小声地说："不会吧？这人什么眼神？肯定不是，这么多年了也没有谁看出来。"

"真不用我带你去？"张钊只知道他紧张，不知他紧张什么，"你自己……能去？"

苏晓原变了脸色："我自己当然能去。"

何安吃得忐忑，怕钊哥爱欺负新人的毛病又犯："你叫苏晓原是吗？名字真好记，我叫何安，体特，铅球队的。"又指了指正往这边走的昌子，"陶文昌，叫他昌子就行了，咱一中的跳高种子选手，奔一级成绩去的，省队里要他，他都不去。刚才钊哥说你摔了，严重吗？不要紧吧？"

苏晓原感觉这个人挺好的，摇摇头，他能说什么？说自己不记事的时候，肌注射促使肌强力收缩拉伤了神经？那还不如让老王当堂批死。

"不要紧，我不小心走神了才摔的。"苏晓原感觉到何安的友好，这会儿脸上绽开灿烂的笑，拿小酒窝和何安打招呼，完全不是刚才那副冷冰冰的样子。

何安脑子简单，吃饭、学习、训练、休息，说话也直："是，你太瘦了，放我们队里教练都不敢练你。以后班里有什么事儿你就和我们说，老韩那人也特好，放心。"

"教练？你们教练凶吗？"何安的友好缓解了苏晓原的紧张，边问边笑着，笑里还有向往，也有对力量的憧憬，"你们扔铅球的，是不是力气都特别人啊？"

"就还行吧……我今年成绩不算特理想，且得努力呢。听老韩说你成绩好，真的假的啊？"何安也不是很会聊天，还问真假，突然脚底下被人踹了一脚，从角度上分析，是张钊。

张钊的脸摆明是黑了，不就是没扶一把吗？摆脸色和自己过不去是吧？小伙子至于这么不经摔吗？何安也是，跟谁都能聊。

陶文昌刚坐下，也是把肥肉往外头扔："这订餐公司太缺德了吧！这么多肥肉给谁吃呢！钊哥你要不要下个月从家带饭啊？"

"不带，我爸在海市做生意呢，家里没人，我住我堂哥那儿。"张钊扒拉了两口米饭，脸冷漠地扭向苏晓原，还使劲儿靠了一把椅背。

很大的噪音，很幼稚地吓唬人。

"你干吗？"苏晓原又去抓笔袋，眼睛里闪的都是紧张的光。

"你不是说中午回家吃饭吗？现在不回去，等着下午喝西北风啊？"张钊的小腿试探性往右顶了顶，果然，这小子像蜗牛，缩回去躲远远的。

碰都不让人碰，挺有意思。

"你老碰我干吗？"苏晓原最怕这个，碰一下腿，他紧张得能打战，

"你这样儿，像个流氓。"

"我腿长，不小心碰着的。"张钊笑了，开始用他招牌式的阳光笑容迷惑对手，像赛道上装肚子疼的选手，"韩老师任命我代理班长，让我照顾你，你但凡出点儿问题都是我的错，往后你在 9 班我罩了。"

苏晓原不回答了，张钊说话总是气势汹汹，弄得他无措。

"所以你中午不吃等着下午喝西北风吗？"张钊又问一遍，"用不用班长带你去小卖部？请你吃午饭赔罪吧。"

小酒窝呢？跟何安说话就笑，轮到自己就摆脸色是吧？

不就是没扶你一把吗？真把餐盒打翻了，半个班的人没饭吃你出钱请客啊？

苏晓原不说自己因为腿不方便所以宁愿饿一顿，拒绝得很腼腆："不用了，饿一顿不打紧。我想多做几页练习册。"

"真的？"张钊眨眨眼睛，"我这不是怕你饿嘛，咱们往后都是同学，互相照顾应该的。"

"那你以后能不能说话的时候别随便动手啊？我没你们结实，你手劲儿太猛了……"苏晓原终于找到一丝被新班级接受的感觉，自小不合群的他很吃这套，"我先写练习册，下午要是饿了，你再带我去小卖部吧。"

张钊不尴不尬地拿着陶文昌没动过的那盒营养餐，得，人家不领情，他转手给了何安："你多吃啊，增肌多摄入蛋白，周末我给你家送 50 片牛肉去。"

陶文昌半张着嘴："钊哥，我呢？"

"你就算了吧，都国二了，奔着国家一级预备，还至于这么补？再说那么多小姐姐疼你呢。"张钊继续给何安夹肉。

"肉给他，菜给我剩下啊。"陶文昌怕手里这盒也被安排了，拼命往嘴里塞，"一盒就这么点儿，够谁吃的，喂麻雀似的。"

"你少吃点儿也好，谁知道下午谁又约你。"张钊和他俩是一个初中升上来的，几年的交情，要说偏袒是偏何安，但以陶文昌的家庭条件，他确实不差这一顿。

陶文昌把剩下的菜扒到米饭上："晚上约我也不敢吃啊，教练天天掐表盯着呢，谁敢胡吃海塞？何安你可别听他的，还是吃白水煮鸡胸吧，我还有几桶蛋白粉吃不完，后天匀你两桶。"

"别别别，我家里还有呢。"何安块儿头最大，却是仨人里最老实的那个，既不敢像张钊说放弃就放弃，也不敢像陶文昌那样，把钱都扔在别处。

就因为家里的经济条件，体特这条路他差点儿不想走了。运动服、训练费、食宿费……都是钱，更别说大大小小的比赛了，市级省级都不能落下。要不说没钱别搞体育，大概就是给孩子们提个醒，这是一条烧钱的路，还会耽误文化课。

可走了这么多年，文化课早落下了，除了这一条，他没路走，拼了也得闯。

苏晓原假装审题，耳旁却是他们说鸡肉、牛肉怎么做最好吃又热量低，什么西红柿炖烂了提味儿，无油烤鸡胸再撒黑胡椒勉强能吃……笔下的草稿越打越乱。

原本还能忍，可被他们说得好饿啊，想吃大姨做的炖牛腩，饱饱地吃上一顿。

三个人围着张钊的课桌吃饭，挡了出路，他只好和看着最好接触的那一个商量："何安，麻烦你挪下凳子，我出去一趟。"

"欸，行，不好意思啊，我占地儿大……"何安倒难为情了，挪着凳子往旁边蹭。

张钊总觉得他走路颠颠的，满脑子都是先套近乎再欺负的幼稚套路。

"喂，你是不是去小卖部啊？我带你去！"

苏晓原从窄窄的一条缝隙挤出去，更显得他身子窄。他真的很吃钊哥这一套，被全班孤立过就不想噩梦重演。

"我不去，我先去办公室拿数学卷子，你不是说我当数学课代表吗？"

"噢……那用不用我陪你？"张钊感觉到何安在踹他了。陶文昌干脆不说话，钊哥的把戏他看太多回，以前训练的时候就这德行。新人一开始都觉得钊哥特好，接触下来才发现，熟了就使唤人。

"不用，我自己找得着，你不用陪着我。"可苏晓原不知道，他真挺高兴的。张钊本来也不是真想去，一下不接话了。

就老王那个人……够他受的，估计得碰钉子。

数学办公室……苏晓原在四楼的楼道摸边儿走，才发现 9 班有多不招人待见。教学楼是个 L 字形，另外 8 个班都在一条直线上，而 9 班单独在拐弯这边。越往前走，班级成绩越好，离办公室也越近。从别人的班里，他找回了一丝以前的感觉。

好安静啊，午饭吃完的居多，学生都在自习。每一张课桌上都码满了辅导书，像一座小山，能把人藏住。苏晓原放慢速度，像没钱上学的娃，故意往里偷看。人家班里的黑板满满当当呢，不是作业就是重点。

越看就越是无奈，甚至有些可怜，他眼巴巴望着 1 班黑板上画了星号的部分，甚至想进去抄一遍。

走到一间挂着办公室牌子的门前，苏晓原初来乍到不敢进，也不敢敲门。

"报告。"没人喊请进。

"……报告。"还是没人喊请进。

咦？没人吗？苏晓原像阿里巴巴对着藏宝洞喊不出芝麻开门。忽然被谁拿胳膊肘撞了一把，回头一看，是个抱着两沓试卷的女生，扎着高高的单马尾，嫌他挡了路。

"你进不进啊？"她把怀里的卷子往上抱了抱，"推门啊你倒是，门又没锁。"

"噢……噢，推门。"苏晓原愣了，原来一中不需要喊报告。他这才敢直接拧门把手，轻轻喊人："请问王老师在吗？"

"你进去啊，挡着门你当门神啊。"可能是怀里的东西托不住了，女生很急地往里走。苏晓原动作慢，也不好说什么。从前他去班主任的办公室简直像众星捧月，每一科的老师都喜欢他，现在进来完全是个透明人，不知道该找哪一桌。

办公室不大，桌上都是数学辅导材料。苏晓原先看了一圈，有那个女生带路，老王就好找了。

因为这就是他班里的学生。

"王老师好，我来拿9班的数学作业。"声音小，却清清楚楚的，我，9班，数学作业，三个重点一个都不少。苏晓原也是倔得厉害，身体越弱越不认命、不服输，越没人看得起他，他越要往高了蹿。

老王是返聘的特级教师，又是年级组长，桌边已经坐了两个学生，加上后到的女生，正临时给三个尖子生开小灶。

"嗯？"他抬头看了看，眼熟，"噢，你是9班那个新生啊？"

"是，我们班的班长说了，数学课代表我当。"苏晓原虽然才来半天，但是他拔尖儿惯了，不觉得自己比眼前三个开小灶的尖子生差。

"……你叫什么来着？"老王继续低着头，用笔代口，在模拟试卷上写解题思路。

"苏晓原。"他真想看老王在卷子写什么，可又觉得真偷看了是没出息，"您说9班今天留两套卷子，我来拿。"

9班，三个低头看题的学生瞬间抬起了脑袋，把苏晓原打量了一下。什么都没说，可他们的眼神又像是把所有的话说了，对新分出去的这个9班充满好奇。但这绝对不是好的好奇，是好奇9班的人能差成什么程度，又是怎么来拿作业的。

"你们等我一下啊。"老王对1班的态度明显不一样，眼尾纹里夹着的都是关爱。教师行业伟大，可当教师的都是普通人，也有一碗水端不平的时候。他从桌旁的偏柜取出几沓雪白的试卷，翻了翻又放回去，拿错了。这套对9班来说太难。老王换了两套，交给苏晓原："两套卷子，写去吧。"

苏晓原不走，他快速浏览一遍，卷子应该是老王自己出的题，于是不死心地问："王老师，我数学成绩不错，韩老师说我能用您1班的……"三个低头做题的尖子生又抬头了，把苏晓原的话生生逼慢了半拍，"……的数学卷子。"

1班的尖子和9班的尖子，狭路相逢，终不能幸免。

老王并不抬头，只招手："先做去吧，行不行我说了算，她一个教语文的……"

拒绝来得太快，苏晓原没有防备，他只认识一个韩老师，又太想要好卷子："可韩老师说……"

"她教语文的，能管你数学吗？"老王声音一下变大，把办公室里的气氛拉到了凝固点上，还想起他上课打篮球的过错来，"卷子给你了，你就先拿回去做！真成绩好，我还能耽误你不成？别整天没学会走路就想跑，你要真行，明天起数学课搬桌子到1班来上！你不来我都求着你来！"

张钊和陶文昌送空餐箱下楼，搂着说话："你别瞎说啊。"

"真的，不信你下回看。薛业就是一典型例子，提醒咱们别做跟班。你瞧祝杰对他好吗？"

"谁当跟班啊，我这辈子都不可能当的。"俩人比着迈台阶，张钊先一步冲进教室，撞上了苏晓原，"你站门口干吗？挨批了吧，就说计划哥陪你去吧。"

苏晓原抱着基础试卷，忘了自己是怎么逃出办公室的。他脸皮薄，从没叫人大声喊过，自尊心受挫，瞬间接不住王老师的话，感觉像被人撺出来一样，见不得光。

"怎么了啊？"张钊看他脸都憋红了，很像仙鹤头上一点红，"叫老王给骂了吧？"

"你胡说，谁说……我叫老王给骂了。"苏晓原还不承认，撇着一只外八字的右脚，与他擦肩而过，"咱们班的卷子是现在发，还是放学的时候发啊？现在发的话放学前能写完，不然只能晚自习再写了。"

张钊猜都猜得出来他是被老王给修理了。老王那个人吧，太认成绩，你成绩好，你在班里横着走他都不会怪罪。

"数学课代表是你又不是我，你想什么时候发就什么时候发呗。老王那人就那样，别怕啊，后天上课钊哥帮你出气。"

苏晓原以为他来真的，神色都慌张了。他从前哪见过敢和老师叫板的学生，担心张钊惹麻烦："别，顶撞老师不好。卷子我还是现在发吧，大家抽空写完，晚上还能多做几套模拟题。"

说完他按照从前的规矩，数好每一组的人数，卷子理好，放在了第一排的课桌上。再慢腾腾地走上了讲台，拿起那根被用了一半的白粉笔，在黑板左下角特别认真地写上字，用大方框给框起来。

数学作业：基础试卷两套，后天上课分析。

不仅是张钊，连陶文昌都看傻了。

苏晓原，人有脾气，字如其人很纤秀，干什么都特认真。就这股认真，是 9 班其他学生不可能有的，让他一下脱颖而出。

CHAPTER

这一刻，张钊用装出来的狼狈不堪
骗了苏晓原……

我愿意
Wo Yuanyi

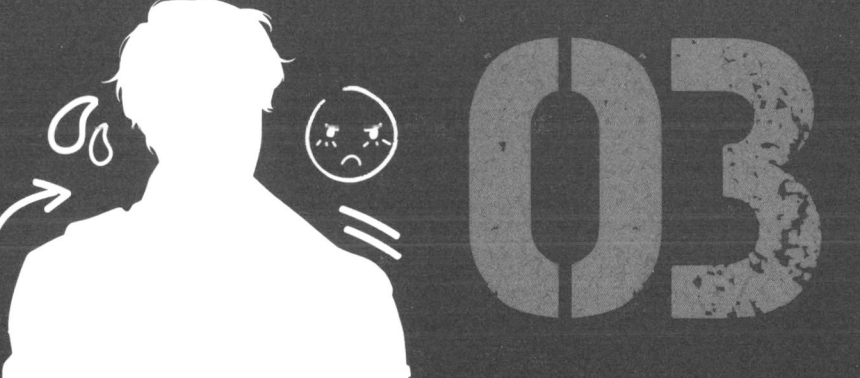

03

也骗着了他的酒窝。

我愿意

CHAPTER 03

"你俩……你俩老看我干吗啊？"苏晓原退了半步，讲台才一个台阶的高度，但他不敢下了。下台阶动作幅度大，右腿承受不住，缺陷要更明显。而且张钊总盯着自己的腿看，像在研究什么，怪瘆人的。

张钊确实是在看他，不仅看腿，看他外八字的那只脚，看他脚上穿的球鞋，还看他身上升起来的肥皂泡儿。眼神好似一根针，一扎一个准儿，扎了还想再扎。

"我看你……"张钊觉得说出来显得太尴尬了，说什么？说我看你身上冒泡儿了？还是皂角味儿的？

"我看你写粉笔字不错嘿，要不……你抽空把板报给出了吧。年级还评分呢，你看咱班谁像会出板报的啊？"张钊拿临时正班长的身份压他，"我是班长，我说了算，明天下午你留下做板报吧。"

"我不想做。"苏晓原一动不动，不了解张钊的霸道，还以为可以商量，"你找别人行吗？我想去要1班的卷子做。"

"老王没给啊？"张钊猜着了。

苏晓原面子上过不去，自己也是尖子生，没受过这样的委屈："没给我……"说着眼睛还有些红了，"还骂我上课打篮球了，可又不是……我自己要扔的，究竟怎么回事儿你心里摸摸正。"

"我又不知道你不会打篮球……"张钊装作无事发生，抬头看灯。可能是幻觉吧，这夏天真够热的。

陶文昌看不懂俩人之间有什么，推了张钊一把："你要进就进，站门口干吗啊！"张钊正走神，哎哟一声被推进了教室，冲到了苏晓原面前。

被突然一推，张钊也不知道该怎么办了，俩人无声地看了几秒。

"你看我干吗？"苏晓原不喜欢他这种看的方式，像显微镜，能放大自己的缺项。

"我，我看你写字好看啊，咱9班里谁有你这么厉害。"张钊赶紧上了讲台，擦他没擦干净的黑板四角。

顺便靠近他，研究他的站姿，怎么老靠着东西？脚底下站不稳是不是？

作为一个脸皮薄的孩子，苏晓原经不住批评，更耐不住夸，叫人一夸，眼睛没刚才那么红了："也没有，你们要好好练也能写好。"

韩雯从外头进来，一愣："行啊张钊，还知道给班里做卫生了，这班长没白干。"

"那可不，咱们9班刚成立，我得帮您立威，是吧！"张钊跟韩雯已经很熟了，说话没大没小，"老韩，我可刚给您找了个生活委员，苏晓原怎么样？别的班里都出板报了，咱们9班没有不行啊！看咱们班晓原的字，端正！清秀！漂亮！在后头写满面儿《出师表》，咱班就能是这周板报第一，您信吗？"

晓原？突然叫这么亲热，苏晓原都蒙了。班主任一到，他再联想刚才吃的亏，可怜巴巴地要过去告状。

"韩老师，我中午找王老师要1班的卷子了，他没给。"

对，就是告老王的状。同学之前的嬉笑打闹他可以不在乎，不给卷子，不行！

韩雯没想到老王没给："唉，王老师那个人……算了，你别多想，下午我给你要去。怎么样，新集体还适应吗？张钊他人还是可以的，班里体特生多，有什么事儿你跟他说。"

"是，我对咱们班晓原特别照顾。"张钊装熟地搭了他肩一把，一碰，他又躲了，真像个小闺女，"咱俩都是大小伙子，你害臊干吗啊。韩老师您放心，有我在，班里谁也欺负不了他。明天我亲自陪着他弄板报……"

张钊对自己热络，可苏晓原有些怕他。他太热情，还总盯着自己的腿看："可我不想跟你一起出板报。"

"钊哥给你要卷子去，行吧？"张钊搂着他说，像一对儿从小一起长大的好哥们儿，嘴靠近他耳朵，用糖衣炮弹收买他，"1 班的。"

这个苏晓原想要，特想要，没躲张钊的手："真的吗？要是不给怎么办？"

"真的，老王不给，我直接找 1 班学生要去。他们再不给，揍一顿，钊哥也能给你要回来。"张钊紧了紧手臂，一边想这人还真是瘦啊。

苏晓原一咬牙："那行，不过我得上完晚自习再弄，不能占我的学习时间……谢谢你啊班长。"

"小意思。"张钊松开了手，觉得自己身上也有了皂角味儿。

下午是韩雯的语文课，苏晓原是饿着肚子上完的。老韩亲自授课，课堂环境比上午好了不止一点半点，每个人都认认真真做笔记。

当然得做笔记了，体考成绩不万能，文化课成绩也得过关。大家好像心知肚明，理科成绩不是一时半会儿能提高的，勉强混个及格、中等，文科不能再落下。

就连张钊也在认真做笔记呢，苏晓原看不透他，和季重阳比，简直是天上地下的差别，就好像实验高中和一中，真不是一句两句话能说完。

说这人很差劲吧，可对自己也算不错，但总觉得他有点儿危险。

张钊心里偷着乐。"小仙鹤"一直研究自己，他能不知道吗？研究吧，钊哥往后好好"关照"你。

下午第三节课前，苏晓原正在笔记本上勾画，方便区分普通难度和重点,别提多认真。4 张干干净净的卷子从旁边飘过来,盖住了他的字迹。

"你……怎么要的啊?"两个浅酒窝噗地一下在苏晓原脸上出现,看来自己是多心了,张钊这人不坏,对自己真是照顾,"谢谢了啊,你可真厉害。"

"还能怎么要,直接找老王呗!"张钊中午搭了他一把,还想搭,碰一下跑一下太有意思了,"别光动嘴皮子,打算怎么谢我?"

"我不是都答应你出板报了吗?"苏晓原如获至宝,立马举起卷子来看。难度不算太大,可题型是自己没见过的,顿时把什么都忘了。

张钊发现这人很搞笑啊,一研究数学,什么都给忘了,认真得怪好玩儿的。

"就说一句谢谢啊?知不知道拿卷子多不容易……不说我可走了。"他又踢了下苏晓原的左脚,"往里,我拿包。真走了啊,走了班里可没人罩你。"

"走了?你为什么走啊?"苏晓原缩了缩腿,觉得自己刚才没礼貌,用关心来代替感谢,"……还有两节课呢,你不上了吗?"

"下去训练啊。"张钊瞎说的,他退队了,就是借着理由逃课,"晚自习我不回来,你小心点儿,班里有人打架你就躲出去,回家注意安全啊。"

"晚自习也不回来了吗?"苏晓原叫他说得瘆得慌,他看看周围,除了张钊,谁都不认识。何安不在,陶文昌也不在。

张钊刚走出两步,拎着包又回来,居高临下地逗他:"怎么,特别想要我回来?"

苏晓原捏紧了笔。

"你胡说!"

"唉,想让钊哥陪你上晚自习就直说呗。"张钊感觉像是被这句你胡说灌了一口酒,"今天晚上不行,明天陪你。别忘了写卷子啊,明天早点儿来,借我抄抄。"

"早点儿来？要多早啊？"苏晓原确实不想独自待在9班。桌面上的笔袋让他又想起了季重阳，这还是他送给自己的呢。

不知道那个优秀的男生，还会不会记得自己，记着有过一个高三转学的同桌……

"就尽量早吧，我先走了啊！"张钊怕韩雯逮自己，头也不回地跑掉了。

苏晓原本以为张钊和自己开玩笑，第三节课上完，这人果真不回来了。不仅是他，半个班的椅子都是空的。

原来……这就是体育生的日常啊，牺牲文化课的时间去训练。四节课上完又是两节额外的随堂测试，韩雯似乎对班上空缺的座椅见惯了，只是帮没来的学生收好试卷，叠好了放进他们的桌斗。

这种程度的考试对苏晓原来说毫无难度，收卷时刚好六点半。他想回家了，何安、张钊不在，班里没有认识的人，晚自习万一有打架的自己岂不是遭殃。

而且肚子好饿啊。

想回家，想吃妈妈做的菜。好在家离学校不远，虽然家在12层但有电梯，不然凭他自己，两个小时也折腾不上去。

"妈？"刚下电梯，苏晓原和陈琴撞了个照面，"妈你干吗去啊？"

陈琴正在掏自行车的钥匙，见着大儿子回来才放心："刚才给你发微信也没回，妈想着上学校接你去呢。"

"不用，我都过18岁了，这么点儿路还自己走不回来啊。"苏晓原不在母亲身边长大，可每年过节过生日，妈妈都去南城陪着，电话更是两天一打。在学校受了委屈，有些想和妈妈撒娇了，苏晓原揽着陈琴的胳膊，摇了摇："这不是回来了嘛，我都是成年人了。"

"嗯，成年了，不让妈管了是吧？"陈琴假装不高兴，拉着孩子往回走。

她是个典型的瓜子脸，年轻时候一头披肩发，走在街上都有人吹口哨。可头发白得很早，不到 40 岁近乎全白，懒得染那么长才剪成齐耳的短发。微笑的时候眼尾纹路挺明显，是个爱笑的女人。

可这个爱笑的女人，命运并没有优待她。

"妈你以后别去学校，下班累，我自己回得来。"苏晓原对这个楼不熟悉，他被送去南城那年还没有搬家呢。

"妈妈担心你，新学校怕你不适应。"陈琴拉着他，脚步慢慢的，"一下班我就想着赶紧回来，结果冰箱里的菜你都没动过，是不是中午没回家吃饭啊？"

苏晓原好久没被妈妈拉着了，楼道的灯都是感应灯，不跺脚不会亮。陈琴在摸黑走，是因为顾及儿子才不去跺那一下。也只有在这种黑暗的环境中，苏晓原才不装，不用维持着难以平衡的身体，走起路来，两个肩膀的高低差瞬间大了许多。

"学校还适应吗？"陈琴很不放心，和区一中她考察过……可没有办法。

"挺好的啊，我们班也是新分出来，大家都不认识，对我可热情了。班主任也喜欢我，数学老师……还特意给我单独留卷子。中午是因为开学的事情太多了，我才没回来。"苏晓原几乎是走一步歪一下，像被从天宫打下来的仙鹤，"但下午上课之前我在学校附近吃了，有个叶师傅，卖扁豆焖面，可好吃了，我吃了一大碗。是和……同学一起吃的，叫何安，校铅球队的呢。还有我们班的班长，他是我同桌。"

回来的路上他看见一家店，店铺名字就叫叶师傅。门口立着的牌子写着"扁豆焖面"，凭学生证还给打 9 折。

陈琴心里不舒服，哪个家长把好孩子送到一中都不会放心。

"吃了就好，可别饿着上课啊。班里有人照顾你也好……对了，小运在家做功课呢，妈妈给客厅弄了个小隔间出来，你俩互相不打扰。"

Yes!

马上要到家了，苏晓原很开心，天真烂漫地说："嗯，他明年中考，我高考，都忙，我俩打扰不着。"

"是啊，你说你们哥儿俩，还赶在一起去了……"楼道很长，拐来拐去的，陈琴掏出钥匙刚要开防盗门，里头的门先开了。

"妈，这么快回来了啊？"一个高高的身影，是苏运。

"刚要下楼，结果在电梯里碰上你哥哥了。"陈琴拉了一把防盗门，没开，"小运开门啊，省得妈妈拿钥匙了。"

"噢。"苏运的长相、身高都随父亲，是家里最高的，他站在门里一动不动，看着门外的母子俩，主要是看他哥，亲哥。

陈琴拉了一下门："咦，门没开啊。"

"噢……开了开了。"这回门开了，可苏运的肢体语言表现得不能再明显，每个动作都在说不。他俯视这个哥哥，用一种鄙视的眼神看他怪异的步态。

苏晓原立马不瘸了，只因为弟弟看了自己的腿一眼："小运，你放学了啊。"

苏运先笑了一声："妈，我哥他多大了啊，18 岁生日都过完了，你怎么还拉着他？"

"你们就算活到整一百，在我眼里也是小不点儿，和刚出生没差别。"陈琴摸摸小儿子的脑袋，疼完这个疼那个，"吃饭了吗？"

"没，想等你回来一起吃呢，你偏要接我哥去。"苏运往屋里走。房子不大，一个小两居室，但收拾得井井有条。大卧室是陈琴的，小卧室一直是苏运一个人住，现在走了好多年的哥哥突然回来，舒适的单人床变成上下铺，心里多少不太痛快。

特别是这个年龄的男孩儿，叛逆，不听话，开始重视隐私。

苏晓原把书包放在客厅的沙发上，和上午比，向阳的客厅多出来一扇布帘。东西墙上安装了挂钩，两个挂钩之间拉出一条尼龙线来。

线上挂着蓝色格子的布，把小客厅分成了两间。这样外头看电视，里头还能学习。

"还行吗？"陈琴尽最大能力给孩子制造好环境，俩儿子差 3 岁，正好赶上一个中考一个高考，"里头那边给你复习用。"

她知道小运的性子，随他们爸爸，不好接触。况且前阵子一直唠叨，说睡房多一个人他没法复习了，无奈之下才给大儿子在客厅里支桌子。

"谢谢妈，弄这个挺费劲的吧？"苏晓原无所谓，弟弟屋里小，就一张写字台，两个人确实没办法用。他很心疼妈妈，家里的条件不能说不好，可自己回来，小运的生活质量就下降了，弟弟的心情他理解。

"这样儿真挺好的，小运在屋里，我在外头，刚好。"苏晓原拉了一下帘子，里头有一张折叠桌，一个办公椅，还有妈妈准备好的靠垫。真的是能想到的，都替自己想到了。

"妈，吃饭吧，菜一会儿该凉了。"苏运从厨房里出来，往餐桌上摆米饭。苏晓原回头一瞧，两副筷子，两个碗，两张凳子，没有自己那份。

苏运刚过 15 周岁，个头儿却蹿过了一米八。瞳仁特别深，笑起来的时候眼睛弯得厉害。他完全和亲哥一样，有一双笑眼，但骨相真真随父亲，一声不吭时，感觉特别冷，是个自私到笑意都不给别人的男孩子。

陈琴扫了一眼桌子，不太高兴："你怎么不给哥哥拿个碗啊，算了，妈给你俩盛饭去……"

"妈，我去吧。"苏运却拦着她，像是真不小心才忘了，"你上班累，咱家又一直俩人吃饭，习惯了，一下没反应过来。过两天我就记着家里多一个人了。"

苏晓原，这个多出来的人，心里很不是滋味。明明是自己的家，站也不是，坐也不是，找不到属于自己的那张椅子。

"什么多一个人，你这孩子都快中考了还不会好好说话。"陈琴把他拦下，自己去盛饭。想着大儿子中午没吃好，手里的饭勺特意重重地压了几下，绿豆饭在碗里压得很瓷实。

苏运从屋里搬了凳子出来："哥，坐下吃饭吧，你腿不好。"

听到那个腿字，苏晓原的右脚往后挪了半步："也没不好，这些年在大姨家好多了，也在治，理疗管用。"

"咱们一家人你还骗谁啊。"苏运亲热地叫他过来坐，不同于哥哥的蓝白校服，他的是墨绿色，"你去大姨家那年走路还瘸着呢，妈不帮你，你就只能在地上坐着。别以为我当时还小就不记事儿啊，坐，坐啊，回家了站着干吗。"

苏晓原像被人扯掉了遮羞布，光着屁股似的，一步步地挪过来。爸妈离婚那年自己 7 岁，小运 4 岁了，怎么可能不记事。不过，他倒是希望弟弟不记事呢，好把父亲留给他们的痛苦回忆忘记。

"这些年你照顾着妈，辛苦了。"苏晓原的脸微红，右脚不自觉地往后面躲。桌上的饭菜全是自己爱吃的，可见陈琴的偏爱。

"还行吧，妈把你送走那年我还小，大姨他们挺好的吧？"苏运心里也不舒服，就因为哥哥有一条瘸腿，家里所有人都宠他。

苏晓原把面前的碗筷推给他，这次回来之前，兄弟俩很久都没见了。妈妈怕苏晓原行动不便，都是去南城探望，可小运没有一次跟着去过。

"大姨他们都挺好的，每年都问你怎么不来呢。"苏晓原还当他是真心想问，说得无比认真。他很少运动，手腕子和脖子都细细的，聊天也笨笨的，"大姨说了，后年她就办退休，这样时间多了还能出来走走，来北城看咱们。大姨父说他明年先退休，他单位……"

"行了，我就简单问问，你告诉我这么多也没用。我又不是他家里养大的孩子，管那么多干吗，是吧？"苏运坐下比哥哥高出半个头，校服短袖不羁地箍在肩头，又故意问，"你回来他俩特舍不得吧？没嘱咐你高考往南城考啊？"

苏晓原蒙了，这是小运第一回问他南城的生活，问大姨家的状况，他还以为是真想知道呢："啊？噢……没嘱咐，他们说我想考哪儿就考哪儿，要是能考回去也不错，他们……"

"打住，我随便问，别讲这么详细。"叛逆期的孩子不会给人留面子，"不过也是，你成绩好，考哪儿都行。大姨家条件比咱家好，先凑合凑合吧，明年考完你就解脱了。赶紧回去，省得人家想你。"

"你……"苏晓原想说你胡说，这是他的口头禅，别人笑话这三个字女里女气，但他改不了，"我没嫌咱家条件不好，你是我弟弟，咱们……"他又想说咱们本来就是一家人，又怕小运不爱听，只好把面前的碗筷一推再推，"你先吃，我等咱妈盛饭来。晚上你在里屋，我在外屋，睡觉的时候我再进去。"

苏运不买账，自己家里，还用得着他赏饭："我当然吃啊，这本来就是我的碗、我的筷子，我不吃等着给谁啊。"

"小运你别这样儿，咱俩是兄弟。"苏晓原说不过他，"我……"

"我还记得你以前，扶着墙自己都爬不起来。妈出去上班，家里就咱俩和奶奶，爸回来就打人，你愣是坐床上尿了裤子都没人管。"苏运夹了一块嫩豆腐，一看就是妈妈给哥哥特意做的，他从不吃这种软塌塌的玩意儿，"是吧，就那么坐尿里，一坐坐一天，屋里都是你的味儿……"

"小运！"苏晓原受不了听这些，他都好了，只要努把力，谁也看不出来，"你别这样儿，咱俩好歹是亲兄弟，别提这些……我都好了。"

"嗯，好了，上学别叫人看出来啊。"苏运把嫩豆腐都扒拉开，正巧对上陈琴，也心疼妈妈做了一桌子菜，"妈你坐，忙一晚上累了吧？"

陈琴没听见俩儿子说什么，还以为孩子们关系挺好。丈夫家暴，所有人都劝她为了孩子忍吧，俩儿子好歹还有个爸爸。可她偏偏要离，性格刚得很。她才不听别人那套，维持一个虚假的婚姻空壳只会对孩子伤害更大，只是为了争取两个儿子的抚养权几乎放弃一切，是净身出户。

事实证明她对了，丈夫再婚，仍旧没改掉家暴的毛病。

"不累，你哥哥刚回来，妈怕他吃不习惯，最近吃饭先紧着他做。等过两天妈再给你做卤鸡蛋。"

"嘿，谢谢妈！"苏运笑开了不难看，但只对着陈琴才像个活泼的孩子，很客气地给苏晓原夹了一筷子豆腐，"哥你也吃，你多吃些兴许还能长个儿呢。"

"你这孩子，少提这些啊。"陈琴赶紧暖场，腿、身高、长个儿什么的，一直都是家里的禁忌。离婚之后她没有再婚，虽也考虑过，可带着两个儿子的离异女人并不好找对象。

直白了说，是很不好找了。所以一直单着，到最后干脆不找，清清静静过日子，没谁规定离异女人必须找人搭伴过日子。两个儿子都知道心疼自己，她没什么遗憾。

"你俩这一年最累，家里的事儿别操心，凡事有妈妈呢。"她也不和孩子兜圈子，两个孩子都到了懂事的年纪，没有必要隐瞒，"只管读好书，知道吗？需要用钱就来和妈妈要，补习班啊辅导书啊咱们全能买，你俩上学的钱妈可一直攒着呢。"

"真的啊？"苏运在母亲身边长大，撒起娇来那么的自然，"那我每天都吃一盒冰激凌行吗，8块钱的。"

"你这孩子……"陈琴知道小儿子是说笑呢，"长不大似的。"

苏晓原吃着碗里的绿豆饭，嫩豆腐，笑了笑没有接话。

吃完饭，苏运帮着妈妈洗碗，陈琴把布帘子拉上，正式划开一道边界。苏晓原也想进厨房帮忙，在这个家里尽一份力，可弟弟占着厨房的地方，愣是把自己轰出来了。

"家里这些活儿我干习惯了，哥你腿不好，歇着去吧。"

直到把9班的数学卷子写完，苏晓原还能听到这句话在耳边环绕。再开始写1班的卷子，难度立马拉高了不知道多少个级别，但和曾经高中的试题难度相比还差一些。

"不是，妈……"苏晓原听到屋里有人说话，兴许是从小养成了谨小慎微的性格，对别人的窃窃私语格外敏感，"家里多一个人，我复习不下去……行啦，我知道了。"

唉，以后还是在学校上晚自习吧。

同一时间，一中的操场上还是那么的热闹。

张钊在领操台坐着，遥看那边训练下肢力量的陶文昌，第三组了，昌子的20公斤负重高抬腿不错，速度一直没降下来。做完这30个再有一组就能休息了。

"钊哥，给你水！"何安又气喘吁吁跑过来，还掏钱包，"这是找的零钱……"

"得了，你拿着吧。"张钊早不练了，可每天不跑够公里数他难受，但训练强度和体特没法比，"你今天什么项目？"

何安还是想把钱给他："和昌子一样，也是下肢力量，深蹲。"他继续掏钱包，"钊哥你别老请我喝水，不合适……"

"谁请你了，钱存你手里不行啊！"张钊伸直了腿端了他腰一下，愣没踹动，这才是他习惯的感觉，不是苏晓原那样，碰 下就要摔，"指标多少？"

何安的下盘稳得惊人，去年主要练腰。铅球可不是单靠手扔出去，是推出去的，是四两拨千斤的巧劲儿："6组，30个，我觉得好像进步点儿了，找到些感觉。"

"找着感觉就行，你快看昌子！"张钊又踹了他一下，何安仍旧纹丝不动，"他怎么这么招小姑娘喜欢啊，又有小姐姐给送东西去了！"

"啊？哪儿呢？"何安没戴眼镜儿，找了半天，"……那不是小姐姐吧，那校服不是高一的吗？"一中校服是轮着换图案，现在的高三也就是他们，袖子上一圈白。这届高一和上一届的高三一样，胳膊上两圈白，很好认。

"反正好看小姑娘统称小姐姐，咱俩怎么这么倒霉呢？"张钊怀疑自己是小姐姐绝缘体，也有女生表达过对他有意思，可他接了人家的情书……转身跑了。

正当两人讨论昌子的时候，正主儿过来了，直接把一个手工口袋扔过来："澳大利亚的姜黄氨糖，给何安的，钊哥你别动。"

"谁给你的啊？"张钊拿过来一看，4罐，进口的，再瞧小口袋上有个十字绣图案，是个跳高的剪影人，"没良心了吧，小姐姐刚送你，你转手扔给我俩了。"

"什么小姐姐啊，那是小妹妹，再说也不是扔给你俩，都给何安的。"

"别别别，人家给你的……不合适。"姜黄氨糖片，何安知道，教练说要是肌肉实在酸疼得厉害可以吃。队里不少人一直补着，东西挺贵，他没舍得买过。

"我有啊，你跟我分这么清楚找揍吧？"陶文昌乐着勒他脖子，俩人你一下、我一下地锁喉，看着像打架，其实就是闹着玩儿。

张钊看着那几瓶姜黄氨糖，心里头酸溜溜的。真是旱的旱死、涝的涝死，怎么就没人疼疼自己啊，他也肌肉酸疼，没准儿也缺钙、缺维生素、缺爱，难不成是因为自己长了一张劝退的臭脸？

再一琢磨，确实是啊，昌子长得精神，自己也学不来他那套……除非是苏晓原那种，被欺负了只会瞪人，惹他生气还有点开心。

"嚯，不练了还来，某人没地方去啊。"祝杰带着他小跟班儿来领操台这边放松肌肉。

开口就阴阳怪气，像找碴儿打架。

"你找不痛快是吧？"张钊烦死这俩了，可领操台是公用的地方，轰也没法轰。

祝杰的情况和陶文昌差不多，家里条件好，运动包都是大牌，走体育是真喜欢这一行。

"我可没给你找不痛快，操场你家开的，就你能来这儿休息？"俩人积怨已久，从初中入队到现在，随时都能打起来。可越近体考，祝杰越不大敢和张钊来硬的，张钊是不练了，考不考都无所谓，自己玩儿不起。

"杰哥你喝水。"薛业给祝杰拎着包，毛巾、饮料挨个儿拿出来，迷弟捧着巨星似的，"杰哥你腿还疼不？"

祝杰去年训练把韧带拉伤了，伤得不轻，明显不太愿意接这个话题："我不是让你回家别等我了吗，你怎么还在啊？"

"我，我……"薛业的成绩在队里不怎么样，马马虎虎擦着国二的边儿上来的，不好意思说自己叫教练给罚了，"我看你还练着呢，想等你。"

陶文昌最看不惯他，揭他底细："刚才叫春哥给罚了吧？"

春哥是一中田径队的总教练，名字里带了个春字，大脸盘儿的北方汉子，队员都挺怕他。

"你有病吧？"薛业举着水杯给祝杰，祝杰嫌他用过，不要，他又悻悻地倒了。

祝杰对薛业的态度挺叫人看不明白，要张钊说，他对这个小跟班儿真不算好，可该罩他的时候也出头。但一点儿面子都不给薛业留。

"你怎么又叫春哥给罚了？"祝杰捶着小腿，也是一双跟腱很长的田径腿，"罚什么了？"

薛业不想说，他把祝杰当自己偶像，怎么敢叫偶像知道自己的成绩："没怎么罚……你不是急着走吗？要不你先走吧，我还得找春哥去。"

张钊看好戏地来了一句："哟，没罚完吧？"

祝杰这才看了一眼张钊，眼里头都是轻视："他挨罚是他活该，轮不到你废话吧。"说完从台子上跳了下去，看着很反感薛业给自己拎包，"走了啊，以后别等我了。"

陶文昌看不上薛业还有一点，这哥们儿蔫坏，从前打过张钊的小报告。

"看见没有，你杰哥不爱搭理你。"

祝杰就是用得着薛业的时候用一下，用不着直接甩一边。

所以有时候张钊特别不明白，薛业你图什么啊，好好的非搞个人崇拜那套。可能是瞧这会儿薛业太可怜了，张钊没有嘲讽他。祝杰一走，薛业也走了，跑到春哥那头儿接着挨罚。

何安一直没说话，嘴笨，只是瞧着薛业极不标准的深蹲姿势感叹："钊哥，有时候我觉得体育竞技这东西特别说不清楚，你说你条件这么好，不练了多可惜，我要是你，谁也别想拉下我来。你再说薛业，就他那样儿的都能上国二，我怎么就不行呢？"

"你行，这是体育生的一道坎儿，鲤鱼跳龙门懂吗？"张钊砰地拍了他一下，"呵，这大厚背，震得我掌心发麻，冬训完你也能把国二拿下！"

"我当年不也是觉得自己不行嘛，你这叫大器晚成，肯定没问题。"陶文昌也过来安慰他，多瞧了几眼春哥那头，薛业的基础在田径队里真轮不上个儿，挨罚都能累得脸惨白，"别多想，多练就行，我还觉得铅球队里就你动作标准呢。"

"真的？"何安和他俩从初一就在一个班，挺信他们，"这回冬训可能去哈市，等我回来你俩陪我比赛去，给我壮胆儿。"

"哈市，牛啊，国家体特生培训大基地！"张钊高一的时候去过，"你就放心练吧，我俩陪着你还不行啊，没出息。"

何安活动着酸到快脱臼的大臂，诚恳地点着头："行，你俩陪着我练。我其实也挺羡慕祝杰的……"

"你瞎羡慕什么啊，等冬训回来你也是国二！"张钊知道何安外强中干，看着比墙还抗打，确实抗打，可内里是个很自卑的壮汉子。昌子看着好说话，实际很有个性，这两哥们儿也是绝了。

第二天，张钊起得比平常都早。昨晚上没睡好，不管换什么姿势躺下都没有困意，不管怎么折腾，老能想起沙沙沙的写字声。害他在堂哥家里愣是做了 3 组 20 次的 20kg 杠铃划船*，又腿系橡皮带来了 4 组小腿拉伸，好歹把旺盛的精力耗光了。

那句话怎么说来着，一朝体特生，一生体特生。从开始选择这条路，运动就是张钊生命里的一部分，不仅把他练得特能跑，也给了他一身特别棒的肌肉。每回冲澡的时候他自己都感叹，啧啧，啧啧，这什么身材啊，特别是腹肌，对称，腱划还深。

睡醒之后，张钊看着床边歪头凝视自己的哈士奇，更是有一种巨邪性的冲动。

昨晚怎么就梦见苏晓原了！张钊赶紧甩头，试图把满脑子的肥皂泡儿轰出去，这人有毒吧！哈士奇看他醒了变得很激动，也跟着他一起甩头，知道这是要下楼跑圈儿了。

张钊习惯早起，带狗跑两圈儿不算什么，可他不爱拴狗。哈士奇今年刚三岁，正是顽皮的时候，跑着跑着就找不到了。

*杠铃划船：指发达背肌的健身方法之一，因运动轨迹似划船动作而得名。

"凯撒！凯撒！说你撒手没你就真撒手没是吧！你二不二？回来！"张钊在一片林子里扯着脖子嚷嚷，小区里什么都好，就是容易找不着狗。凯撒小时候差点丢了，跟着外卖小哥身上的香味儿撒丫子跑了。

凯撒从远处呼哧呼哧地跑回来，长相辨识性很高，别的二哈都是白色猴脸，它偏偏多长出一对黑色的眼圈，像戴着一副眼镜。但只要看眼珠子就知道这狗有多纯，两只冰蓝色的雪花眼，看人的时候别提多酷。

但维持几秒的酷很快会被哈士奇与生俱来的二货属性代替。

"走了，回家！"张钊带着狗往回跑，直接爬楼梯，9层。进屋先给凯撒接一盆新水，趁它喝得不亦乐乎的时候赶紧给它做饭。

狗粮、海藻粉、钙片、鱼油 Omega3……跟养一个体特生差不多吧，反正什么对大型犬有帮助他就买什么。

"乖啊，我上学去了，晚上回来带你跑圈儿！可不准再跟外卖小哥跑了啊，再跑不要你！"张钊临出门也不舍得，揉着凯撒的立耳玩儿好半天，听那个扑棱扑棱的声音，"听话听话，再不走我真迟到了！"

他说的这个迟到不是上课，是早上热身训练。每天不跑个痛快就浑身难受，精力和哈士奇差不多旺盛。

只不过今天他没和队里的人练追逐跑，惯例 5 公里跑完再拉伸肌肉就回班了。昨天 8 张数学卷子啊，他一笔都没动。

上 4 楼，拐弯，进 9 班前门，张钊哼着歌儿，奔着同桌去。

"让让，给钊哥腾个地方。"他来晚了也不道歉。

苏晓原的眉头一皱，眼睛盈着埋怨："你不是说早点儿来吗？一点儿时间观念都没有。"

张钊还真没有时间观念，但有厚脸皮，手欠，话密，喜欢欺负人，看小仙鹤低着的脑袋就想揉一把，试试手感。

"这不是起晚了嘛……麻烦挪挪腿，往后我帮你要卷子去，占你一点儿地方放东西。"

"你……你无赖。"苏晓原翻来覆去也就这几句话。可他想要好卷子，只好把左腿往里头挪，让出来一块地方。

"我心还是很善良的。"张钊像是为了报复这个人害自己昨晚没睡好，故意把包放他正下面，"数学课代表，卷子呢？"

"没写完。"苏晓原清澈的大眼睛瞪过来，半点儿威胁性没有，可就是很透亮，有别人都没有的清高和认真，"我不是故意不给你抄，是题太简单了，浪费我写模拟卷子的时间。可小题我都写完了，你看，两份卷子就6道大题没动。"

卷子上还真写了不少，除了大题，全部写好了。像耐心的家教老师，怕数学基础差的学生看不懂，步骤标得一清二楚。

字还特别工整，方便抄。

"这……"张钊装出受宠若惊的样子来，其实他也羡慕祝杰，也想有个人围着自己，发自内心关心就行，"都是给我抄的啊？还没人对我这么……好过。"

"啊？"苏晓原没明白。

"我昨天随便说的，没想到你真愿意借我抄……"张钊长得痞，学人家抿嘴，像迷途知返的浪子，又学人家眼神，看一眼就不敢看了，"……我是个差生，你懂吗？没人看得起我，你不一样。"

苏晓原上钩了，立马觉得自己没写大题是个罪过。张钊是个差生，这都是基础题，自己写出来还能帮他讲呢，都空着，多像看不起他啊。

"我没那么想……怕你看不清楚数字，所以才写得特别清晰，不然抄错了老干该骂人了。他真凶……"张钊和自己推心置腹，苏晓原也不甘落后，生怕他再多想，"他昨天……凶我凶得特别大声儿，我直接从办公室跑出来的。要不然你先抄前面的，我现在把大题给你补上？"

"不用……"张钊抠着虎口的擦伤，弄出血来，可怜巴巴，"补上了，我也看不懂……也没人愿意给我讲。"

"我愿意。"苏晓原腿不好，屁股一扭，坐姿不太端正，看着他，不问他满头汗怎么来的，也不问为什么来晚了 40 分钟，"我愿意啊。"

这一刻，张钊用装出来的狼狈不堪骗了苏晓原，也骗着了他的酒窝。

CHAPTER

苏晓原的字，大片大片地看过去，因为字体完全统一，竟然有区别于他体形的大气磅礴，很有气势。

黑板报

Heibanbao

04

擦了怪可惜的。可如果明天早上，小仙鹤发现板报叫人毁了呢？

　　张钊是个很逗的差生，他学习很差，基本上没有抢救的可能性，大专预备役，本科悬。可他偏偏还要交作业，抄，也要抄得完完整整。

　　大概是受他妈妈影响，他妈从他上一年级的时候就告诉他，作业本绝对不能空着，不会写的题目，要老老实实地写我不会，这样老师才能知道你哪里不会。

　　结果这习惯到了初中，成了张钊每天的必做内容。文科他写，数学真是不动脑子，等着抄别人的。他妈怎么劝都没辙，什么办法都试过，儿子就是讨厌数学，两人经常因为成绩闹不愉快。

　　从前8班也有好学生，总能借来抄一抄。这回分成9班，不写作业的学生大概一锅聚齐了。好在张钊临时培养了一个作业工具人，还骗了一波关心。

　　他一面抄，一面偷看苏晓原在旁边唰唰地写，不一会儿6道大题全写出来了，从解字到结论，标准格式，一清二楚。

　　"给，你快抄吧，有不懂的吗？"苏晓原怪开心的，这算开始融入集体了吗，认识了何安，还有张钊罩他，"我没跳步骤，你先看看。"

　　"谢了啊。"张钊假模假式地看，埋头猛抄，装难为情，"你学习可真够好的，大题转眼写6道，往后咱俩同桌，你可别嫌弃我学习差啊……你真了不得。"

"那哪儿能，学习成绩又不代表一切，是吧？"苏晓原怕他难过，瞅了眼脚底下的包，感觉张钊像个没人管的野生大孩子，家里没人照顾吗？连个正经书包都不带。"你往后不会了就问我，只要别在上课时候问，下课我愿意给你讲。"

为了看小酒窝，张钊抄错了一道填空。

"真的啊？你愿意给我……给我这种差生讲题，不怕别人笑话你对牛弹琴？我成绩不好，有时候都不知道……自己的未来在哪儿，唉，真羡慕你。"

苏晓原是个老实孩子，大姨和大姨父也教他与人为善。虽然等他长大了之后，才明白这个与人为善的期望是怕自己在外面和别人起冲突，有一条不好使的腿，跑都跑不掉。

张钊说话时的落寞刺痛了他的心，是真的有点儿疼。

自己从小就在实验学校，尖子班，身边的同学，哪一个不是趾高气扬奔着全国重点去的啊，一提起未来两个字，他们身后隐形的小翅膀就启动了，恨不得马上就在国内一流大学里挥洒青春。文化课的成绩是这帮孩子最引以为傲的敲门砖。

张钊这样的人是苏晓原没接触过的，他自卑，低着头提成绩、未来，是另外一副光景。因为他不敢提，不敢想，连麻烦自己讲几道题都过意不去。

"咱俩是同桌，有什么可嫌弃的，你也别放弃自己，还有一年呢。"苏晓原一脸真诚，若隐若现的小酒窝也跟着给张钊打气，"而且我跟你说……"

"等等啊，我把这道大题抄完。"张钊发现小仙鹤还挺能聊的，"我怕你一说话，我思路就断了。虽然这题暂时看不懂，可抄一遍我也走脑子。"

"哦，也对。"苏晓原又被骗了，乖乖地闭了嘴，认真看张钊抄作业，等着给他讲。

张钭完全不过脑子地抄，一点儿不珍惜别人的劳动成果。

不大一会儿，历史老师踩着早自习的预备铃进来，班里座位还空着一半。

"班长……"苏晓原也不知道自己能不能说话了，可还想说，大概是昨天没人理给憋着了，"班里同学不齐，老师不扣分吗？"

"你怎么满脑子都是分啊。"张钭没上过他那种班风严格的尖子班，"体特还没上来呢，估计都在男厕所里擦膀子。往后你去厕所可别挑这时候，全是光着的，吓死你。"

"真的啊？"苏晓原像听天书，从前班里提前半小时坐齐，少一个班主任满楼道叫唤，还扣分，"我听你们聊天，和何安……"他不敢把陶文昌叫昌子，跟人家不熟，"还有陶文昌，体特生也挺辛苦的吧？"

欸，问到钭哥心里去了。但小仙鹤能懂他们体特生的苦吗？他觉得不能。尖子生永远看不起体育生。

"是，特累。"张钭不愿意和他说这些，随便抛了个话题，"你以前班里还扣分？"

苏晓原准确地接到了话题，为自己能和班里同学聊上天暗暗高兴。

上小学的时候，因为走路姿势奇怪被同学排挤好几年，他受不了班里谁都不搭理自己的滋味。

"扣，每个人都有平时分，监控可严了，我们上课稍微走神，监控都能识别出来……可严了。"苏晓原还觉得自己离张钭太远，怪生分的，偷摸地挪了挪凳子，"分扣多了，座位就往后调，月考分数两次不合格就踢出去了……咱们班里的监控，好像没那么厉害。"

"那破监控……"题快抄完了，张钭聊天的兴致也来了，"只能看见大半个教室，后头俩死角……我怎么听着你以前那不叫上学，倒像蹲监狱啊。"

"你胡说。"苏晓原不喜欢母校被人诋毁，"我们那是重点实验中学，数一数二的，不信你去南城打听打听，我……"

话说一半，张钊不再言语，苏晓原愣着，感觉自己说错了话。

自己干什么呢？和一个找不到未来的差生显摆这个，不是欺负人吗。

"挺好的啊。"张钊走神了，满屋找昌子、何安，不知俩人怎么还没上来。

苏晓原以为他的反应是被伤到了自尊心，又挪挪凳子，和张钊挨得更近了些："其实……也不是什么都好，我们班里也有不好的地方。大家都比着学，我也累。"

"啊？不会吧？"张钊漫不经心地接话，看见俩人进来才放心。紧接着进来的是祝杰、薛业，勾肩搭背。

"真的，大半个班的同学我都不熟，不怎么说话。"苏晓原为自己成功缓和了对话气氛高兴，"班里流动性大，这个月还在的同班，下个月兴许就被挤出去了。可我一直都在前三排，我同桌也……"

正式上课的铃声打断了苏晓原的话，他咻地闭上嘴巴，拿出历史笔记本来。张钊并不关心他从前什么环境、什么同桌，抄完了数学，准备在历史课上吃早饭。

历史课的氛围和数学课完全不一样，大部分人都做笔记，乍一看还是挺认真的一帮学生。

张钊早前经常去延城、哈市冬训，吃惯了各种加料的烤冷面，自己会做。正当他努力把这一大口咽下去的时候，旁边突然有个不起眼的动静，咕一声，还带拐弯儿的。

怎么回事儿？

他顺着声音找，看苏晓原正捂着肚子，试图把肠胃抗议的叫声压下去，还很不好意思地拽运动包，试图再把它往旁边挪1厘米。

"我……"怕张钊误以为自己踩脏了包，苏晓原先解释，"你包太大了，我没有地方坐。"一般人会直接说我的腿伸不直了，可他偏不说。

"饿了啊？肚子叫那么大声儿。"张钊嚼着食物问，果然是仙鹤啊，不吃午饭又不吃早饭，辟谷度日准备升仙是吧。

苏晓原瞬间无地自容了，教室难得这么安静，偏偏他肚子叫的声音还这么大："你胡说，我……"

"你不吃早饭，等着来学校喝西北风啊？"抄了人家的作业，张钊也得给他一点甜头，攻心计似的，"饿不？"

"我不饿。"苏晓原的脸完全憋红了，总觉得张钊的眼光落在自己腿上，一紧张就习惯缩腿，恨不得能缩多短就缩多短，把1米75的身高缩成1米57才好。

"你家里没给钱买早点？"张钊觉得他特有意思。不就是肚子响了吗，至于吗，臊得整个人都不会动了。

苏晓原的脸皮比玻璃纸还薄："给了，我家给我钱。学校小卖部在哪儿啊，下课你带我去一趟行吗，我想买面包。"

钱有，从小苏晓原就不缺零花钱，大姨大姨父没有孩子，把他当亲儿子养，大把大把给他花。陈琴也给，可她头一天是夜班，所以早上没起，只在睡前备好第二天的早点，放冰箱里。

苏晓原和弟弟睡一个房间，自己在下铺，被苏运下梯子的动静吵醒。吃早点的时候小运又提起那些不堪的往事，苏晓原坐不住，半碗红枣粥都没喝完就上学校来了。

来早就来早吧，结果张钊又没准时到。

"面包多没营养，你这么瘦，还想不想长个儿了？"张钊猜他饿坏了，把烤冷面揪断，"还有干净塑料袋吗？"

苏晓原不敢，可他太饿了，张钊手里的东西又太香。

"有……"他乖乖地说，很没出息地从桌斗里扯出一个新的来，"你给我一点儿就行，我不饿……我不要这么多，吃不完。"

"吃不完你扔了呗。"张钊受不了他小里小气，爽快地给了一大半，"吃，钊哥自己做的，绝对干净，双肠三个蛋。"

"这是什么啊？"苏晓原闻了闻，好香。

张钊笑话他没见识："烤冷面啊，你吃。"

苏晓原真的没吃过，大姨不让自己吃路边摊子，吃几回鸭血粉丝他就高兴坏了。大姨父看他爱吃，干脆学会了在家做。

"那你还够吃吗？"趁老师转头写字，俩人一起低头咬，只不过张钊是一大口，苏晓原咬得小模小样，"这个好吃，真好吃……这里头……什么啊？"

吃一口，抿一下嘴。

"洋葱啊。"张钊瞧他吃饭小心翼翼的样儿，很想塞他一大口。

"洋葱？"苏晓原傻了，虚着声，皱着眉头，小酒窝立马不见，"那咱俩吃完啦，嘴里有味儿怎么办啊，跟别人说话……有大葱味儿。"

"什么大葱不大葱的，会不会说话。"张钊给他一句，闷头狂吃，"下课我带你去小卖部买口香糖，快吃，让老师闻见你就死定了！"

"噢噢，对……"苏晓原忽然被点醒，上课呢，从前自己可是标杆生，怎么到 9 班就堕落成这副样子。当务之急是先吃完，于是大大地咬了一口。

张钊又是骗人呢，老师才不管。

"谢谢你啊……"苏晓原捂着嘴说，怕洋葱味道散出去，叫人笑话。张钊早吃完了，直愣愣地看着前头，正在抄笔记。

苏晓原是个知恩图报的好孩子，吃了人家一半的早饭，就想着给人家一些什么。于是他小心翼翼翻起了包，从内侧兜儿掏出东西来，在手心里攥了攥。

"给，家里带出来的，你吃吗？"上课交头接耳对苏晓原实在太困难了，说一句话，心里难受半天。

张钊正在走神，余光中凑过来一只白白的拳头。他低头一看，拳头就松开了，掌心里躺着一颗糖。

是大虾酥。

张钊的心像撑满了热流的火山，火浆子憋着，不仅骗了一波关心，还骗了一颗糖："这专门给我的啊？"

"嘘，你小声儿点，老师在上头……"苏晓原惊慌地看黑板，悄摸摸地继续伸手，"……在上头听着呢。给，早上从家里拿的。"

"这哪儿好意思啊……咱俩，不一样。你不用对我这么……好。"张钊在校裤上蹭了把脏手，像个没吃过糖的穷孩子。别说，演得还挺像的。

不只是糖，他还想要骗别的，可要什么张钊自己都不知道。

苏晓原上当了，心里难受一阵："这有什么不好意思的，咱俩是同桌，你给我吃烤冷面，我给你吃大虾酥，这不是……"他很少和别人这么亲热，"……挺好的嘛，咱俩一样，你拿着啊。"

张钊这才伸手，常年跑圈儿，手背手心明显有黑白的色差。大手捉了小手里的糖，猝不及防地往裤兜里藏。

"也就你看得起我。"这句话说得不太假。

体特生是个很特殊的群体，早读不参加，下午少上两节课去训练，体育课单独拎出来。晚自习的时候，别人都在奋笔疾书，他们在训练场上累得要死。隔三岔五这人就没了，必须要去打比赛，有了成绩学校才会重视体育这一块儿。

也有那种特别牛的学霸身兼国家二级运动员的，不少，但张钊他们明显不是。他们只是一帮热爱体育、在体育上谋出路的孩子。好学生觉得体育生很狂，聊不到一起去，老师更不喜欢。

只有在体育里摸爬滚打的兄弟们肯搭把手，好学生都是拿鼻孔看他们。所以张钊不喜欢尖子生，别闹了，你们拼文化课，我们拼身体素质，谁看不起谁啊。

也许就是这几分真情实感在，张钊说话的样子有了一种破败的颓废感。

从没接触过差生的苏晓原被他糊弄蒙了，结果就是……又拿出了一块大虾酥。

"给，拿着。"这回他整个人贴过来给。

"干吗啊？"其实张钊根本不敢吃零食。

"我看得起你，你也别看不起自己，糖我还有呢，管你够。"苏晓原生出些无力的难受，这么个高个儿，连一块儿糖都不拿，可真塞给他，他当宝贝似的揣兜儿里，"你爱吃这个？"

爱吃吗？张钊真的爱吃，这么个桀骜不驯的灵魂爱吃零食，也真是很丢脸。

"爱吃啊，可我妈从小就管着我吃这些，从来不给我买。"

"啊，不给买啊？"苏晓原头一回上课说这么多话，老师也不管，他很天真地问，"……你家，为什么不给买啊？"

眼神里十成十的担忧，张钊看得清清楚楚的，他是以为自己家里条件不行。

"我这么大了，老吃零食像什么话啊，我爸偷着买，都让我妈给扔出去。"已经装成卑微末等生了，家里没钱这个戏份张钊就不装了，主要是也装不下去。他动动手指，糖纸在指间哗啦哗啦地响。

"我妈那人特别烦，烦得要命，什么都管着……"

苏晓原上课从不吃东西，可现在，他想吃一口甜，压一压嘴里的洋葱味儿："你别这么说家里人，你也吃啊，大虾酥好吃。"

"我舍不得吃。除了我爸，也就你给我糖了，我留着慢慢吃。"张钊随便找了个理由。体育生的自制力就是尊严，吃一颗糖下楼跑 5 圈儿的记忆还没忘。

苏晓原含着一块糖，吐字不太清楚，表情却生动："那你想吃的时候再吃，吃完了我……你干吗！"

"你老一惊一乍地干吗啊，小姑娘似的。"张钊从他脸上摘了一片玻璃糖纸，是裹大虾酥的糖衣，搁别人身上像蜻蜓翅膀，搁苏晓原嘴边，让他想起夏训时候见过的一种小飞虫。

豆娘，颜色很漂亮，身子特别特别纤细，翅膀也是细细的一小条，轻轻地飞，轻轻地落。

苏晓原抿了一下嘴："我要听讲，咱俩快做笔记。"

"嗯嗯嗯，做笔记。"张钊还在琢磨刚才那块透明的糖衣，一边拿起了笔。

四节历史课一下上到中午，苏晓原一直做着笔记，除了下课叫张钊带他找了小卖部，基本上没有什么活动。他活动量是真的小，几乎不动。再去抬餐箱，张钊可不敢用他了。

"走了啊？"张钊带着人上来，苏晓原正在背书包。

班里没人理自己，苏晓原看见他和何安，心里暖融融的："嗯，我家特别近，你还吃大虾酥吗？我给你带。"

"什么？大虾……"何安又被踹了一脚，从角度上分析，是张钊。

"也行，我爱吃……下午历史笔记借我抄抄行吗，有一段儿我睡着了。"自从有了苏晓原，张钊连文科都敢睡觉了。要是继续攀好交情，兴许将来能使唤小仙鹤亲手帮自己抄一份。

"笔记在我桌斗里，你自己拿吧……我还有呢，这个给你。"苏晓原从兜儿里掏了一颗大虾酥，给了何安，这才回家去了。

何安不像张钊那么无赖，坐下的时候忧心忡忡："钊哥你这是干吗呢？"

"没干吗啊。"张钊仍旧先挑肥肉，扔出去，"你敢吃啊？"

"这有啥不敢的。"何安运动量大，别说糖了，薯条炸鸡都敢吃。

"敢吃那给你吧。"张钊不敢吃，把大虾酥扔桌上，"你说……他上着课，好端端地塞了块儿糖给我，他什么意思啊？"

何安怕糟蹋东西，直接两块塞嘴里："什么意思？不懂……反正钊哥你别欺负人啊，还借你抄笔记呢……再说你不是挺爱吃糖的吗。"

张钊头也不抬地塞青菜吃："那是从前。你现在怎么跟我妈似的，絮絮叨叨，我妈也是，她特烦人，从小就唠叨我吃零食……"

"……哦。"何安沉默了好半天，"咦，昌子呢？"

张钊把陶文昌的餐盒直接拆开："说中午不在学校吃。你吃，别浪费了啊。"

何安羡慕，昌子招姑娘喜欢，嘴甜又会来事儿，还有几个聊着的大学生姐姐呢："唉，什么时候我也能交个女生朋友啊……"

张钊笑着撞他一把："等你国二突破了桃花就来了，努把力，将来找个好的！"

"嗯，我努把力。"何安很实在，他没有特别高的远大志向，考个大学，将来干体育这方面的工作，当个教练就行。然后踏踏实实找个女孩儿，攒钱，买房子，把人家娶回来，这就是他这辈子的人生轨迹。

再远点儿，万一生个臭小子，从小教他扔铅球，这辈子齐活。

"钊哥，今天下午训练你来吗？"俩人吃饭都快，两盒营养餐瞬间没了。

"不去。"张钊已经退队了，再回去多没脸。更何况队里现在的一把手是祝杰。

"那你下午干吗去啊？"何安觉得奇怪，"又找你堂哥去？"

"他？找他还不如回家遛狗呢。"张钊神秘地挤了挤眼睛，想把下午的时间空出来，"下午苏晓原出板报，我看着他。"

何安更不懂了："看着？人家好端端地出黑板报，你一个啥都不懂的看着干吗啊？"

"就他那脾气，小姑娘似的，没人看着，不得让班里欺负死？"张钊笃定地说道，很是嚣张跋扈。何安又不说话了，心里想的却是真没人欺负人家，就你。

苏晓原回了家，家中只有自己，小运初中远点儿，在学校里吃。饭菜都在冰箱里，陈琴疼他，抽时间也做出四菜一汤。他很快吃好，临走时候路过糖匣子，一下住了脚。

想了又想，苏晓原从一堆缤纷包装的糖里挑出两颗大虾酥，装进了书包。

张钊对自己那么照顾，他喜欢吃，那就给他带着吧。

下午，整节整节的课全是英语，夏天本来人就容易犯困，半个班清醒着就很不错了。前两节讲题，后两节随堂测试，正当苏晓原发愁英语试卷也太过简单的时候，左脚腕被人钩了一下。

是张钊！苏晓原慌张着瞥他一眼，赶紧又看试卷。他这是要干吗？

张钊抬了抬头，睡眼迷蒙的。他也小心着，看看题，又看看老师，再看苏晓原，然后挑了一下眉毛。

这是要……要自己帮他作弊！苏晓原从没干过这种事，从前班里更是不可能，有人作弊立马被监控捉住。

不行吧……干这个事儿，他害怕。

这么好的资源坐旁边，除了抄作业当然要方便考试了。张钊又看了一眼老师，随即摇了摇头，把卷子往右边移。

"没事儿，不用怕，老师不管，发现了算我的。"俩人桌子挨着，他把这句话写卷子上了。

苏晓原根本不敢往旁边看，好像看一眼就犯了大罪。张钊的卷子却一而再地推过来，他没办法，然后趁老师不注意，想把答题卡给张钊瞥一下。没想到刚推过去，直接就被张钊拿走了。

正儿八经地压在自己的答题卡下头，光明正大地抄。

英语老师听见动静，抬头找了找，又低头看教案了，连讲台都没下。苏晓原脸红得像山寨的年画娃娃，才想起来，这已经不是从前的实验中学了，这里是和区一中高三（9）班，没人管的一个班。

这种犯罪感一直持续到考试结束，卷子收完，体特生拎起包往外头冲，和其他几个班的抢训练场地。张钊慢悠悠过来，碰了一下发呆的苏晓原。

"不至于吧，给我看看答题卡能吓成这样？"他笑话着一个尖子生的底线，又往他脚下看了看，"吓得尿裤子了？"

"你胡说。"苏晓原骂得有气无力，"你还是班长呢，不会的题你空着，考试作弊到最后骗的是你自己。"

张钊坐在课桌上晃腿，眉毛紧紧一皱："你说话跟我妈真像，她就爱唠唠叨叨的……不说了，你饿不饿？我给你买吃的去，吃完咱俩出板报。"

"我不饿，咱俩先弄板报吧，早弄完早回家。"苏晓原怕耽误时间，"桌椅是不是要挪开啊？"

"小意思，我来。"说着还真帮人家挪开了，教室小，张钊挪了四套桌椅才空出位置来。

"谢谢啊，我刚才不是嫌你打扰我，我是怕你老这样儿，最后不知道自己的学习进度。"苏晓原立在旁边，羡慕他一回能搬动整一套桌椅，腿长，胳膊也长，劲儿真大。

"你看地方够吗？"张钊不想让他走，热情建议，"对了，咱们班没有彩色粉笔，我陪你去后勤室拿几盒，备着。"

苏晓原迈着标准外八的右脚找了找，还真没有。

"不去了吧，我不想搞太久，还得回家复习呢。"

英语老师比老王好说话，苏晓原想去要一份1班的英语卷子做。这样下来，一天就要做两个班的作业。

"你要是不愿意也行……"也不知道为什么，张钊不想让他走，想无赖地霸占他的时间，尽职尽责地演戏，"我也是随口一说。我看别的班……他们班的板报都是彩色的，就想着咱们也试试，别叫其他班的看不起咱们9班，觉得9班是烂泥糊不上墙……"

"彩粉笔也行，我去拿。"苏晓原马上乖巧地上当了，原来张钊是这个心思，怪自己没想到，"你不用跟我去，我顺路去英语办公室看看。"

"我还是跟着你去吧。"张钊演上瘾了，"……你知道有的老师挺那个的，不认识你，再知道你是9班的，懂吧？我还是跟着吧，有我在，没有哪个老师敢给你气受。"

"咱们是学生，不能这样。"苏晓原有些触动，他第一次和差生接触，怕他们生事打架，可却又享受被笼罩的安全感，"再说也没人给我气受……走吧。"

苏晓原心软，也很善良。

从前身边全是趾高气扬的名校待定生，现在叫张钊欲言又止的假自卑难受得不行。被人看不起的滋味别人或许不懂，他懂，所以才拼了命读书，拿挑不出错儿的成绩换取同学的羡慕和友好。

小学的孩子是一群多么天真无邪的生物啊，走路还不稳当的他稳坐年级第一之后，那些取外号的、学他走路的同学渐渐少了，取而代之的是愿意和自己一起上下学的小伙伴。

可张钊学习不好，他无能为力的消沉打动了苏晓原心里最柔软的温善，看他英气勃勃的眉眼耷拉着，苏晓原的心像捏碎了一样，酸的。

"你放心吧，咱们班的板报包在我身上。"苏晓原挽起袖口，轻轻摘下他的腕表，准备好好出第一期黑板报。

陶文昌赶在晚自习之前进的教室，看一圈人围在后头。

"你们看什么呢？"他挤过去瞧，叫精致的图文并茂黑板报震了一下，"闹呢吧，我没进错屋吧？"

张钊打着一盆干净水进来："让让，让让啊……你还知道回来？训练没有啊今天？"

"这不赶着回来训嘛。"陶文昌下了课就往外跑，敢逃课，不敢逃训练，"这个给何安。"

苏晓原踩着凳子，给开学季这仨立体字描边。黑板槽里是各色粉笔，落着各色的粉笔灰，桌上两盆清水等着他洗抹布。

张钊也没想到小仙鹤这么能，钢笔字好看，粉笔字更好看，像拿图章印的。他手白，打湿的指头叫彩粉染了颜色，真的……倍儿漂亮。

"谁给你买的蛋白粉啊？"张钊放下水一看，袋子里的东西见过，这牌子不便宜，专业运动员用的。

陶文昌往墙上一靠，声如蚊蚋："唉，一个姐姐呗。对我挺好的。"说完，英俊的二皮脸红了又红。

苏晓原画完最后一笔，回头也震了一下，太专注，都不知道围了好些人看。

"你们看，画得还行吗？"

身边最近的几个女生比他还结实，身条有健美的飒爽："行啊，你这字跟彩墨喷上去似的！""是啊，好看！""比 1 班的还好呢！"

苏晓原不耐夸，一夸就笑，笑了就抿嘴。

"……也没多好，下回再换板报估计就教师节了，我画个更好的。"他明白了，原来张钊叫自己出板报是为了帮自己融入集体。还给自己要了英文试卷，AB 两套都要过来了，真是个热心肠。

"出完了？"轰走了陶文昌，张钊过来看，"我就说你干这个绝对厉害吧，你们说说，是不是特好看？咱们班晓原可以，不比 1 班的差。"

围着看的人、夸的人一多，苏晓原开始发愁怎么下去。

"也没什么，这些都挺简单的，要是再弄个高考倒……"他不说了，敏感的他察觉到这个班并不希望有倒计时这种东西，"班长，咱们板报评分吗？"

"评啊，就后天下午。你还站着干吗，7点半了，拾掇完回家写作业去啊。"张钊看他站那么老高，身子还总是不稳，就开始琢磨他到底为什么老晃悠。

"我这就下去。"苏晓原考虑要不要先蹲，这样跳下去，肯定要摔。

"不敢跳啊？"张钊琢磨半天了，没琢磨出来，擦起黑板槽里的粉笔末，不知不觉就擦到了他身边，"扶着我跳啊，肩膀好使着呢，值得依靠。"

女生笑了，笑张钊不正经。他确实随口说的，倒是苏晓原，被值得依靠四个字闹得下不来台，一边扶着他，一边用外八字的右脚踩了地。

"你胡说，什么依靠不依靠的。"他羡慕死了，这个身高和这个体格，真是轻易不倒，"你再胡说我生气了啊。"

"你心里摸摸正，我什么时候胡说过啊。"张钊笑着去收拾书包，快到晚自习下课的时候，9班里的人就剩几个。不一会儿，净校铃声来了，广播里响起萨克斯版的《回家》。

"走吧。"张钊是班长，拿着一串教室钥匙，远远欣赏了一下板报，比近看还漂亮一万倍。

苏晓原的字，大片大片地看过去，因为字体完全统一，竟然有区别于他体形的大气磅礴，很有气势。擦了怪可惜的。

可如果明天早上，小仙鹤发现板报叫人毁了呢？

他一定会觉得班里有人针对他，自己才是9班里真正对他好的，保不齐明天晚上还能一起出板报，多聊两个小时。

苏晓原特别兴奋，开学第二天成功融入小半个集体。一高兴，就想赶紧回家写英语卷子。

"你怎么回家啊？"走到校门口，高却不气派的大铁门好像也比从前顺眼了，苏晓原还和张大爷打了个招呼。

张钊瞥了一眼自行车停放处："骑车，你走回去不远吧？"

"不远，就十分钟，有时候我妈还下楼接我呢。"苏晓原一高兴就把家里事说了。

"哟，那你妈可真好，我妈就不来接，烦死了，整天做生意，别说接我，经常见都见不着。"张钊盘算着时间，突然摸了一把肚子，"怎么肚子疼了……你有纸巾吗？"

"啊？肚子疼？"苏晓原看他眉头紧皱，赶紧从书包里拿餐巾纸，"趁着没锁门，你快回去上厕所，还得骑车回家呢！"

骑着车的时候闹肚子得多疼，还得到处找厕所去。

"那行……哎哟……那我先去方便一下啊，明天作业借我抄抄！"张钊抓了纸巾，撒丫子往教学楼跑，一直跑到 4 层，却没有进洗手间。而是开了高三（9）班的后门。

后门是摄像头的盲区，他精明地蹭着墙皮，径直走到苏晓原忙活一整晚的作品前面。

大刀阔斧地擦了起来。

擦的时候，张钊琢磨起明天苏晓原的表情，一定是又生气又没辙，瞅着自己发愁。也不知道他家到底在哪儿，走 10 分钟就到了，可真够近的。

作案完毕，张钊偷摸地锁好门，一边下楼一边拆兜儿里的纸巾。同样是雪青色的包装纸，闻起来香喷喷的，像什么花儿一样。

"班长！"谁知道刚走到校门口，苏晓原的声音给张钊吓得一哆嗦。

"你出来了啊？"苏晓原没走，还在门口站着呢。学校学生快走光了，就他一个人，一身蓝色运动校服配帆布球鞋。

"你没走啊！"张钊做贼心虚，这小子不走，专门儿逮自己吧。

"我怕张大爷把校门锁了，你出不来，就让他等等，顺便给你个东西。"苏晓原完全不知道发生了什么，糖在手里攥了好半天，"中午回家多给你拿了几个，你吃。"

他手里是两块大虾酥，指头上的红色粉笔印子还没擦下去。

CHAPTER

"我不要这个。"张钊眼巴巴看着苏晓原，觉得他今天对自己不好，又琢磨自己的东西是不是叫人抢了。emmmmm……

红双喜

Hongshuangxi

05

"还有那种……红双喜的吗？结婚用的。"

CHAPTER 05

张钊作业写到一半开始看着大虾酥发愣。

顾名思义，这糖做得就像个虾子的中段儿，光光滑滑，饱饱满满，撕开透明的糖衣，白褐相间的糖皮是薄而脆的。里头是松软的花生酱馅儿，不散也不硬，吃多了也不腻不厌，倍儿好吃。

"汪呜！汪汪！"凯撒拱着大脑袋往张钊身上扑，大尾巴甩起来，一个掉毛的活天使。

"你起来，都在楼下跑好几圈儿了还要出去，往后直接把你养楼下得了。"张钊使劲儿把狗头推开，想继续琢磨他的大虾酥。

凯撒的眼睛雪亮，像玻璃珠子，有透明感。也许是出于嫉妒，也许是出于主人的冷落，它又扑了一下，尖长的狗嘴直接搭在了桌边，舌头再一卷……把主人的琢磨对象吃了。

"你吃我糖干吗！你缺不缺德啊！"张钊一眼没看住，两颗糖就进了狗嘴，他抓着凯撒的大牙还往里找呢，找什么啊，早没了。

凯撒意外吃到两颗大虾酥，舔着嘴，有种意犹未尽感。可又觉得把主人给惹了，甩了个飞机耳出来。

"行，你行，你就瞎吃吧，那是花生的，也不怕吃死你！"张钊对哈士奇表示五体投地的无奈，什么都敢吃、哪儿都敢去，瞧见泥坑比瞧见亲爸还兴奋，直接扑下去撒泼打滚，简直从地球的内核二到太阳系的边缘。

张扬——张钊堂哥——进屋的时候第一反应是有人入室抢劫！他几天回来一趟，前阵子染了个亚麻闷青色的头发，现在快要褪成金色了。"我家凳子叫谁拆了？"张扬面对满地的凳子腿儿发出质问。

"咦，哥？你今儿怎么回来了啊？"张钊穿着运动短裤从厨房溜达出来，身上全是汗滴。

"这是我的房子，我再不回来家都被拆了！"张扬数了数地上的凳子腿儿，8条，看来有两张凳子惨遭不幸，"你大晚上抽什么风呢！"

张钊比张扬小两岁，堂兄弟，从穿开裆裤一起玩儿大，尿尿和泥巴那种。堂哥的房离一中很近，骑车一刻钟就能到，所以张钊经常赖在这儿住。

"不是我干的啊，不是我，是凯撒抽风了。"张钊刚练完4组引体向上，二头肌还硬着。凯撒歪着脑袋，看着这哥儿俩，承受着三岁年龄不该承受的冤屈。

张扬又不傻，哈士奇再折腾也拆不了这么多凳子腿儿："你别贫了，一会儿麻利给我安上。给没给你爸打电话啊？"

"打了，我爸在海市看项目呢，倍儿滋润。你回来……拿衣服啊？"

这个堂哥吧，可以说是张钊小时候的唯一小伙伴加模仿对象。小孩儿都有这样的心理，大孩子玩儿什么，自己也想着要。张扬从小就是小区里的一霸，欺负欺负这个，戏弄戏弄那个，鬼点子多得很，结果张钊有样学样地成了下一任孩子干，专门欺负小伙伴。俩人是堂兄弟，长相却不是一卦的，张扬有一张很阴柔的脸。

"拿什么啊，我就回来看看。你是不是又遇上珠峰了？"

这个堂弟，从小一有想不明白的问题就用珠峰打比方，动不动就我翻越不了这座喜马拉雅、我爬不上去、我要歇菜。可叫张扬挺刮目相看的是张钊身上自带体育生的天性，不屈服、不认输，珠峰能吓住他，却难不倒他，一猛子冲过去就行了。

张钊悻悻地过来，还不承认拆家壮举是自己所为："什么珠峰啊，我这么牛的腿，这么牛的弹跳力，还有什么爬不上去的。"

"你到底怎么回事儿？"张扬摸一摸凯撒的狗头以示安慰。凯撒支棱着尖尖的耳朵，嘴巴咧成微笑的弧度，更二了。

张钊弹了一下狗鼻子："我大虾酥叫它吃了。"凯撒低低地嗷呜一声，躲张扬身后藏着去。

"少废话，这回又是什么事儿，说痛快点儿。"张扬是个急脾气，比张钊还急，眉毛挑着像黄粱一梦里的书生。

"哥，我这回面前的一座珠峰，是世界上最高的喜马拉雅。"

兄弟俩从小都是不好好学习的人，张扬大二，去年刚上的大学，却没想到堂弟的地理知识已经次到令人发指的程度："喜马拉雅就一座，知识点不够你读书去，少抽风。"

张钊直接坐下，拿着拆凳子的螺丝刀，试图把腿儿重新安上："哥，我们班新来了一个插班生，我真特受不了。你知道他多小清新吗？坐也坐不稳，摇摇晃晃，下个楼梯摇摇欲坠，说话跟掐着嗓子似的，特小声儿，走路还颤颤的……还是我同桌。他还是学霸呢，粉笔字挺好看的。"

张扬明白了，这是欺负人的毛病犯了："你别闹啊，人家是学霸你管那么多呢。同桌？同桌好啊，让你也感受一下学习的氛围，别成天混日子。"

"他还在桌腿儿上拴垃圾袋呢，你猜他手表带儿什么颜色？"张钊也不知道自己怎么记这么清楚，"雪青色的，你受得了吗？"

"我看你是欠收拾。"张扬打开冰箱，里头除了纯净水就是煮鸡蛋，"跟你说了多少次了，不要欺负同学。你欺负阿猫阿狗也就算了，同学是用来欺负的吗？同学是要友好相处的。再说你都高三了，再受不了人家，最多也就这最后一年。有那功夫不如想想重新训练，练这么多年了，不跑多可惜啊。"

张钊满不在乎，修完椅子，开始疯狂蹂躏凯撒毛茸茸的大脑袋："我就是受不了他……他连烤冷面都没吃过。"

"没吃过烤冷面也不行了？你给烤冷面代言了啊！"张扬就是回来看看，没想多待，"说你别不听，好好和同学相处。有句话还叫远亲不如近邻呢，能照顾你就照顾点儿。"

张扬急着要走："反正话给你放下了，别成天欺负同学。你多大了？明年高考就 18 岁了……我走了啊，你要是闲得慌就下楼遛遛狗，脾气改改！"说着，拿了几瓶水扬长而去。

"改啥啊……再说，我也没欺负他啊。"张钊自言自语，和凯撒一起盯着安不回去的凳子腿儿，发愁。

之所以张扬急着要走是有人等，可说好了在小区门口，半天找不见人。他性子急躁，刚准备打电话，看见一个圆寸小伙子往这边急跑，手里还拿着两瓶冰饮。

"干吗去了你？"张扬长眼一瞪，"横穿马路你又想挨撞是吧？"

尽管是去年出的车祸，可这么一听，杨光后脑勺还是一疼。太阳穴的小疤瘌消不掉了，留下一个小对勾。

"我怕你找不着我着急……"知道老三急性子，杨光给他手里塞东西，"三哥你喝水吗？你家旁边的便利店买一赠一。"

"谁让你买水去了？过马路不知道看路，你多大了？"张扬欺负起同学来一点儿不输给他堂弟，只有更甚，"大二了不会看红绿灯啊，红灯你就敢跑，我缺你这瓶水啊！"

杨光怕张扬，不止他怕，宿舍里的老三比老大还厉害："不是打折嘛……天热，我怕你渴。你不是说最怕热吗？"

"你再横穿马路不看红灯试试，我揍不死你。"张扬受不了他窝囊，更受不了他贪便宜，"饿了没有？"

杨光比张扬矮一点点，自己哥哥又出国了，所以把张扬当哥哥看："有点儿。"

"你能不能说句痛快话，有点儿是什么意思？"张扬拧了水给他，小光是宿舍老幺，从来不敢明明白白说感受，也不知道爸妈怎么教的。现在他算摸透了，有点儿的意思就是特饿。

"附近有个蒸汽海鲜你吃过没？三哥带你开荤去。"

杨光陪着老三跑了一天，午饭也没好好吃："没吃过，蒸汽海鲜是去年才流行的，我哥说他回来带我吃去。"

"你别老你哥你哥的，吃个饭还得等人带着去。"张扬受不了他没吃过蒸汽海鲜，伸了一把细手打出租车，"走走走，吃饭去，往后你过马路看着点儿，上回就是闯红灯给撞飞了，你真以为自己九条命……"

"欸，三哥你说话我听。"杨光很顺服地跟上来，黏着他走，"这个月我又卖出面膜了，三哥，我想给你饭卡里充钱。"

"省省吧，你能有多少钱……过马路看车！"张扬拎着他上车，唉，受不了，真受不了，操碎了心。

第二天，张钊特别早就来学校了，莫名其妙的，4点多开始就睡不着，一直睁眼等到6点再一跃而起。一系列常规训练后，徘徊在传达室的门前。

苏晓原急急忙忙地往校门走，他来晚了，早上的闹钟也不知道为什么没响。远远瞧见了张钊，穿着湖绿色的运动短裤，很好认。

"班长你锻炼啊？"他亲热地打了招呼，还好，张钊在，班里的人一定没齐呢，自己进去就不算太显眼。

"啊，刚练完，拉腿呢。"张钊和张大爷熟，因为俩人一个姓攀上了亲戚，从前翻墙进来还叫大爷打掩护，"张叔我走了啊！"

老张在一中几十年，5年前就认识这小伙子了，体特生训练都叫苦，他每天来最早，净校都轰不走："快上课去，不跑就不跑了吧，文化课你跟上啊！"

"我？尽量吧，改天咱俩撸串儿啊。"张钊拎起包，凝神听身后的脚步声。真够轻的，苏晓原走路和仙鹤一样，没声儿！

"嘿！"他突然定住，回身吓唬人。

"啊！"苏晓原没专心，注意力全在张钊露着的腿上。他腿怎么长得啊，小腿这么老长，跑起来肯定像阵风。

把人吓得叫了出来，张钊有些开心。但心里却有个感觉把他往回拽，明明自己安排好了一出戏，却不想，特别不想，叫苏晓原进高三（9）班，看到被自己擦得稀里糊涂的板报了。

"你不走啊？"苏晓原扭着头看教学楼，"是不是让我借你作业抄？"

张钊傻站着，歪着头琢磨怎么办："要不先别进班呢，你……你陪我去男厕所换衣服去吧。"

"换衣服就换衣服，你吓唬我干吗？你再这样儿我不给你作业抄了。"苏晓原瞧他支支吾吾的，心里懂了。张钊是想和自己交朋友，又怕因为成绩太差，自己看不起他。

"我哪儿知道你跟着，你走路没声儿，跟飘着来似的。"张钊放慢脚步。

"你胡说，你走路才飘着。"苏晓原骂完就笑了，"你怎么这么幼稚啊，撑死了幼儿园中班。你是哪年生日？"

张钊一步迈三节台阶，说了一个年份。宽肩膀撑得运动背心不带褶子，修长的小腿衬得跑鞋硕大。

"啊？你真是比我小呢！"苏晓原的酒窝不明显，凹得很浅，若隐若现，笑得深了才有，"我比你大一年，你几月的？"

"……6月，是……6月6号。"张钊不仅想告诉他月份，还想告诉他日子，可真告诉了又尴尬了，他像个跑道逃兵，一猛子钻进4楼男厕所。

苏晓原只觉得心软，张钊这人想交朋友又害羞。既然张钊这么自卑，那自己热情些应该的。

"你是双子座啊？"他颠颠地跟着，"我5月15的，比你大13个月，今年过的18岁生日。"

都成人了啊。张钊捧了一把冷水拍拍脸。

"你上学这么晚啊？"

"……嗯，家里人疼我，怕我到学校里挨欺负，等我大一岁才送去读书。"苏晓原背过去说，果真叫张钊的预防针说对了，全都是光着膀子擦汗的体特生。他们嘻嘻哈哈的，一个个挺拔地站在周围。

金牛座？好像是个特别能忍耐的踏实星座，爱钱，还爱吃。

"你在南城待了几年啊……"他转身想问，苏晓原则被一帮威武的体育生逼到门口了，背向他们，面向瓷砖。"你干吗呢？"张钊立刻走过去。

苏晓原没见过这些，因为自己的腿，他从不在外面露这么多，短裤更是没穿过，一年四季都是长裤。

"没干什么，你擦你的。"

"钊哥！"远处一个男生直接扔过来一条毛巾，"中午借球儿吗？"

张钊回头一瞧，8班曾经的兄弟，练跨栏的："你不好好跑栏子，瞎打什么球儿啊！再摔一次我笑话死你！"一把给毛巾扔回去，张钊像面结实的墙，调整方向，用他的身体帮苏晓原挡着，"我在你面前换，你甭怕他们。"

"这儿是门口，你快穿校服，上里头换去，跟我站门口干吗？"

张钊又开始装蒜了，这个时候，大家都知道体特生在换衣服，没人往厕所来。

"跟你站这儿……因为咱俩一个班，我罩着你呗。"

一个很幼稚的理由，像小学生，我跟你好我就愿意护着你，可说得确实又有几分真心，不容别人侵犯。

苏晓原吃惊地抬头，看到了张钊的后背。也许是太过结实，脊椎反而凹下去了。

等换好衣服，苏晓原和张钊踩着预备铃进了教室："想不到咱们学校体育生这么多，你们……"

张钊先声夺人，绞尽脑汁只能走这一步了："谁把板报给擦了！"

"什么？"苏晓原看傻了，原本好好的板报，叫人擦成救不回来的乱图，一着急，走起来颠得更明显，"我板报呢？昨天走的时候还好好的呢！我……我板报呢？"

张钊声音更大，拎起运动包甩在地上，稀里哗啦的："就是啊，咱俩走的时候还好好的呢！你们谁擦的啊？知不知道苏晓原昨儿画到多晚！"班里一开始没人说话，后来才有人说，什么进班的时候就这样儿了，什么哪个家伙手这么欠。

"……这怎么办啊？"苏晓原还是稚嫩，心血白费了，担心明天评分，担心班里有人针对自己。

"哪个这么手欠！"张钊入戏了，指着监视器，支着膝盖站在椅子上，"查出来，看我怎么收拾他！"

何安不说话，戴着眼镜看钊哥这个双子座的戏精。苏晓原一个新来的好学生，和谁都没结仇，能是谁啊？陶文昌早上刚结束变速跑，活动着劳累的骨架子过来劝："钊哥你急什么啊，再出一回不就得了。"

薛业刚好走到前门，看教室里气氛不对，愣是没敢一个人进来，在楼道里等祝杰。

"能不急吗？好端端叫人毁了……"张钊摔了一把抹布，咬着牙骂，"跟他过不去就是跟我过不去！"

苏晓原不敢置信地看傻了眼，胸口里狂跳："班长你别这样，一会儿老王该来了。"他抓着张钊的运动包，好像有自信，自己只要拽住他，这人就不会坏到哪儿去，"我晚上再出一版就是，你别这样，别为了我……"

他转身，没敢说完，怕张钊也不全是为了自己。

"为了你，我能不急吗！"张钊还想往前冲，拉不住，下一秒就能舍生取义，"你好不容易出的，再耽误一晚上怎么办？"

苏晓原心惊，还真为了自己："今天晚自习我再出就是。"

"你一个人行吗？"张钊追问，头发用运动型金属发箍拢向后，所有人齐刷刷看着他。

"你要不训练，陪着我出也行。"苏晓原对暴力又恨又怕，6岁以前经常看到酒醉的爸爸打妈妈，自己站不起来，连求一声都做不到，只能把哇哇大哭的小运藏在身后头。现在他拿半个身子挡张钊的路，亲生父亲家暴的凶狠还历历在目，战战兢兢却又语气坚定："你要是出去打架，我就生气了！"

戏到这里就可以了，再多容易过。

"……真的？"张钊站住，自己打架和苏晓原生气挂上钩，让他觉得被人需要，"那……那既然你说话了，好使。"

老王这时候进来，拿着大号三角板，敲了敲黑板："上课了啊，打架上外头去。"

张钊头一回被人需要着，还是个男生，感觉莫名其妙。他被苏晓原拉回座位，桌斗里脏得没法看。

"绝对是他俩！"他盯着进屋的祝杰，"他跟我不对付，你又跟我好，所以他才……"

"你把运动包放我下头吧，你腿长。"苏晓原的细胳膊仍旧拉着他的运动包。新班级，有个人要为了自己打架，他一个尖子班长大的学生哪儿经得住这个，眼神一对上就是感激，"晚上我再出就行，你别这么大脾气……"

"我这么大脾气？"张钊心想这才到哪儿啊，"你心里摸摸正，我脾气再大还不是没动手？你看你生气了是不是好使？"

"嗯嗯嗯，你别动手。"苏晓原从前的同学不这样，大家都是求学路上的竞争对手，连做什么辅导题都掖着藏着，笔记都不肯借。突然被张钊这样的热血男孩儿罩了一回，他有些高兴，又很扭捏。

而在张钊眼里，同桌又冒肥皂泡儿了，很清新："行了，我不动手，先上课吧。"

这一节数学课，苏晓原走神了。老王在讲那两套简单的卷子，他根本不用听。可张钊在听，时不时在卷子上画几笔，很认真。

到讲大题的时候，他明显看出张钊听不懂了，一会儿手忙脚乱地翻笔记，一会儿找不到作图工具，好像……不那么痞了，只是个找不到学习方法的笨学生。他比自己还小呢，小 13 个月，可真看不出来，比小运高。

最主要的是，他没吃烤冷面。这是没吃早饭吗？

张钊被题目烦得焦头烂额，身边突然传来香味。小白拳头又过来了，清清爽爽地掬着一把花生米儿，给自己的。

"听不懂也没事儿，我会，我下课再给你讲啊。"苏晓原从来不缺零食，"昨天小卖部买的，老奶奶花生米。"

"这……给我的啊？"张钊真是没想到，皮儿都剥得干干净净，一颗一颗白白的小胖子似的，乖乖等着他拿，"不好吧？"

"你拿着，当我谢谢你护着我。"板报叫人毁了，摆明是班里有人讨厌自己，更显得张钊的心好，苏晓原还怕他不接，"这算坚果，运动员也可以吃。"

还真是说对了，张钊能过嘴瘾的零食就是坚果类。可还没人给他剥过。

"谢了啊。"张钊从他手里接过来，像接了一把金子。不到十秒全吃干净，耳边哗哩响了几下，脆脆的，他转头，瞧见苏晓原轻轻剥着下一把。

藕粉色的花生米皮儿叫他扒下来，黏在指头上了，弹一下才掉。干净的桌斗里垫了一张面巾纸，攒着一起扔进垃圾袋。

"给，你要吃，还有。"苏晓原又掬了一小捧。

剩下的课轮到张钊走神了。

到了晚自习，苏晓原来不及重新画板报，只工整地写了一黑板的《出师表》。临走还是张钊锁的门，还特意使劲儿推了一把，从没这么慎重过。好像真当了负责的班长，肩负着锁门的重大责任，锁了个秘密。

转眼四周过去，9 月 4 号，和区一中正式开学之后的第一个周一。

苏晓原在饭桌前整理书包，掂量着把哪些用不上的辅导书放家里。

太沉的东西他扛不动，肩膀一下就显出歪了。

四个星期不长不短，要是别人，从教学质量高的好学校转到一中这种小高中，可能一个学期也调整不好状态。可苏晓原和别人不同，他从不和现实正面刚，也没有能耐。他被命运的车轮碾过一回，不能改变的就接受，再想办法，用足够的耐心来化解。金牛座最不缺的就是耐心。

一中的教学环境他确实不喜欢，一下课，楼道里总乱糟糟的，还有踢毽子的！放从前这可是要扣分的。每天上午最后一节课的后 20 分钟照样有 8 班的男生来借球儿，让他帮忙叫钊哥醒醒。

张钊懒得给球，就教他把篮球放地上滚过去。每天练一回，苏晓原倒体验出篮球的趣味，挺有意思的。因为他没参与过球类运动，大姨总说体育活动危险，让他离操场远远的。

韩雯是个好老师，每天单独给苏晓原留作业、辅导大题，老王仍旧是那副不太信任的样儿，特别是在苏晓原第一回拿着卷子去问解法的时候。

"你能懂？"他放下笔，脸上不是嘲讽，是根本不相信。

结果是苏晓原又跑了出来，卷子都攥破了。从他上学起，大姨和大姨父的过分关爱铸成一堵厚围墙，挡了外界的冷箭，也降低了他的抵抗力。他的脸皮太薄了，连老王轻描淡写的一句质疑都扛不住。唉，最后没法子，拍照片发给了季重阳。

多亏这个品格和成绩一样出类拔萃的男生，苏晓原没等多久就接到了他的电话。季重阳和张钊不一样，永远不会嫌自己麻烦，什么动静大、爱吃零食、走路轻，他肯定能考上重点大学……

欸？怎么好端端的，又想到张钊了？苏晓原拉上拉锁，路过挂钥匙串的小银树时停住了，一边穿球鞋，一边又把这个人想了起来。

因为走路的重心全在左腿上，又要拼命维持平衡的假象，从小，苏晓原的左鞋坏得特别快。要是脱下来比对，就会发现左鞋的后跟不是一个平整切面，而是倾斜的，和正常人相反，是外侧耗损严重。再有就是，右鞋的足尖位置磨损更厉害，所以他才喜欢穿帆布鞋。

苏晓原很爱打扮自己，蓝红并排的箭头很有朝气，鞋帮又低，方便他活动脚腕。最主要的是胶皮底儿防滑，还便宜，坏了就直接换。钱嘛，就要花在刀刃上，买复习题和资料，包括小零食，他可从来不心疼。

可这个不能见光的秘密，差点儿叫张钊发现。

有回下楼的时候，张钊从后面跳下来，没头没尾地说了一句你走路够费鞋的，把苏晓原吓得差点儿问出来，你……你是不是看出什么来了！可张钊呢，说完就下楼抬饭去了，压根儿没往心里去。

这个和季重阳完全不一样的男生……大部分时间都挺好的，对自己特别好，五颗星的好。而且他喜欢吃大虾酥，老问自己要。

想着，苏晓原把手伸向小银树旁边的糖匣子。这是陈琴的习惯，两个儿子都爱吃零食，家里总存些糖，方便俩人抓。

"挑什么呢？"苏运也过来换鞋。苏晓原把手一收："嘴里没味道，拿块儿糖路上吃。"苏晓原从没骑过自行车，眼馋地问苏运："你上学骑多长时间啊？"苏运看看他系好的蝴蝶结鞋带，扑哧笑出了声："半小时吧，我这是死飞。"

"死……飞？"苏晓原脑子里都是复习题，不懂这些，也没有渠道去懂。上初中才学会伪装步态，初一的时候大姨父还送自己呢。

"死飞就是没有刹车，懂吗？"苏运也过来挑糖，"欸……奇怪了，我大虾酥没了。"

苏晓原惊了："没有刹车那怎么骑啊？不行不行，小运你别骑了，哥给你车费，先打车去。你换个有刹车的吧，环路上多乱啊。"是啊，南城的路况不这样儿，北城的马路他看着瘆得慌。

苏运瞧见他手里的红色糖纸，很不舒服："别，你可别给我钱。大姨家里条件好，你过惯好日子了，动不动就打车。再说了，死飞是车没刹车，又不是人不会刹。"

"人？"明明是一块大虾酥，苏晓原却拿不住。他懂，弟弟从小就觉得自己什么都抢了他的。

"这……给你路上吃吧。没刹车的还是少骑，实在不行……哥送你一辆。"

苏运不是非要这块糖，但好像抢回了一些属于自己的东西。

"不用，叫咱妈知道指不定怎么说我花你钱呢，车没刹车，我有腿，我不会拿腿刹啊！"说完之后，苏运心里舒服了。

这天的上学路程格外漫长，我有腿，苏晓原像被这仨字洗脑，一直乱七八糟地想。今天是正式开学的日子，高一、高二都来了，学校本身就不大，还没走近，就听到熙熙攘攘、呼朋唤友。

好多男生都骑车，嗖嗖嗖快得很，蓝色校服长裤挽着，露出一截儿小腿来。他羡慕地看，看他们飞快地骑到自行车库的前头，果真就像小运说的那样，车把上没有闸可捏，而是用腿、用脚来立地点刹。真酷。苏晓原想，这种车胎又薄又细的车一定就是小运说的，死飞。

"你怎么在这儿啊？"陶文昌来晚了，扔下自行车往操场上跑，今儿怕是要挨罚。

"哦……我想着去一趟小卖部呢。"因为张钊的缘故，苏晓原也和陶文昌熟了。这是个万人迷型的种子选手，每一回训练下来都有女生递水。

"你要什么吗？我给买回去。"苏晓原往小卖部的方向走。

"不用不用，谢谢了啊！我自己带着呢！你快回班吧，要不钊哥找不着你抄作业又该嚷嚷了。"陶文昌抄起运动包，定睛在苏晓原的鞋面上，心里啧啧两声，怕是今天钊哥又要演戏了。

张钊来得很早，已经刷完了两组冲刺。挺老远他瞧见一双鞋，蓝红并排的箭头在今天的操场上格外扎眼。不出意外，两节课之后就能瞧见小仙鹤没着没落地原地转圈儿。

苏晓原毫不知情，去了一趟小卖部，进9班的时候特意看了一眼黑板报。还好，上回的"开学季"不知道被谁擦了，昨天新出的"教师节"还在。高三的课程表都是大课，一上午全是韩雯的语文。第一节课上了10 分钟，班里的体育生还没来齐。苏晓原已经分得清，哪些座位是真的去训练所以空着，哪些是不好好上学的，迟到早退。可张钊怎么还没来啊？今天不抄作业了吗？苏晓原正在琢磨，后门缝儿挤进来一个人。

"你……"苏晓原慌张地看讲台，他觉得自己真的堕落了，头一个反应居然是帮张钊瞒过去。

"嘘……"张钊知道是老韩才敢从后门进。座位换过 3 轮，现在自己在第 6 组，蹲着挪了好半天才挪到苏晓原跟前，"你抬抬腿，我钻过去。"

苏晓原百般为难："我怎么抬啊，这怎么抬啊，你起来。"

"哎，你抬一下，我从你底下钻过去。"张钊像转陀螺，抱着苏晓原的小腿往左边转，愣是从桌底下挪到了座位上。

"你……你干吗啊！"苏晓原的腿头一回叫人搂了，急得想打张钊的头。"啊？"张钊趁机坐稳，感受着那两道愤怒的目光，有点迷茫。体特生左拥右抱一起喝水都是经常的，大家都是男生，怎么就反应这么激烈？

苏晓原像个被老爷看了小脚的封建丫头，急着拽裤子，压鞋面："你再这样儿我不给你作业抄了！"

"我错了我错了……往后再也不这样了。"张钊嘴上服软，"晓原，借我抄抄数学吧，我往后不随便搬你腿了行不？"

"这可是你说的，好端端的，动我裤子干吗……"接触下来，苏晓原已经慢慢理解了体特生的习惯。他们训练都在一起，苦一起吃，感情特别瓷实，一说话就喜欢搂搂抱抱。张钊一定是把自己当何安、昌子了。苏晓原还生着气，随手给他拿了两张卷子。

作文课，苏晓原表面上在听，心里却在思考昨天的政治题。不一会儿张钊抄完了，边说谢谢边还他卷子，苏晓原气没消，冷冰冰的正脸都不给一个。

这是生气了啊？张钊把人惹生气了还特别开心，大概是因为小仙鹤生气太好玩儿了，只会瞪人，只会说你别这样儿。简直让他乐此不疲。

"晓原，有糖吗？"张钊可怜巴巴地敲他桌子，"我没吃早饭，肚子里空，你赏一颗行吗？"

苏晓原不为所动，脸绷着："没有，饿死你算了。"

"唉，那行吧。"张钊很会欲擒故纵，你不给，我也不追着要，只是没力气地往桌上一趴，脸埋起来，等着苏晓原来叫。

几分钟后，一只小白手来叫他了："真没吃啊？你干吗不吃早饭就跑步啊。"

张钊抬起假装睡眼蒙眬的脸："嗯……我爸在外地做生意呢，就我自己住……我知道自己学习不好，想早点儿抄卷子，怕再打扰你了就没吃上热饭。"

就他自己住？苏晓原看看他可怜的眼神，恨自己心软。可张钊那天发火的样子总在眼前，板报叫别人毁掉了，他说要为了自己查监控、教训人。

"给，不吃早饭不好，你再这样儿我生气了。"

一颗大虾酥，如张钊所愿。

给了糖，苏晓原不再多想，专心地回忆政治题目。可不到十秒，那颗糖又被送回来了，连糖纸都没拆。

"我不要这个。"张钊眼巴巴看着苏晓原，觉得他今天对自己不好，又琢磨自己的东西是不是叫人抢了，"还有那种……红双喜的吗？结婚用的。"

苏晓原没听清："什么用的？""喜糖，结婚用的。"

普通包装的，钊哥现在还真看不上了。他想吃喜糖，糖纸上有一龙一凤的那种，换别的，不行。

CHAPTER

日光正烈，逆着光他看出张钊鲜明的轮廓来。

白球鞋

Bai Qiuxie

06

不小心还对上了他的眼睛，看不太清楚，却比别人的眼睛都亮。

CHAPTER 06

苏晓原没反应过来。韩雯在上头讲写文思路要清晰，他脑子里一点儿都不清晰了。

"你胡说，谁给你吃结婚糖了。"

张钊瞥了一眼非喜糖包装的大虾酥，趴着，像饿得起不来："你以前都给我红双喜啊，那个好吃。"

"哪个啊？"苏晓原想了想，家里的糖匣子是妈妈预备的，从大超市买回来的糖，所以什么样的都有。自己的是学校旁边便利店买的，肯定不会有喜糖。

"我不吃这个，喜糖呢？"张钊摘了运动发箍，汗湿的刘海儿让他看起来像个小悟空。

"那是我从家里拿的，今天没有。"俩人交头接耳。

"我就要吃你从家里拿来的。"张钊大言不惭地要东西，"你是不是把我的红双喜给别人了？给谁了？"

"什么给谁了，你胡说。"苏晓原瞪去一眼，"我上课呢，你别打扰我啊。"

张钊要是个正经上课的学生就知道被人一再打断有多烦了，可他不是啊，他上课从来不认真，更不可能理解尖子生高度集中注意力的状态。要糖要不来，他就开始琢磨怎么吸引小仙鹤的注意力。

上课这么认真，至于吗。前天是月考，苏晓原写卷子跟机器人似的，流水线工作一样，特别是数学。自己连填空题都没写完呢，人家哗啦一下，卷子翻面儿了。

一进入机器人状态就不理人，自己扔个纸团儿也不理。直到他检查完一遍之后才把卷子拉开，顺着桌子摊开来，张钊好歹抄完了填空选择。

大题，不管。

他作文也写得特棒，老韩当范文在班里讲过，教他们这帮 800 字凑齐都咬笔头的学生。既然都写这么好了，上课陪自己聊聊天不行啊。

"你早上吃啥了？"张钊找了个切入点，民以食为天嘛，见面不是你吃了吗，就是哪儿吃的呀，好使。

苏晓原的政治题目思路再一次被打断："嘘，上课呢，你别老说话。"

"我这不是关心你嘛……"没瞧见酒窝，张钊感觉像少了些什么，"我早上真没吃饭。"

"你没吃饭，下课陪你去小卖部买个汉堡就行了啊……"苏晓原的五官一点儿侵略性都没有，哪怕他把烦躁摆在脸上，看着也只是微微无奈。

张钊没糖吃，又被摆了脸色，只恨这节课是老韩的，不然非得弯腰解他鞋带玩儿。

"啧啧，你生理期啊，这么冲。陪我聊会儿，聊 5 块钱的。"

"什么生理期，你好烦。"苏晓原第一次说张钊烦，他脑子里想的其实是一条政治知识点。

可张钊却不理解思路再三被打断的郁闷，这就嫌自己烦了，尖子生就是尖子生，上课聊两句就烦了。

"行，我不烦你了，睡觉，你有什么事儿别找我啊！"

"啊？"苏晓原这才转过头，不懂张钊为什么生气了。

课间苏晓原刚想开口，问张钊要不要去小卖部买汉堡，可张钊一招手叫了何安、昌子出去，把自己孤零零扔在班里。

他知道张钊干吗去了，每天第一节课下课这人都要去小卖部买饮料，也不知道从什么时候开始，他还会给自己带一瓶。有时候是绿茶，有时候是冰红茶，可今天……

这是叫自己一句话给惹着了？苏晓原也不想哄他，多大的人了，都高三了，还这么幼稚。

再说，不是红双喜，那大虾酥也是自己买回来的啊。即使是学校旁边的便利店，大虾酥散装也要11.9元一斤呢。苏晓原是个守财小金牛，花了钱别人却不领情，他觉得好浪费。

突然，苏晓原有些摸不着头脑了。怎么大家都穿白鞋？再去楼道里走一圈儿，踢毽子的女生也都是白球鞋。自己脚上这双倒像个花枝招展的姑娘鞋了。

预备铃响起，张钊和两个哥们儿打闹着进来，苏晓原想问他。

张钊装看不见，心想你不是嫌我烦吗？有本事找别人解决问题去啊，有事儿别求你钊哥。可苏晓原也是真的倔，他不问，不主动开口，就这样直愣愣坐着，时不时看张钊一眼，瞟张钊一下。

"有事儿啊？"

张钊气自己管不住嘴。

苏晓原怕他还气着："……给你吃，红双喜家里没了。这是学校旁边便利店的，你吃。"

还是那颗大虾酥，只不过黄色的糖纸叫苏晓原给剥了。

张钊勉勉强强接过来："怎么，现在不嫌我烦了？"

"我没嫌你，可我想题的时候你别吵我，不是都说好了吗。"苏晓原虽然手里从不缺钱，但他精打细算，一口气买两斤散装还是头一回，"……你看。"

"什么啊？"张钊探脑袋瞧他手里的塑料袋，"你不怕得糖尿病啊！"

一大口袋全是大虾酥。

苏晓原脸皮薄，哄人肯定是不会，只会把话迂回着说："买这么多，咱俩吃。我看何安和昌子也爱吃，咱四个吃也成。"

"别，他们教练管得严，还是存我这儿吧。"张钊把塑料袋扔进自己的桌斗，"怎么了，有话要说啊？"

苏晓原抿了抿嘴，小酒窝一下就出来了："我刚才去外头看，大家都穿的白球鞋，是不是咱们学校有要求啊？"

求人的时候就知道拿酒窝迷惑对手了是吧！张钊想戳他酒窝，忍着说："是啊，你不知道啊？"

肯定不知道，按理说自己这个班长应当提醒他的，可张钊故意没说。

完蛋了，苏晓原最怕出洋相："不知道啊，是不是我穿错鞋了！"

"嗯，穿错鞋了，咱们班得因为你扣分。"张钊知道他怕这个，步步紧逼，"开学又是周一，升旗仪式加新学期动员，必须校服加白球鞋。你这小花鞋……"

苏晓原在学习上聪明，人情世故却转不过弯儿来。他应该怪张钊这个不尽责的班长没写黑板通知，可他却怪自己。

"那我怎么办啊？"苏晓原抿紧了嘴唇，凑过去问，"下了课就要上操了，我回家一趟也来不及啊……"

张钊扯出一个淡淡的笑，笑得很可靠："哎，这有什么难的，到时候钊哥帮你解决。"

"真的？"苏晓原一下特后悔，张钊是个热心肠，不就是想和自己聊天嘛，自己还嫌烦，"那你一定得帮我啊。"

张钊点着头，原来这就是被需要的感觉："帮，你的事儿就是我的事儿，我肯定帮。那你记得下回买红双喜啊，结婚糖。"

"行，我上超市找去，大超市肯定有。"苏晓原又上套了。

第二节课之后先是眼保健操，苏晓原做到按揉太阳穴和轮刮眼眶，感觉旁边的人开始翻运动包。

"给。"张钊早有准备，拿出一双崭新的运动袜子，"你把白袜子套球鞋上不就得了。"

苏晓原愣怔片刻，脑袋摇成小拨浪鼓，身子也往后躲。这怎么行啊，他最怕的就是出洋相，套上一双袜子不是故意出洋相嘛。看着是白的，可在操场上一站，旁边的人都看得出来。

"不行不行，这没法穿！到操场上还不叫人笑话死！"

张钊的心很大，弯腰就想帮他试试："这有什么啊，盯着看你，你能少块儿肉是吧？脸皮比我妈包的饺子皮还薄……"

"你别弄，我不要你这个。"苏晓原最怕叫人盯着看，更何况是看脚，他屁股一扭，怕张钊碰，"要不然……我不去了。"

"呵，你以为没有老师检查啊？还有查操员，点人数不够，照样扣分。"张钊就纳闷儿，都是男的碰一下能怎么你啊，起哄似的催他，"你穿不穿？"

苏晓原瞧着两个雪白的袜子球，屁股仍旧一扭："不穿，叫人盯着看了，多丢人。"

"你快穿吧，没别的办法。"张钊设了这个局，没想到他不吃这套，语气不善了，"你穿不穿啊！"

苏晓原把右腿一缩："不想穿，还有没有别的办法啊？"

班里有人站起来，乌泱泱往外挪动，张钊没想到套双袜子像要他小命一样："你这人怎么这么磨叽啊，让你穿你就穿……"

"班长，我不去行不行啊？"苏晓原看过来，眼睛里都是哀求。

"你这人……毛病真多！"张钊感觉铺天盖地的肥皂泡儿朝自己砸过来，"快快快，脱鞋！"

"什么！"苏晓原不寒而栗，凳子却叫张钊一把拉过去，劲儿大得瘆人，按着自己的膝盖，一下把鞋给褪了一只。

"你……"苏晓原浑身上下的小汗毛都乍起来了。

"什么啊，穿我的！"张钊一秒脱鞋，好在球鞋是新刷的，"磨磨叽叽的，啰唆，合适不合适？"

张钊的球鞋很大，苏晓原不想穿，可他的鞋都没了，像被人扒了衣服，逃命似的穿上了张钊的："大……你鞋没味儿吧？"

"我的鞋是新鞋！给你穿还嫌这嫌那的。"张钊被他的磨叽劲儿弄得受不了，"快走吧，鞋带儿系紧了啊，我鞋大，摔着你……你再哭了。"

苏晓原站起来试了试，好大的球鞋啊，像一只船，动动脚趾尖儿还有好多空余。

"那你穿什么啊？"他看了看自己的鞋，心想张钊肯定穿不进去，"你还带着别的鞋了吗？"

"跑鞋啊。"张钊从干湿分层的运动包里揪出一双五彩斑斓的跑步鞋，荧光绿、荧光橘套白袜子，搞笑得不行，也丢人得不行，"走吧走吧，下楼。"

升旗仪式加上开学发言，苏晓原看着表，心急如焚。主席台上的学生代表他见过，是上回去老王办公室的那个女孩儿，单马尾，脱稿发言。

"……是老师们，孜孜不倦地从事着教书育人的光辉事业；是老师们，给了我们文化知识的启迪，再过不久又将迎来教师节……"

苏晓原心焦地看表，怎么还不解散，也不知道张钊怎么样了。

张钊在后头看苏晓原扭来扭去，这么一会儿就站不住了，很想笑。

又过了一会儿，苏晓原实在放心不下，趁着调整站姿的机会系鞋带。张钊不是班里最高的，站倒数第五个，苏晓原远远一看，他像没事儿人一样稍息站着，脚下的白袜子套鞋格外显眼。

高二（1）班的和高三（8）班的学生挨着 9 班，好多人都看出来了，憋着笑话他呢。

这可怎么办？出这么大的洋相……苏晓原担忧地望着张钊。

日光正烈，逆着光他看到张钊鲜明的轮廓，不小心还对上了他的眼睛，看不太清楚，却比别人的眼睛都亮。

迎着光，张钊看清苏晓原扭着身子，叫日光打得直皱眉头，一下又没管住自己的嘴，用口型说，转过去，晃眼。

被人盯着打量的感觉张钊早已习惯，不管是好的、坏的，盼望自己跑出成绩的，还是希望自己摔大马趴的，他根本不在乎。

　　刚入队那时候，张钊的成绩不是一上来就拔尖儿。体育这行也是一个修罗场，和苏晓原说的尖子班相比有过之而无不及。

　　成绩就是一切，没别的可说。你想要好的资源，没问题啊，拿成绩换。刚开始跑比赛那几年张钊心里特别不平衡，要是碰上几个省队的，就看吧，裁判员的态度真真不一样，好像那都是自己家的儿子闺女。

　　不管是什么项目，张钊这种代表学校的最怕遇上省队的。可有一年夏训，训练营接了一批省队里的孩子。张钊好奇，和一帮新人流着哈喇子看他们训练，真比自己苦多了，怪不得人家出成绩。

　　也就是那时候，他明白了，体育这一行就一条路，要想出成绩，就不能把自己当人来练。人是有身体极限的，运动员不能有，不允许有。你有了，你就准备输吧。他最最佩服的就是国家级运动员，道听途说是一块奥运会金牌给好几百万，不管真假，张钊觉得几百万都是给少了。

　　这是吃了多少苦啊，以前 8 班的游泳体特被省队挑走，发微信跟他们诉苦，说一下水热身就是万米距离，累了哭也得直接扎水里，漂着休息。

　　所以他训练的时候就不怕丢人，累了直接躺，摔了爬起来，爱看看呗。可苏晓原是啥意思，老回头。他站在前头特显眼，校服叫光线打着，特别新。

　　回头的时候，眼神里有好多话欲言又止。明明不可能听见，可张钊感觉耳朵里痒痒的，沙沙沙，全都听见了似的。

　　哎哟，反正他不知道怎么形容。

　　下了操，张钊和陶文昌钻进洗手间，把白袜子脱了扔掉。

"何安呢？今天怎么没来啊？"

陶文昌最近气色和从前天上地下，也不颓废了，阳光起来："我不知道啊，给他发微信也不回，打电话也不接。干吗呢这是？"

"我觉得这事儿有问题。"张钊最了解他，三人组里他领头，昌子是交际花，何安是老实人，"会不会是病了啊？"

"不会，他你还不知道？"陶文昌也了解，"他那块儿头，发烧 39度还跟着训练呢，屁事儿没有，你再给他打电话。"

张钊摁着号码，心里头咚咚敲鼓。电话一直响就是没人接，他干脆挂掉。

"不行，何安肯定有事儿了，放学之后你有安排吗？"

陶文昌犹豫了一瞬："没，咱俩找他去。"

"你别去了，下课约人了吧？"张钊不爱难为人，可又不得不提醒他，"你……你那个朋友，她……她什么人你了解吗？"

陶文昌头一回这么腼腆，从前都直接上视频网站看小姐姐，这回从相册里找了个女孩子的照片："钊哥，你瞧她漂亮吗？"

干干净净的女孩子，头发长长的，穿了个白裙子。笑容也很干净。

"漂亮，比你那些乱七八糟的姑娘都漂亮。"张钊从来不关心女孩子这些，"咦？她是混血吗？眼珠子颜色和咱俩不一样啊。"

陶文昌宝贝地收回手机，好像在男厕所拿照片出来是种玷污，开启了嘲讽单身狗模式："不是，这是美瞳，钊哥你也正经点啊，别成天瞎晃荡。还有，别老欺负苏晓原，人家好好一学生……板报还能是谁擦的？我懒得说你。"

"你省省吧。"张钊噎了一下，"我个人问题完全不着急，实力摆在眼前呢，等上大学了再说，我也找个戴美瞳的。"

苏晓原也在纳闷儿，今天怎么没见着何安啊。刚换好球鞋，张钊甩着刚洗好的手进来了。

张钊看出他有话："等我呢？"

"想跟你说声谢谢，往后我记住了，周一穿白球鞋。"苏晓原乖乖地说。张钊的鞋他放座位底下了，垫着一张干净的面巾纸。

"唉，这种态度就对了。"张钊坐回座位，突然发觉运动包里似乎少了好些东西，"不是不让你动我包吗？"这是他的习惯，运动包比书包重要，半条命都在里头，谁动谁欠收拾。

可眼前的包瘪下去一半，显然叫人动过："你翻我包了？"

"你胡说。"苏晓原只是想把地方挪大些，再说了，这个运动包的拉链根本没拉上。

"我没胡说啊，你看，我东西摆放顺序都变了。"张钊故意凶巴巴地说，太有意思了，苏晓原一生气倍儿好看。

"你随便往里堆东西，肯定显得包大啊，这样按顺序放好当然就显小了。"苏晓原有些急，张钊嗓门儿大，叫人听见还得了。

"咦，这么说……你帮我收拾包来着？"这一急，张钊仿佛见着许多肥皂泡儿涌出来。

苏晓原怕被人误解手脚不干净，委屈起来："我没翻你包，包上拉锁都没拉上，占我桌子下面这么大一块地方，我腿……"像被小针扎了，他的腿猛地缩了一下，"我腿没地方放，就想着挪一挪，谁知道里头的东西稀里哗啦全洒出来，我都给你放回去了，不信你自己点点。"

"放回去就放回去呗，还给我收拾一下，这么贤惠啊？"张钊低着头换鞋，刚好抬头是桌斗的高度。

原本又脏又乱，现在被收拾得一尘不染，课本按照薄厚顺序，码放得整整齐齐。上回收拾成这么利落，还是自己小学的时候吧？

"这也是……你帮我收拾的啊？"张钊脸上挂不住，好像叫人拿软绵绵的拳头打了回来，正中红心。

苏晓原眼里的光黯淡下去，又委屈，又忍着不叫人看出来委屈："你课本乱放,全都洒出来了。我原本想帮你放好就算了,可桌斗里那么脏,都是灰,脏不拉几的也不知道自己擦擦……"

原本只是一句抱怨,却在两人之间默默拉起了一条线,仿佛你冤枉了我一回,是不识好人心。

自己桌斗有多脏张钊能不知道吗,就是因为灰太多又懒得自己擦,才把书本一股脑儿塞运动包里。

"就……你给我擦的啊?"他故意又问,"这么贤惠。"

苏晓原气坏了,从前谁这么气过自己啊,没有过。

"下回不给你擦了,自己脏着去吧。还有,刚才的事儿谢谢你,下操你跑得快,我追不上,这个……"他拿出一瓶运动饮料,紫蓝色和白色相间的易拉罐装,"学校小卖部里我找着的,也不知道买什么喝的给你。我看有穿运动裤的男生买这个,想着大概是跑完步喝的,算还你一个人情。"

张钊没立马接,但他对这个瓶子再熟悉不过:"我们晓原,对我这么好啊?"

"你胡说!"苏晓原心想这人好烦,"谁对你好了,爱喝不喝。"

"喝喝喝,你挺会买,加强版牛磺酸饮料,这都跑步之前喝的。"张钊把听装饮料抢过来,正大光明摆在桌斗里。

"不跑步也可以喝,反正我都买了。"苏晓原瞪了他一眼。

张钊没话说。

苏晓原到底心软:"刚才……在操场叫人笑话半天,心里不好受吧?"

"嗯,特别不好受。"张钊立马又演上了,易拉罐还带着余温,可能被攥了好半天,"本来我这种……差生,就不招人待见。被他们笑了50分钟,真想找个地缝儿……"

"我看见了,我心里也不好受。"苏晓原摆明立场,"虽然你冤枉我随便动你包了,可我不笑话你。"

"嗯……你对我真好。"张钊弹了一下罐装的饮料,想把陶文昌拉回男厕所里，显摆显摆。

这一听饮料张钊直到放学都没喝，连带两斤散装的大虾酥，一起打包带走。

张钊推着自行车往外走，还没出校门，苏晓原的声音传来，让张钊深度怀疑自己幻听。

"班长。"苏晓原喜欢这么叫他，张钊自尊心强，老被人看不起不行，"我有个事儿问你。"

"啊？问我？"张钊把车一停，等他。

苏晓原半天才慢悠悠走过来："何安他今天怎么没来啊？"

张钊一脸惊讶，好事儿地问："哟，你俩什么时候这么铁了，还挺关心人家。"

"都是同学，班里我也就认识你们几个。"苏晓原盯着张钊的车看了看，这车轱辘特别窄，"你也骑死飞？"

"你还认识谁骑啊？"张钊的心跳好像停了一拍，"我也不知道他为什么没来，电话不接，正想找他去呢……你要真这么关心他，要不就……就跟我一起去呗。"

苏晓原没说不行，太早回家，他怕小运不高兴："也好，咱俩怎么去方便啊？"

"我给你借个车去。"张钊没想他真跟着去，"何安家远啊，跑一趟特累，你真去啊？"

"去啊，可我不会骑自行车。"苏晓原仔细地看这辆死飞，是荧光绿的，很符合张钊的嚣张人设，"可这车我听说特危险，没有刹车，要不你换一辆吧，骑这个危险。"

本来就是傍晚，天马上要黑，可张钊却觉得四周呼一下亮起来，想把昌子再拉回来比试比试。

"哎，这就危险啊？不能够！我骑车特棒，还特稳。你等着啊，我借辆带后座儿的车去，咱俩早去早回。"张钊跑开两步，心里像酝酿着什么热带飓风，"我骑车特快，回来再给你送家去！"

苏晓原在原地等他，张钊回头看，心里的飓风扩成了上升气流，想横冲直撞，又想横扫一切。

张钊没载过人，心思蠢蠢欲动："车是张叔的，你坐上去试试。"

苏晓原没叫人带过，自己平衡不好，上车怕摔："别带我了，要不咱俩打车吧，我付车钱行吗？"

"你还怕我摔了你啊！"张钊想带，非带他不可。

"不了吧。"苏晓原确实磨叽，背着书包不愿意上，"我沉，我书包也沉，你再累着了。"

张钊一听更来劲了，苏晓原太贤惠了，给自己收拾运动包、擦桌斗，还考虑累着自己。

"我不累，我有的是力气。要不咱俩试试，要是觉得不稳当你跳下来。"

苏晓原推托不开，只好扭着屁股坐上去。张钊还以为他会分开腿跨上来，没想到是这种少女坐姿，左脚的脚尖不放心地点触着地面，风一吹，睫毛好像忽闪了几下。

这下睫毛，长得逆天啊。

"咳……坐稳了啊！"张钊把运动包挎在前胸，一蹬脚踏，车身歪歪扭扭动了起来，又赶紧晃动车把，尽快找回平衡感。

苏晓原后悔了，张钊骑车快，他根本不敢往下跳。别人跳没问题，自己莽撞地跳卜去绝对摔。

"啊……你慢着点儿，我真怕摔。"

"你心里头摸摸正，我这技术能把你摔了吗？"张钊脚下蹬得飞快，"你抓紧。"

"啊！"苏晓原刚找到坐稳的感觉，好端端被颠了一下，"张钊！"

"干吗啊？"张钊头一回听苏晓原这种声音，知道他是真怕了，欺负人有个度，好歹慢了一些，"你怎么这么娇气啊，都成年了连自行车都不会骑，你比我还大呢。"

苏晓原叫他刚才那一颠给气坏了："谁规定成年就必须会骑车了！你还连收拾桌斗都不会……啊！你骑稳点儿，我生气了！"

这种分量的骂，在张钊听来就和过家家差不多："我骑得多稳当，你自己抓不稳还怪我，讲不讲道理？"

"……你才不讲理。"苏晓原无话可说。

"我拽你校服吧，你可骑稳了啊。"苏晓原紧紧抓着张钊的校服，看脚下嗖嗖嗖变化的地面，"我真的怕摔，你别压着减震带骑……啊！张钊！你这样儿……"

"像个流氓是吧？"张钊都背下来了，小仙鹤骂人无外乎三句话，你胡说、你无赖、你这样儿像个流氓。

苏晓原被噎得无话可说。

可是张钊骑车真的很稳当，叫从没骑过自行车的苏晓原第一回尝到了迎风骑行的快乐。

何安的家在东四环，张钊体力足，骑车不觉得累，带着不高可也不算特别矮的苏晓原，外加两个人的包，生生从东三环骑到四环外。

到了的时候天差一点儿就完全黑了，就剩一个暗淡的亮边儿。

"就这儿，你先下。"张钊可算知道苏晓原多怕摔了，一路上校服被他拽得紧紧的，紧得他出汗。所以他专门找了个路牙子，把人放下去。

苏晓原竟有些意犹未尽，原来坐自行车这么痛快，叫风吹着，一点儿都不热。

"这儿是什么地方啊？"

没有什么路灯的一片小区，黑漆漆的。

张钊给车上地锁："平房区，说了好几年拆迁也没动呢。不过不拆也好，谁知道一动给何安家发配到什么地方……现在都没有回原籍这一说，可缺德了，都往机场外边轰。"

平房？虽然知道何安家条件一般，但苏晓原也没想到……

"他和爸妈一起住吗？要真去机场边了，回市中心一趟也太远了吧。"

"是，跟爸妈一起。"张钊看着苏晓原颠颠的影子，受不了他这个手不能提的劲儿，"书包用不用帮你拎？"

"不用，你别觉得我什么都不行，我力气大得很。"苏晓原跟着张钊往更黑的地方去，却丝毫不害怕，"我打手机灯吧，太黑了。"

"不用，就这儿。"张钊把校服系腰上，停在一扇大门前头，是个小院儿。他推了一把，竟然没上锁。

这种小院儿不是四合院，里头拐七拐八的巷子多得是，张钊来过好多次，顺着一溜儿晒床单的铁丝往里摸。

"何安！何安！屋里有人吗？你在不在啊，说句话！"张钊咚咚敲木头门，没人给开。

"你这么敲门多没礼貌啊。"苏晓原看不下去了，"兴许叔叔阿姨也在呢，哪儿有你这么大声的啊！"

张钊一手摘发箍，露出藏在头发里的疤："你知道什么，叔叔阿姨这时候不可能在。"

"为什么啊？"苏晓原不服气。

张钊却突然小了声："为什么？因为何安他爸妈是环卫，环卫你懂吗？还专门负责环路的。"

"环卫……我懂啊。"苏晓原也小声了，"那我明白了，这时候上夜班。"

张钊特别喜欢看苏晓原认错，他这个优点特别棒，错了就错了，绝对不跟你办扯别的，叫人舒心："环卫这个工作是按路段和时候分派的，三班倒的话能累死。他爸妈扫环路，这时候没下班呢。赶春节时候凌晨不到就得出门，何安直接把下好的饺子送路边上吃。"

苏晓原的生活条件不错，没接触过这些，像听天方夜谭。原来不是张钊没礼貌，人家和何安认识这么久了，轮不到自己乱下定论。

想半天，他也不知道怎么接话，突然发觉自己一直都误会了些什么，摘掉有色眼镜再看张钊，好像这个人……没那么粗鲁。

"屋里没人，要不咱们再敲敲？用不用问问邻居啊？"脚底下是个台阶，苏晓原紧着往前站，怕掉下去。

"等等吧，这傻子跑哪儿去了……"张钊看他站哪儿都愿意靠着东西，干脆一把拉住他的书包带儿，省得小仙鹤滚成落汤鸡。俩人往小院儿外头望，一起看见了回来的人影，同时叫出来名字。

"何安！"这么高壮的体格也就是何安了，张钊奔过去揪他，"你跑哪儿去了！电话也不接，开学头一天就不来了，找教练罚死你吧！"

瞧见张钊，何安并不吃惊。自己有什么事儿，钊哥和昌子都会帮一把，经常上家来找自己。可他没想到苏晓原也跟着来了。

"钊哥你先放手，我得进屋去。"他也不多说，大家都是兄弟，"你俩先进屋坐，我找钱，慢慢跟你俩说。"

苏晓原在门口，张钊猛地一走，他差点儿一步踩空。

"找钱？找什么钱？"

他跟着何安进了房间，才发现里头是个一居室。柜子和床紧紧靠着，中间拉起一张布帘子，像妈妈布置的那样，分开了里头和外头。

不大的房间只有一张床，外头是沙发，何安肯定是睡这里。沙发里堆满了书，还有几身运动服。沙发下头露着几双鞋，和张钊的跑鞋差不多。最整洁的就是餐桌，摆着好多瓶瓶罐罐，还有一桶蛋白粉。

苏晓原的心酸透了，真没想到，何安这么大的块头，竟然和爸妈挤在这么个小屋子里。连个正儿八经坐下的椅子都没有，只好杵在沙发边上。

张钊急得慌，在后头问了好几遍找钱干吗，见何安不说话，干脆一把给人揪起来："你把话说明白了再找行不行！你是不是兄弟！"

何安沉默了。

"何安你说，你说了我们帮你啊……我想办法。"苏晓原白着脸冲上去，急得不像他。

"你帮不了我。"何安说得不明不白，自暴自弃了一样，"钊哥你松手吧。"

"你当不当我兄弟了！"张钊一手揪着他，喉咙里的话像滚在刀尖儿上，"我、昌子，再加上一个苏晓原，仨人帮你一个，我就不信了！"

苏晓原震了一下，说是惶恐都不为过，他从没奢望过得到这样热烈的友谊，却没想高三（9）班里，真正有人把他当好兄弟。

何安很高一个小伙子，可站在张钊对面，倒显得是矮的那一个。

因为他不爱抬头。家里经济条件不行，像一道深深的疤，刻成了何安寡言的性格。

很小的时候何安并不觉得自己有什么不一样，直到傻吃傻喝傻玩儿到三四年级，活泼好动的何安不再多话，因为班里有人用一个字骂了他。

穷。

就在那一年，穷成了一个小孩子的噩梦，让曾经的单纯快乐成了遥不可及的美梦。在班里他不再敢大笑，不再争着举手发言，其他同学盼望的春游秋游，他最讨厌。伴随着贫穷带来的自卑，最可怕的事情还是发生了，何安的成绩一落千丈，逐渐成了班级的末尾。

比起回家，他更喜欢在学校待着。因为校园够宽敞，家里地方太小。他不嫌弃爸妈的工作，环卫工人又不是见不得人，只是工资少得可怜。

也直到近几年，国家重视都市清洁才把环卫的工资和待遇升起来。十年前是真的不好过。

即便这样，何安还坚持练着铅球。心情不好，去操场扔球；考试成绩太次，去操场扔球；不想回家写作业，还是去操场扔球……体育带给他的成就感，让一个自卑的孩子找到了快乐。

但高一冲刺的时候，别人开始进步，他的成绩比磐石还稳当。眼看着还有 9 个月体考，国二这道坎儿何安仍旧没有冲过去。别说主教练失望了，他自己都纳闷儿，到底什么地方出毛病了，这算"天将降大任于斯人也"吗？

现实世界没那么多天降，答案冷酷无情，你没资格参加高考的体考。

"钊哥，我爸出事儿了。"何安不想骗张钊，自己就这两个掏心掏肺的兄弟，"我爸凌晨出班把别人家的比特犬给打死了。现在人家要我家赔钱，开口就 20 万，我……"

张钊以为幻听了："别逗了，你爸那么点儿的个子怎么打死比特啊！"

何安的爸妈都不高，唯独他又高又壮，像化肥催出来的。实际上真是疯狂练出来的。

"真是我爸打死的。他们早上扫街，有个人在小区里遛狗，也不知道怎么那狗就疯了，直接从院里窜出来把我爸一工友给咬住了……钊哥你知道比特犬吧，那东西……那东西咬人不撒口，大夏天的，我爸工友的小腿肚儿还隔着裤子就被咬穿了俩洞……"

"那主人不拴狗啊！"张钊眼瞧着大颗汗珠从何安脑门儿滑下来，才相信这事儿是真的，"你爸呢？你爸没被咬着吧！"

自己养狗，比特犬什么性格张钊还不清楚吗，那种狗不是特别凶，可养那种狗的人大多都把比特往凶狠里教，咬合力巨惊人。小孩儿的话，腿骨头一口就断。

"我爸他们不是有车吗，"何安指的是环卫清洁车，"车里有铁锹，我爸急了，抄起锹子就打狗。他可能是真急了，也吓着了……"何安还穿着校服，白色球鞋，明显是打算往学校去的时候出了事儿，"就给拍死了。"

"死了？"苏晓原听得心惊胆战，听到拍死了的时候左腿一软，直接坐进了沙发。

张钊顿在原地："那你爸人呢？那家人不拴狗还有理了啊！"

何安有苦难言，一家子嘴笨，到哪儿都叫人挤对："那人拍了个小视频，不知道发哪儿去了，结果现在我爸被人肉出来，好多爱狗的都找单位门口去了……"

"等等啊，你别急，我捋捋思路……"张钊有点蒙了，"你爸打死了人家的狗，是为了救他工友，是吧？这不赖你爸啊！"

"啊，是，我爸工友去三甲医院打的狂犬疫苗，腿肚子上……"何安比了一根手指头，"这么大洞，俩！医生说底下有撕裂伤……"

苏晓原实在坐不住了，这摆明了欺负人嘛："撕裂伤……腿上的伤我懂，肯定是那狗咬人的时候甩头了，看着就一个小伤口，皮下组织全撕开了，肌肉创口特别大……得养好久呢，恢复不好……走路都受影响。你让你爸和那些人说清楚啊。"

"你不会也被狗咬过吧？"张钊心脏被猛地一揪，好像体会到撕裂伤什么感觉了。

"啊？我……我没有。"苏晓原赶紧往回收，怕说漏了，他以前走不好路，经常琢磨这些，对影响走路的伤势了解不少，"我也听人说的……何安你别急，张钊他肯定有办法。"

本来只是随口一句，苏晓原想把话题抛给张钊，绕过自己露出的缺陷。可张钊一听，心里头可热，犯轴了，想当个厉害人物。

"对，你别急，有我呢！"张钊继续给何安捋思路，"等于是你爸救了人，然后叫人诬陷，现在那人要你家赔钱？"

何安不安地点了点头："是……说家里头那只是赛级犬，种犬，好几十万弄回来的。我爸那人你还不知道吗，他能说出什么来？就只能说自己一个扫街的，拿不出来钱。人家直接把死狗放我爸单位门口，狗脑袋开了一大洞，非要讨个说法。我爸没办法，就问赔多少算完，人家说……"

"20万！"张钊两眼冒火，"你爸傻啊，问什么赔多少，一毛都不带赔的！现在呢，你爸人呢？"

"在单位呢，被他们堵着不让走，来好多人。"何安不接电话是不愿意麻烦兄弟，张钊和昌子平日再有办法，也和自己一样，学生身份，摆不平这种混蛋事儿，"狗主人跟着我回来过一趟，中午的时候，我说家里凑不出来，得去取，这不刚找亲戚借了点儿……"

"借个屁！你脑子叫铅球砸了是不是！"张钊气得直想戳他脑门子，"就你，白长这么大的块头，真打起来谁敢动你爸妈！"

"我妈拦着不让啊。"何安没有办法，把事情闹大，对自己这种家庭无异于雪上加霜，"我妈说，破财免灾，让我借钱先凑一凑，赔个10万……"

"那人什么时候来？"

"没说……"何安背着一个单肩挎包，里头是刚取出来的钱，"钊哥，你们真能帮我？"

"能，肯定能。"张钊看了一眼苏晓原，犯了轴，拼命回味刚才他那句张钊一定有办法，"咱仨就在屋里等着，兄弟齐心能断金！"

"对！"苏晓原也攥起了拳头，哪怕知道自己什么忙都帮不上。

CHAPTER

他抹了一把眼睛，只是酸，没有眼泪。

穷孩子
Qiong Haizi

07

对一个穷孩子来说，早就不哭了。

穷孩子

CHAPTER 07

仨人一直在屋里候着，等到快 9 点，张钊怕苏晓原写不完作业，叫何安把大灯打开，给他找地方先写卷子。

"你家就这一个大灯啊？"来了这么多回，张钊头一回嫌屋里暗，"台灯呢？"

"台灯早坏了，我还没买灯泡呢。"何安平时自己写作业都是坐地上，沙发当桌子。刚才特意拉出餐桌，仔细擦干净给学霸腾地方。

"……早不买，怪不得你近视。"张钊看小仙鹤那头，旧木头的折叠桌上摆了好多卷子，还有一个薄荷绿色的铅笔袋。它的主人像自带隔绝周遭的特殊技能，外界再乱都和他苏晓原没关系。

何安惴惴不安地蹲着，像个巨大的雕像，突然说："钊哥，我不想读了。"

"啊？"从前何安最多就说我不想走体育了，张钊踹了他一脚，"你现在不正常，别跟我说话。"

"我正常，我不想读了。"何安比从前任何时候都清醒，"体育我走不下去，读书也读不上去。我家里这个条件供不起我了，钊哥，我想打工去。"

"你闭嘴。"张钊不爱听他胡说八道，"等这事儿完了，我天天逼着你训练去，大老爷们儿能叫苦吃了！你以为自己打工能赚多少？现在没个大专的文凭西北风你都喝不上！"

"唉，我就是觉得……爸妈拿大扫把一下子一下子扫出来的工资，不舍得花，都供我搞体育了，结果我死活上不了国二……丢人，没法跟爸妈交代。再说你和昌子文化课还行，我是一点儿也不行，我没路走了啊钊哥。我想赚钱去。"

"你……"

"何安你别这么想，等张钊帮完你这个忙，你要不嫌弃……我天天给你补文化课啊。"苏晓原的声音来得猝不及防，提醒着屋里另外两个人其实他什么都听着呢。

一直都当尖子生，今天的苏晓原叫体特生的喜怒哀乐震撼到了，他最怕的就是体育课，可从张钊和何安身上，他体会到了从没有过的冲动。

能跑的冲动。

自己这辈子是跑不了了，别人还有机会。他得和张钊一起帮何安跑出去，不能这辈子困在小平房里。

"真的，你有路走。"他生怕劝不动何安，有一句话是他自己劝自己用的，也说了，"瘸子都有路走呢，谁都有路走。"

何安看着他，黑油油的头发在屋子里发光。张钊和昌子来帮他，不意外。可苏晓原这种兴许年级里都排得上名次的尖子生也愿意帮他，他差点儿不敢信。

张钊咬牙切齿地拍了一把沙发，只想动粗："就是，我今天就不信了！晓原你过来，咱们商量商量。"

苏晓原颠颠地走过来，在张钊旁边坐下了，心里也没谱儿："班长……你真有办法啊？"

"有，我有的是办法。"在这种昏暗的灯光下，苏晓原的认可和依赖令张钊狂喜，"但你得帮我，行吗？"

苏晓原豁出去了："行！你只要不安排我打架，干什么都行！"

快到 9 点的时候，小院儿门前有了动静。苏晓原趴在玻璃窗边往外看，是个蘑菇头的女人，可她身后怎么还跟着一个警察呢！

"班长！"他一个零社会经验的孩子，怕得赶紧关了窗，"班长，怎么还有警察啊？他们是报警了吗？"

张钊心里先咯噔了一下，怎么，这家有点儿后台是吧？

"你别怕，看清楚几个了吗？"

苏晓原赶紧又往外看，好像张钊一说不用怕，他真不怕了。

"一个，又高又壮，一看就特厉害……咱们怎么办？"

"就一个？那就更不用怕了。"张钊看苏晓原怕得缩成一个小球儿，心里头特别恨。这蘑菇头还嫌事情闹得不够大吧？瞎带警察来吓唬人，瞧给小仙鹤吓得，学习成绩下降了你负得起责任吗。

何安嘴笨，张钊说一会儿来了人让他少开口，就凶神恶煞地往前头一站就行。这会儿他站在前头，心里头直发怵："钊哥，你真搞得定？"

"搞得定！"张钊深知何安一家的不容易，成心找老实人不痛快是吧？得了，钊哥今儿就叫你们谁都不痛快！

蘑菇头中午来过一回，老神在在地抓兜儿里一把瓜子儿吃着，边吃边吐皮儿。自己家的狗确实是国外弄回来的，几十万叫人打死了，必须要把损失捞回来。

"有人没人啊！姓何这家有人没有！"她先拍门喊。

张钊快被这口气憋死，开门像要把门拽下来："敲什么敲！大晚上的你不怕扰民啊！屋里有人！"

蘑菇头被他突然这一猛子吓得瓜子儿掉了一把。这家的儿子她中午见识过，人高马大一个顶俩。

可说了几句话之后，她就看清楚了，这家人没有一个顶用的，都是软柿子。

"你谁啊你！"女人的声音很尖，叫张钊想起指甲划黑板，"我找老何家，没你事儿你一边儿去！"

"你吼谁呢？我就是他们家拐着弯儿的亲戚！"张钊死活不让人进

屋，问身后站着的何安，"是她吗？"

何安没料到钊哥上来就这么冲，但还记得自己的用处，凶神恶煞地一点头："嗯，就她！她和她老公冤枉我爸！带人围了我爸单位！"

高大壮警察一瞧，这和蘑菇头说的不大一样啊："小同志你们怎么说话呢，报案人……"

"报什么案？我倒听听她报什么案！"张钊指着蘑菇头把嗓儿门放出来，"她报案？我也报案！我带着身份证现在就报案！你遛狗不拴咬死人了怎么办？还想要钱？！"

苏晓原傻兮兮地躲在暗处，举着手机，当真吓成一小球儿。他还以为张钊有计划、要智取，原来是硬碰硬。他怎么敢和警察硬来啊，这可是……这可是民警啊！

蘑菇头甩开了胳膊，也撒开了嗓门儿喊："你家人打死我家的狗了！赔钱天经地义！我家那是什么狗？那是从国外弄回来的比特！种公犬！配一次种一万多呢！你们小孩可看好了，民警说话管不管用！"

"你别拿民警吓唬我！我管你狗多少钱买的！把人往死里咬的狗那都是你们教出来的，打死了也是你们害的，有怨报怨它死了也是找你，没这家人的事儿！"

"你……"

"你什么你，你有话说话，别拿手指我！"张钊知道这种人，嚯，有几个钱了，弄个名贵的狗到处显摆，不拴，好像自家狗聪明，像个人似的，"还想赔钱？我今天能让你拿走一毛钱你试试！"

蘑菇头一瞧，眼珠子骨碌转几下。

这小子刚，比中午那尿包软蛋难对付多了，一下瘫地上，四脚八叉哭天抹泪地喊开："来人哪！来人哪！你们都出来看看，民警同志你可得替我们家做主啊！我们家大卫可是从这么一点儿带回家的……"两只手像鸡爪子一样，做着拥抱的姿势，"这么一点儿抱回来，一口一口喂大的！花多少钱养大的，就这么没了！就这么叫老何家打没了啊！来人哪！妈妈心都碎了！"

高大壮想扶她，谁料到这撒泼的女人怎么都拉不起来。蘑菇头和他说这家里就一个儿子，突然多了一个，他不敢妄动："喂喂，你们都控制一下情绪啊，嘴干净点儿，报案人也先起来。咱们把案情……"

"案情？我还没跟你说案情呢，你还提这个！"张钊本身就不怕撒泼，这女人，欺负老何家没人撑腰，还带吓唬仙鹤。

"小同志态度端正些。"高大壮拿手点了张钊一下。

要是正儿八经的民警出警，张钊也就真怕了，可眼前这种摆明不是。

"我问你，你警察是吧？地上这女的凭什么就报警了？哪条法律允许你出警了！"

高大壮正了正胸徽，刚正不阿："报案人说你们和她有债务纠纷。"

小院儿住户紧凑，已经有些窗户打开了，大家都竖着耳朵。但也许被这么个警察震住，谁也没敢出来看热闹，只觉得老何家倒霉，肯定说不清楚了。

"呵，有债务纠纷？"张钊不懂那么多，但基本常识他有，"债务纠纷得有借条吧？她张口就是20万，当我家钱是大风刮来的啊！我今天告诉你，我家就是一分不赔了！怎么着？一分不赔了！"

蘑菇头抓着头发，撕心裂肺叫起来："啊！没天理了！我家大卫白白被你家人打死了啊！尸体还在你爸单位门口……脑浆子都出来了，眼睛闭不上啊！啊！民警同志，我家大卫60万弄回来的啊！死了之后，舌头……舌头这么长！我……我跟你们拼了！"

"你敢！"何安大叫一声，蹿了出来。

张钊两只手把着门，死活不让何安冲出去："你要能把打的借条拿出来我今天一分不少，没有借条，这就是报假警！何安你堵着门，晓原！过来！"

苏晓原从没见过这么胡搅蛮缠的女人，举着手机径直冲过来："对……

她报假警！报假警这个问题你怎么说！你……你警号呢！我可都拍下来了！我手机拍着呢！"

高大壮心里喊了一声不好，觉得这忙真是帮错了。

苏晓原的声音叫张钊如虎添翼："我告诉你，刚才我们可一直拍摄呢，你别以为我们好欺负！她家的比特犬不拴，差点儿咬死人，要不是何叔叔救下那人，这就不是一条狗命的事儿，是一条人命！"

"对！一条人命！我爸是救人呢！"何安心里感激得要哭，钊哥这些话都是何安想说的，可他这张嘴白长了，对着这个蘑菇头，一句明白话都扯不清楚。

高大壮埋怨地瞪了一眼蘑菇头，丝毫不见惊慌："小同志，说话要懂规矩，我们……"

"民警盘查案情有来一个人的吗？最起码得有俩在场吧！"张钊彻底忍不住了，从苏晓原说就一个警察来的那一刻，他大概捋清了整个关系，"有本事多叫一个来！就一个警察我怕我家说不清楚！您是帮朋友出头要钱吧？这女人给你多少好处？晓原！拍他！拍他脸！我告诉你，这可是拍摄，这是我的权利，你少欺负老百姓！"

苏晓原本身怕得很，叫张钊的气势感染，他豁出去了："对！我一直拍着呢！你都没跟我们报警号！你……你身上的执法记录仪呢？"

仙鹤就是聪明！张钊将计就计："对！记录仪呢！我现在还要和你报警呢，她家比特犬多大？那是四环内能养的吗？是不是平时给你塞好处了才养起来的！还想进屋？进屋叫私闯民宅你懂不懂！"

蘑菇头像被一道雷劈在原地，这人说的每一点都对得上。要不是偷偷隐藏，自己家的比特犬早叫人举报了。

"你！"她凶相毕露，"你们都给我等着！想这么算了，没门儿！"

说完带着没用的高大壮走了，她这一走，四面八方开着的窗户才探出脑袋来，拼命问着何安，到底他家出什么事儿了。

"没事儿没事儿，吵着你们休息了……对不住啊。"何安吓出一身白毛汗，一把带上了门，"……吓死我了，钊哥，她怎么报警了啊？她不会报警抓我爸妈吧？"

张钊也出了一身汗，从没和警察正面刚过，说完全不怵肯定是假的。

"不会……她心里有鬼，她不敢！"但他还得安慰别人，一把给苏晓原拽过来，假装要看手机，"我看看拍得清楚吗？"

"挺清楚的，我拍摄技术过硬，把人正脸都拍着了。"

"嗯，那就行。"张钊顺手摸了他一把后脖子，湿的，都是吓出来的汗，"别怕，不用怕啊，他们再回来有我和何安呢……你回家把这个视频导出来，给何安一份，也给我一份。他们上什么网发了什么，咱们也会。我就不信现在的人能叫他们一个小视频给糊弄了！大家不是都爱看反转吗？咱们就给他们看看反转！"

何安的手还是抖，比他推铅球还抖："真能行吗？我爸不会丢工作吧？"

张钊知道他怕什么。环卫这份工作近年来才受到国家重视，不仅工资高了，还有医疗保险养老。就何安家庭的状况，丢了这份工作，他爸妈没地方找能给养老金的工作，这才是他家最担心的。

"丢不了，本身就没多大事儿，就是你爸妈被他们家吓着了。"张钊拍着他劝，"你也是，长这么高得学会用，该吓唬人的时候吓唬人，他们能怎么着？我要是你，谁敢欺负我爸妈？快快快，去把叔叔阿姨接回来，这两天你先照顾好家里再去上学。教练那边，我帮你请假。"

苏晓原握着手机的手也抖："对……先把叔叔阿姨接回来吧，让他们别担心。咱们这么多人呢，肯定有办法！"

何安很皮实，训练再累的时候也没哭过，比昌子扛摔。可这会儿眼睛有些酸。他抹了一把眼睛，只是酸，没有眼泪。

穷孩子早就不哭了。

"谢谢你们。"他站在灯泡底下，肩膀像一张拉开的弓，很宽。

"谢啥，往后知道怎么办吗？"张钊给了他一拳。

何安点了点头："知道，好好训练，考大学。我想考大学。"

苏晓原经历过无数大考小考、彻夜复习，从没叫过苦。可何安这一句，苦得他脚底下发软。

"行了行了，咱们都能考上，你别多想。再说还有昌子呢，幸亏他没来，否则真跟假警察干仗了。"张钊说，"我先送他回家。你一会儿记得上网，再叫昌子想想办法。他认识的人多。"

苏晓原的心还为何安酸着，拿校服袖子擦眼角。

苏晓原跟在张钊身后，挑被路灯照亮的地方走。

"班长，你怎么猜到那个警察不管啊，要万一他来真格的，会不会找到咱们学校去？"他还是怕，没有张钊豁出去的洒脱。要真闹到学校还怎么上课啊。

"不会，他要来真格的刚才就抓人了，多半是个假的。"张钊满地找张叔的自行车，"你别怕，真要找到学校去了算我头上，我罩你！"

"真的啊？"苏晓原从前在学校里叫人孤立，头一回有人罩着，觉得特别踏实，"其实咱们仔细想想，那人肯定是被叫来吓唬何安的。多亏有你……往后咱们得多帮帮他。"

"嗯……你也真是机灵，够聪明的啊！"

"你饿不饿啊？"苏晓原猜他该饿了，俩人没吃晚饭就过来，张钊顾着安慰何安，倒是自己刚才吃了些东西，"我给你剥花生米儿啊。"

然后是一只手，掬一小把白白的花生米。

"谢了啊……上车吧，我先送你回家。"

"嗯，你骑稳点儿啊，再吓唬我，我跳车。"苏晓原扭一下坐上了，却比来的时候放心。

张钊这人就是嘴坏，其实……也挺好的。

"你心里摸摸正，我什么时候舍得……吓唬你啊，我都……我不吓唬人。"张钊这回蹬得特别慢，"你可别摔啊，我是骑车稳，可这路不好啊，万一有个坑啊大包啊什么的，颠着你你可别叫唤……"

苏晓原看着俩人的影子笑了，笑完傻乎乎地抿嘴："你胡说，来的时候这路好着呢……给，你骑稳了，我给你剥花生米。"

张钊自己骑死飞经常耍帅，两手大撒把的时候都有，彪得很，现在掌心像黏在车把上，紧抓不放："那我松一只手啊，你怕不怕？"

"不怕，你骑车稳，摔不着我。"苏晓原往前伸手。

骑车的影子慢慢撒开车把，和苏晓原影子里的手碰上，接走了那几颗花生米。

"……谢了啊，其实我不饿。"

"不饿才怪。我可喜欢这个，在南城的时候老吃。我大姨还会自己炒花生呢。"

"我小时候也老吃，后来我妈管得严了，我爸不敢给我买。我爸特怂，什么都听老婆的，可我妈特烦，什么都要管着。"张钊咂摸着嘴里的滋味，"你别老给我剥，自己也吃啊。没想到闹怎么晚，你家里人催没催啊？"

苏晓原已经给陈琴发过微信了，说在同学家里吃饭："没，我妈经常夜班，家里就我和我弟弟。你吃，你多吃几个，我在何安家都吃饱了……吃了好多萝卜干。"

晚上何安怕学霸饿着，把早上的剩粥给热了。张钊心里头有火，一口都吃不进去。

苏晓原倒是心大，坐在餐桌前用小勺喝了一大碗，顺便把盘子里的辣萝卜干精光，还把碗给刷了。

"吃呗，我以前找他来也吃那个。"张钊笑着说，抬头是清朗夜空，星星倍儿闪亮，月亮还倍儿圆，"那是他爸妈从环卫局带回来的。"

"啊？环卫局还发这个？"苏晓原没接触过社会，像个头一回探查民情的公子，听什么都稀奇，"那我是不是把叔叔阿姨的菜吃了？"

张钊又接一把花生米儿嚼着，继续给仙鹤科普民情："不是，这几年国家重视环卫这部分了，餐饮也好，早餐的榨菜吃不完能带回来。他家里不是有个大儿子嘛，叔叔阿姨老往回带，一小袋儿一小袋儿的，单位也不管。你看吧，何安瞧见你爱吃，下礼拜能给你带一瓶来！"

"真的啊？那可别给我带，我不缺吃的。"苏晓原往嘴里送了一颗，拿门牙咬着吃，"班长，我觉得你今天……特不一样。"

"是吗？"张钊不明显地直了直腰，"还行吧，表现一般。那你觉得……我凶不凶啊？"

"挺凶的……往后咱俩，再加上昌子，多帮帮何安吧，他家太不容易了。"苏晓原把手里的一小把花生米吃完，擦擦手，突然想告诉张钊一件事，一件和今天毫无关联的小事。

自己的事。

"我今天……其实是头一回坐自行车，你可别把我摔了啊。"苏晓原喜欢迎风吹的感觉，像快跑，头发都被吹乱。

张钊心里噗地破了个肥皂泡儿，满脸都是小水珠："啊？从前没人带过你啊。"

前头有个减震带，他赶紧嚷嚷："哟哟哟！前头震啊你扶稳了！"

苏晓原抓紧了张钊的衣服，心里一点也不害怕："大姨父以前说带我，结果大姨怕我摔着，就没让我坐过，也不让我骑车。"

"你要想学我教你。"张钊心里突然有点紧张，"我……我买个新车教你。"

"我不敢，教不会我。"苏晓原看着悬空晃荡的右脚，有些恨它。

要是它能走，自己也可以跑步，就算不当体育生，那一定也是个跑步很好的男生。要是它能使劲儿，自己也学自行车，天天骑车上下学。和小运一样，骑个特别酷的死飞，嘲一下拐着弯儿地刹车，比谁都快。

可恨完之后苏晓原又感谢它，要是它真废了，自己连走都走不了。别这么挑剔，人得学会知足。他感谢右脚、右腿，还有每一只脚趾尖儿加厚的袜子。

张钊不懂学自行车有什么可怕的："有什么不敢的啊，我扶着后座又摔不着你。"他心里有些不舒服的情绪，想折腾，恨不得把车一停，现在就教他。

"我不行，骑车我……我头晕，平衡差。"苏晓原随便编了个理由，可确实着迷于风里快跑的肆意轻快，"但我喜欢坐车，你……"他不敢说，因为自小很少提要求，但张钊的痛快让他放心，"你要是不累，明早接我来行吗？我给你抄作业。"

说出来，苏晓原紧紧抓着张钊的运动衣，才发现他的橙色背心那块儿有一层白。

是汗，是他下午跑步出的汗，干透之后凝固成类似盐粒的东西。

他不禁又被体特生的努力震撼到了，这是跑了多少啊。

"真让我接啊？"张钊深呼吸。他又想摆谱儿，不想叫小仙鹤觉得自己好说话，他说什么自己都答应。

"你家多远啊，太远了我可不管，早上我得训练。"说完张钊后悔了，要万一特远怎么办，反悔多没面子。

苏晓原还当他真问，急得想说具体住址："不远，我走就 10 分钟，你骑车快的话几分钟就到。"

"那行，勉强接你一回。"张钊立马答应，还觉得自己这一招耍得倍儿棒，"抓稳了啊，快到学校了，你给我指路。"

没多一会儿，张钊望着苏晓原指的高楼，心里不禁发出质问，你这破楼就不会建远点儿吗？离学校这么近很不科学啊？

"我家就这楼，你记好啊。"苏晓原没带过同学回家，他最羡慕的就是那些能叫同学回家一起写作业的人，上小学自己被孤立，同学互送新年贺卡都没人给他准备。

"记得住，你上去吧，我回学校还车。"张钊都不知道自己在说什么，这时候张叔肯定下班了，还哪儿去？

"那我走了啊，明早你早点儿来，我给你讲数学题。"经历了一晚心惊胆战，苏晓原对体育生有了好多改观。他没接触过这帮练体育的男孩子，从前学校里也有，但都是重点培养的文体两开花，傲气得很。

张钊和何安不一样，他们……特好，特有人情味儿，还把自己当兄弟。

"那什么！"张钊问，"你家……住几层啊？"

"啊？哦……我家12层，顶层，你瞧那个窗户。"苏晓原也觉得俩人有话没说完，"瞧见没有，那是客厅，我在客厅里写作业。那个是我和弟弟睡的屋，他在里头复习……他初三，学习也挺好的。"

说完之后，苏晓原觉得自己话太多了，人家就问一句，自己干吗呢："那我走了啊，明天见。"

"明天见。"张钊也摆了摆手，堵在楼洞口，怕风吹进去。

张扬进屋做好了被凯撒扑的准备，结果却静悄悄的，好像有阴谋。

紧接着，他就看见了阴谋。

"张钊你是哈士奇吗！"张扬往睡房里找，瞧见张钊光着个膀子，面前是自己亲自组装的欧式床头柜和千挑万选从国外背回来的台灯。

张钊正拆得兴起，十字改锥、一字改锥摆一地，像个破烂儿摊子。凯撒仨旁边盯着主人看，不知道人类抽什么风呢。

满脸都是惆怅。

"你有毛病啊！"张扬气死了，为了照顾发烧的杨光他两天没睡，刚想回家补觉，"你……"

张钏叼着一个螺母，又可怜巴巴又可恨又可气地说："哥，我好像又遇上珠峰了，巨高，是世界上最高的喜马拉雅……"

张扬朝他后背就是一脚："你先把家具给我安上！"

张扬挖着冰激凌，心疼自己的家具："你是不是抽风啊，知道这表是哪儿带回来的吗？这是我辛辛苦苦从拉斯维加斯背回来的，你给我安上！"

张钏被打惨了，裸着的后背印上一个大大的五指山红，从小到大也就堂哥能治他："你打我这么使劲儿不怕出人命啊，不就是个表嘛……"手里也没闲着。

"我没打死你都是给凯撒面子，凯撒过来，别陪着你那二货主人抽风。"张扬招了招手，凯撒立即跑过来拍马屁，伸着舌头哈嗤哈嗤要冰激凌，"欸，还是你乖，咱们吃冰啊，不理那傻子。"

"凯撒你就傻吧，谁给吃的跟谁好。"张钏安上左手，再琢磨右手，"养它的时候我就后悔，别人都买黑背啊杜宾啊，我买个哈士奇，家里像养了个拆家办的……"

"少来啊，我们凯撒乖着呢，张嘴，吃冰冰。"张扬喜欢狗，但他又懒又怕脏，所以从来不养。别说收拾狗大便了，光是每天遛狗就能把他烦死。

张钏开始研究床头柜，自己拆的家，跪着也要安上："它乖个屁，一到夜里就嗷嗷嗷嗷，再吵一回我麻利儿买黄酒大葱去，请何安、昌子来家里吃狗肉火锅。"

"你少说话，赶紧安上。"张扬才不信这套。

凯撒刚接回家就大病一场，在狗舍传染的细小，差点小命归西。狗舍的意思是你们给送回来，我们绝对负责，可以换一条健康的新狗。

那会儿堂弟初三，课都没有心思上，下了训练疯狂往医院跑。

张钊妈妈不喜欢带毛的生物，烦得要死，凯撒小时候就在这屋里养病，吓得张扬都不敢看。

凯撒先是萎靡不振，然后就是吐，最后拉血。那么小一只哈士奇，可爱得像个玩偶，可笼子底下的置换层全叫血盛满了。

凯撒也很懂事，从不拉在垫子上，一步一捧也要去洗手间，给堂弟心疼得直喂牙床子。医院开点滴开了一周，说能撑过去就撑过去了，张扬赶去宠物医院交钱，看见堂弟像抱小孩儿似的，一边哄一边拍着拉血的凯撒，陪它打点滴。

可能上天最后被打动了，也可能是上天根本不想收二哈的灵魂，凯撒就这么支棱着过了一周，竟然自己站了起来。真和兽医说得一样，就是七天，七天能好就好，不然就死。

"凯撒啊，你可长点心吧，跟着这么个主人你没出路啊。还是我好吧？往后给我看家，我给你吃好的住好的，雇个阿姨遛你，咱们天天吃冰冰……"张扬的半盒冰激凌都喂了狗，又去问地上蹲着的那位，"你，到底怎么了？有问题解决问题，别拆我家具。"

张钊正在研究抽屉，这东西拆的时候特别爽，有个小卡子一样的开关，一扒拉就拆掉了。可安装的时候内外滑轮总对不上，弄得张钊满头大汗。

"哥，我遇上珠峰了，真的巨高啊，是世界上最高的喜马拉雅……"

"说人话。"张扬扒拉开凯撒的尖耳朵检查，很干净，养得还真细心。

"哥，我内心有股冲动。"张钊一本正经地说，"说不上来，反正每天浑身过电，随时能下楼跑圈儿。"

张扬不以为然："你不是早就这样儿了吗？过电你跑圈儿去啊，我就不信了，每天来个一万米你还能有心思翻越珠峰。"

张钊不知道这股冲动算什么，也不敢断定。

"哥，我问你，你谈过恋爱吗？"

张扬不屑道："谈过啊！你现在就好好学习，这事你考虑还早。"

"哦。"张钊若有所思地点点头。

张扬烦了："还有没有别的烦恼，赶快问啊，我困了。"

"有，还有一个。"张钊急赤白脸地问，"哥，我老想欺负新同学，咋办啊。就那种……今天欺负他，明天还想欺负他。他特淡定，还特善良，我就是懒得跟他耍心眼儿，否则能把他欺负到抽搭鼻子。我就受不了他那么娇气……他上课一不搭理我，我就想跟他聊天，想看把他惹生气了能怎么着。"

张扬直接呼了一巴掌，打张钊脑袋上："说来说去你还是欺负同学是吧！教没教过你和同学团结友爱啊！懒得说你，让让，我洗脸去。"

"可我不是真想欺负他。"张钊还继续说呢，从蹲变成坐着，"我就想让他……注意我，别老冷冰冰的。我就想让他觉得班里谁都不好，就我能罩他……大不了欺负完再哄哄呗，我又不是故意的。"

"二货张钊！"张扬实在听不下去他絮叨，不理他了，草草冲了一个澡就钻进被窝。

手机很没眼色地亮了，张扬看都没看接起来："又怎么了啊祖宗？"

杨光感冒鼻音浓重，抽搭着说话："三哥你走了啊？"

"我照顾你几天了还不能休息休息啊。"听到这倒霉孩子的声音张扬更来气，"你说你病几天了？还能不能好了？再不好我看你那俩哥哥真飞回来。"

房间里空荡荡的，杨光有些想家。想爷爷的公租老房子，想爷爷小时候给熬过的棒茬儿粥，想他哥，想非常能打的嫂子。

"三哥你是不是要睡了啊？我打扰你休息了吧。"

"废话，你没看我熬几天夜脸色都差了！下个月送我一瓶眼霜啊，就你代购里那个，可把我累坏了。"张扬和杨光的俩哥哥不对付，"你哥也是，真把我当老妈子，嘱咐这个嘱咐那个，有本事他俩亲自飞回来，全世界都有照顾你的义务是吧！你爸你妈呢！"

杨光摸到枕边的保温杯，三哥买的，带吸管儿的那种："三哥你别这么说我哥，我爸妈总在外面做生意，所以顾不上我，打小就是我哥照顾我的。那你睡吧，我就问问……你明天什么时候回来啊？"

"你管我什么时候回来。"张扬受不了他感冒的鼻音，挺精神的一个小伙子，杵窝子的性格，"有话说，说完了我睡觉。"

"没事儿，就是一睁眼，屋里没人，我想你。"杨光天生没有安全感，"三哥你明天早点回来，我请你吃饭行吗？我这个月赚了点儿钱，想给你饭卡里充两千块钱，行吗？"

"你发烧烧晕了吧？"张扬气得在被窝里滚，"睡醒了吃东西没有？"

杨光瘪了瘪嘴："没，想喝棒茬儿粥……三哥你睡吧，我明早等你啊。"

"有病……"张扬还是掀了被子，气得恨不得把满柜子丝绸睡衣扔出去。这什么人啊，有毒吧，发烧了还想喝棒茬儿粥。

张钊死活睡不着，也在被窝里翻滚，滚来滚去还是滚到地上，翻箱倒柜找起来。

满柜子都是堂哥的宝贝，具体什么款式张钊叫不出来，但都是特值钱的。他看看这个，觉得花纹不好看，再挑挑那个，觉得颜色太俗气。最后挑中了一条雪青色的缎面上衣，用脏手抹擦抹擦，觉得坐上去肯定特舒服。

拿着衣服，张钊悄无声息地开门去找剪刀。剪刀在客厅里，他咔嚓几剪子下去，毁了堂哥的衣服，剪出两片自行车后座大小的布片，又咔嚓几剪子捅破了枕头，仔细挑出太空棉来，琢磨着怎么缝。

小仙鹤瘦，屁股上肯定没有什么肉，张叔那辆二八大跨的后座是铁架子，那坐上去多硌得慌。保不齐今天晚上就硌青了。

"你干吗呢,大晚上不睡觉?"正在厨房里熬粥的张扬系着围裙出来，手里拎着一把粥勺，还很像那么回事儿，"你……拆完家具拆床上用品，你是哈士奇吗?"

猛地一看，桌上这布料……为什么这么眼熟呢?

仔细再一看，堂弟手里拎着的布料，不就是自己没来得及穿的那件。

"张钊你是二货吗!"张扬抄起粥勺抢了过去。

CHAPTER 08

仅仅一天，苏晓原这个名字就从9班不知名的一位插班生变成了高三的热点……

第一名

Diyiming

不单单是他年级第一的总分，更因为他和第二名拉开的巨大差距。

第一名

CHAPTER 08

门卫张大爷在一中有年头了，很少有人记得他叫什么。和区一中建校没多久他被分配过来，那时候别人叫他小张，现在干成老张，和第一届毕业生的年龄差不了多少。

别的高中几点开门，他不知道，一中这么些年是雷打不动的早5点。可传达室门口，空的，自己的自行车呢？张钊那小子给借走了，没还回来啊？

张钊龇牙咧嘴地揉着腰，疼死了。怪不得有人说最危险的地方就是厨房，敢情粥勺抡起来也很疼啊。

不就是一件衣服嘛，至于吗。张钊理解不了，也不知道苏晓原几点下楼，在等待的时间里一直思考，就堂哥这臭脾气，将来得什么样儿的温柔小姐姐能降住他？啧啧啧，活该他单身。

苏晓原刚出楼洞，眼前就是张钊在揉后腰。

"班长？"他没想到张钊来这么早，"你真来接我啊？"

张钊立马站得笔直："我起得早啊，顺路路过……再说你家离这么近，捎带手就给你带过去。"

"哦，这样啊。"苏晓原有些失望，原来只是顺路，可也不算失落，毕竟张钊说话算话。

"你腰怎么了，刚才看你一直揉。"他又问，开始过意不去，"是不是我太沉了，昨天给你累着了？"

就你这点儿重量，还能把我累着了？张钊心里头是这么想的。

"你不沉，是你书包沉，你坐车又不老实，瞎动，害我抻了一把腰。"

"我没想瞎动啊，你心里摸摸正，是你骑减震带上了。"苏晓原绞尽脑汁回忆，无奈知识储备没有一丁点儿关于抻了腰怎么办的，"那怎么治啊，要不我回家拿膏药给你贴上？"

"别，我可不贴，我妈就特爱给我买膏药，一股子中药味儿。"张钊若无其事地按着车铃，"就……下课帮我揉揉就行，嗨，小意思。"

就揉揉？苏晓原张了嘴，噢了一声。他坐过后座，再坐就很有经验，干脆把书包抱怀里，扭着屁股想坐上去。

"等等。"张钊一把拦住，给小仙鹤怀里的大书包拎过来，"这东西老影响我维持平衡，你里头装的是板儿砖吗？这么老沉……我给你背着。"

苏晓原瞬间空了手："不用不用，我东西多，书包特别沉……"

"没事！"张钊从没背过这么沉的书包，好学生的装备都这么硬核吗？

"那要是太沉了，你把包还我啊。"苏晓原又扭屁股，准备往后座坐。

"等等！"张钊又拦。

"又怎么了？"苏晓原下不来台，两次要坐都不让，"到底给不给坐啊，真是的……"

张钊不太会和他沟通，因为身边没有这样的人，要是昌子、何安绝对一拳抡过来，骂两句你有完没完。可苏晓原只会埋怨两句。

"我又没说不给你坐。"他从运动包里拿出准备好的东西来，好显得不是早有准备，"我从前也骑车带人才有这个，放着都旧了，不用白不用。"

一块雪青色的坐垫，比后座大出一些来。张钊还怕它掉，用绳子给系在铁架上头。

"你……坐，坐啊，我从柜子里翻出来的。"

苏晓原喜欢雪青色，先摸了一把，不像是普通料子。

"这可真好看……"阳光打过来，料子才显出偏光，歪七扭八的针脚格外显眼了，"你以前带谁啊，垫子这么新？"

他只是随口一问，哪知道张钊是骗人的。

"你管我带谁，赶紧上车，不然迟到了你又叫唤。"张钊的运动包挂在大杠上，胸前还背着一个，等苏晓原扭着屁股坐稳，"合适吗？"

苏晓原扭着腰动了几下，管这以前是谁坐的，自己用也合适："嗯，昨天硌着呢，有这个就好多了。你骑之前说一声儿啊。"

"我又摔不了你，紧张什么。"张钊心里小窃喜。

今天比昨天稳多了。苏晓原叫风一吹，像自己迎着风跑。

"班长，我拍的视频何安发了吗？"

张钊还沉浸在小窃喜里："啊？哦，发了发了，还给他爸领导看了。其实就是个耍无赖的事儿，偏偏他爸妈不敢闹大。"

"为什么啊，平白无故赔钱，没道理。"苏晓原伸长脖子，看路边各种商店。自己走着看是一种心情，坐车看是另一种，怪不得大家都喜欢坐自行车兜风。

"唉，这你就不懂了。"张钊骑得慢，蹬一轮死飞的路程，现在要蹬好几下，还嫌自行车太快了，"你知道什么叫祸不单行吗？咱们家里都不缺钱，理解不了那种滋味。有的家庭，不一定闹得起事儿。是，何安爸妈真要掰扯起来肯定没错，但你看见没有，那女的家里认识些人，闹大了工作没了怎么办？再想找个国家单位的岗位基本上没戏。你啊，这就叫不识人间疾苦……"

"你胡说，我怎么就不识了。"苏晓原能从走不了到站起来，再到站稳，吃过的苦多得多，"……也不知道何安家里怎么样。"

张钊拐了个弯儿，前头就是学校："看呗，他爸爸身体不太好，估计这几天得请假。晚上我和昌子找他去。你就别去了，要真打起来……我还得顾你。"

入校不能骑车带人，张钊慢慢停稳，车身忽地一轻。

"给你包，你先回班吧，我找张叔还车去。"

"谢谢你啊。"苏晓原没走，也可能是叫张钊那句我还得顾你给触动了一下，尝到种被人保护的感觉，"用不用我等等你？"

"不用，你先上去吧，我还了车就回班抄数学。"张钊站在大门口，浑身上下哪儿都不疼了，精神抖擞。

苏晓原留恋地看了一眼后座，车一还，往后就没有吹风的享受了。自己是个小伙子，总不能上赶着找人带吧。

"那我去小卖部，你要饮料吗？"书包有多沉，苏晓原心里有数，他想谢谢张钊。

"随便，不过我也不渴。"张钊又窃喜了，"等等！"

"又怎么了？"苏晓原也不想走，想等等他，转身很快地问，"要不我等等你吧。"

"不用……"张钊怕张叔损自己的全过程叫仙鹤瞧见，执意让他先走，"咱俩是不是没加微信啊，我替何安问问，往后叫你帮他补习……他嘴笨，肯定不好意思问你。"

"哦，也对。"俩人拿手机扫过二维码，一个上楼，一个去传达室还车。

张钊前一秒还双重小窃喜呢，下一秒，张大爷瞧着好好的二八大跨多了个坐垫，胡子都气歪了："你个臭小子！摘了！"

"我摘，我摘。"张钊飞快地解了起来。

然后没直接上楼，而是等昌子练完一起。陶文昌把空瓶子往地上一摔："这么大事儿你不叫我！何安人呢！"

张钊叫矿泉水溅了一脸："你消停了，大晚上叫你去有屁用啊，又不是和对面干架。何安还没到呢，我刚才问他来不来，他说不准，想照顾几天家里。"

"这么大事儿你们不叫我！"陶文昌沉不住气，"钊哥我跟你说，这也就是何安，你出事儿我都不着急。他傻，白长那么大块儿头，明摆着挨欺负！不行，今儿晚上我去一趟，要是那女的还来，我……"

"打住打住，昌哥别这么火大，你看我，多淡定啊。"张钊气到半夜才淡定，多亏昌子昨晚没去，不然他俩爆竹一起炸，真没准儿把人打了。

再想一下，昨天自己也想动手来着，之所以按下不发，好像是因为屋里有……苏晓原。

"别急了，这几天咱们再看看。"张钊帮他拎运动包，好奇地问，"昨天见朋友了啊？"

陶文昌立马变文静，不好意思地点点头："见了……她给我做饭，土豆丝炒肉片儿，比我妈做的好吃。"

"你醒醒。"张钊恨他不成钢。

两人嘻嘻哈哈走到班门口，发现9班，这个拐角最不招人待见的教室门前，居然有好多人。

"干吗呢这是？"张钊看他们就烦，大部分都认识，1班2班3班都有，"让让，让让，没事儿来我们班干吗。"

陶文昌也奇怪，9班除了学习不太好的体特，就是根本不学习的那十几位："干吗啊，都跑我们班聚着来了。"

"就是，平时也不见你们多待见，无事不登三宝殿。"张钊挤不进去就推了一把，不小心碰着了1班的女班长，"哟，这不是小汤嘛，不在班里带早自习，上我们班门口站岗来了？"

汤澍，高高的单马尾，个子不矮："谁上你们班站岗，我问你，你们班是不是有个叫苏晓原的？"

"你问他干吗？"张钊的耳朵又竖起来了，"你赶紧走啊，这不是你们1班，一会儿磕着碰着别找老王告状。"

汤澍也不愿意在这个破班门口多待，甩一把马尾就走了。她这一走，呼啦带走一群学生。

张钊、陶文昌这才进了教室，远远瞧见苏晓原坐在第4组最后一个，张钊的座位，教室的左下角。桌上支着书，苏晓原低着头。

"怎么了？"张钊吓一跳，"是不是别的班找你麻烦了？"

苏晓原等了半天不见张钊上来，还叫别人打量好久，嘴里没说，可眼睛里都是埋怨，埋怨着张钊让自己等久了。

"没人找我麻烦。"

"那他们跑门口来干吗？"张钊把运动包往地上一摔，"谁，你说长什么样儿的。"

"真的没人，你别这么冲动。"苏晓原缩在张钊的位子上，比起叫人打量，他更生气张钊不早点儿上来，"你这样儿，像个流氓。"

"我怎么就……"

"钊哥！"陶文昌已经换到第一组，墙上贴着第一次小考的成绩。他傻眼了，慢慢转过脸来，"苏晓原，文科年级第一。"

仅仅一天，苏晓原这个名字就从 9 班不知名的一位插班生变成了高三的热点，不单单是他年级第一的总分，更因为他和第二名拉开的巨大差距。

59 分，甩了第二名将近 60 分。怪不得汤澍要带着人来 9 班看他是谁，苏晓原抢了她蝉联的第一名。

"干吗啊，一直抿着嘴笑。"直到晚自习张钊还觉得是做梦，他知道仙鹤成绩肯定差不了，但没想到这么牛，"你不上晚自习了啊。"

苏晓原的高兴摆在脸上藏不住："我上啊，先收拾收拾卷子。班长你说这回老王是不是就直接给我卷子了，不用你再去要了吧？"

张钊的感觉像失业下岗，回道："不一定啊……瞧瞧今天上午来看你的那帮人，像看小明星似的。也是，谁能想到名不见经传的插班生这么牛呢，要不给我签个名吧？"

"你胡说。"苏晓原一高兴，这个胡字就拉得很长，听起来既像撒娇又像邀功，"只是一次小考，什么都不作数呢。兴许下回我就年级五十名开外了。"

"那可不行，你现在是……"张钊凑过来说，怕被人听见似的，"你现在是9班的骄傲。瞧瞧上午政治和地理老师，一进屋就问哪个是苏晓原。摆明了平时根本没记住你，这回全记住了。"

"你老胡说，我不跟你说话了。"苏晓原又抿嘴，其实也扬眉吐气。别看他体弱，从小就是个不认输的性格，也有些记仇，记着老王把他从办公室轰出来的事呢。

也是因为这个，他再也不去数学办公室要卷子了。

写好1班的卷子也不找老王批改，才不求着他，苏晓原等的就是这一天。

考过你班里的学生，比什么都解气。

何安还没有来，昌子没训练就去找他。张钊看着小仙鹤写卷子，早上的小窃喜全部樯橹灰飞烟灭。

"我写作业了啊，你别打扰我。"苏晓原还在高兴他自己的。

"喂，你成绩这么好……"张钊只敢趁陶文昌不在的时候问，他得保持形象啊，怎么能叫人看见自己这副德行，"往后还给何安和……和我补课吗？"

"啊？你也补课？"苏晓原只记得何安要自己帮，好端端的，补课名单又多出一个人来。

"补啊，我成绩也不行，你是不是……"张钊又来这套，"是不是……看不起我学习差啊。"

可苏晓原又偏偏吃这套，虽然他不记得答应要给张钊补课，但一个两个都差不多："没有，你们以前练体育，肯定文化课成绩要落下些，我晚自习抽出1个小时的时间给你俩答疑，行吗？"

"那行，我疑问特别多，每科都有疑问。"张钊这才闭嘴，眼里都是求知欲。

一中的晚自习是学生自愿参加，6点准时放学，可以回家，也可以自己解决一顿晚饭之后回学校写作业，有老师辅导，经常是一个班的人能有半个班留下。

但张钊很少上自习，不是在操场等昌子、何安，就是回家遛狗，要不就是去找堂哥。他闲得无聊，只好趴着听歌，慢慢地，班里嘈杂的谈笑声连耳机都拦不住了。

正当他操纵耳机线选歌的空当，身边有一声不大不小的叹气声，十分烦躁，也十分无奈。

"怎么了？"张钊问。

苏晓原写不下去："班里有点儿吵。"

"早说啊，你旁边坐着的可是班长。"张钊涌起一股盲目的自豪来，使劲儿拍了一下桌子，"安静啊，安静！想聊天传纸条，别影响别人！"

他这一说，9班立马静了。不是真听了班长的话，而是觉得特别搞笑。

9班的晚自习一直都是这样，想干吗干吗。张钊又是个差生，说这种话，没力度。

苏晓原没寄什么希望，张钊这么一喊，倒是把半个班的注视吸引过来。

"你别这样儿……"他特别小声地说，"我下回戴个耳塞就好。"

"谁手机放音乐呢？"张钊的本意和当初擦板报一样，他就想让苏晓原觉得自己特别好，是班里唯一对他好的人，可现在除了做戏，好像还真有些生气了。

薛业是一不小心点开的视频，音乐声巨大。他惹不起张钊，可还没来得及关，身后哗啦啦一阵桌椅响动，人就过来了。

"我让你关了听不见啊！"张钊被薛业打过小报告，没少挨罚。

薛业关掉视频，班里二十几个人，都看着他俩。

苏晓原一看这个架势，吓得赶紧站起来。张钊和薛业不对付他早看出来，生怕因为自己再吵起来。

这个火儿不是一天两天了，张钊梗着脖子指他："你出来，来来来，咱俩出去说说。"

"没事了没事了，张钊你回来。"苏晓原还没走过去就先劝，都怪自己，好好的干吗嫌屋里吵。

薛业其实和张钊没什么过节，在队里俩人不是一个水平的，练不到一起去。看不过眼是因为祝杰跟他有过节："说就说，我还能怕你啊，你……"

"你不在楼下训练，跑教室里躲着是吧？"祝杰的声音从教室前门传来，他斜挎着大大的运动包，穿着专业的运动裤和跑鞋，骂的是薛业。

苏晓原心里怕惨了，真是怕什么来什么，一个薛业自己大概还能劝得住，祝杰来了，班里真的要打起来。

要真的打起来……张钊是为了自己，只因为自己叹了一声气。

"别吵了别吵了，大家都是同学，张钊你别这样儿。"他拉着张钊的运动衣，特别薄，像一扯就会破。

张钊盯着祝杰，拳头捏得咯咯响："要不然你带他赶紧滚，要不然我当着你面儿揍他。"

"真当自己是班长？"要不是不敢受伤，这一架早打起来了，祝杰和张钊是一类人，举手投足一股野劲儿，"不就是个年级第一吗，至于当个宝贝疙瘩吗。"

"对，还真就是了。"张钊说得出乎所有人意料，他自己都惊了，分不清是和祝杰抬杠还是什么，"我今儿把话明说了，晚自习谁再瞎吵吵，瞧见这摄像头没有？"他指着后头的电子监控，"糊上纸，我在班里动手。"

苏晓原吓得腿发软，是真软。从没人这么护着过自己，又叫他害怕，

146

又叫他觉得……有安全感。

祝杰根本不理会张钊。

老韩叫他当正班长，自己当副班长，摆明就是不想叫俩人动手。他下巴一抬，汗水顺着脖子自来水儿似的往下流："薛业你听不懂我说话是吧，下来训练，春哥找你。"

"哦……"薛业像欠他什么，抄着运动包直奔过去，"杰哥你渴不渴，我有水，新的，不是我喝过的。"

"不渴。"祝杰看都不看他，扭头就走，后头一个殷勤的小跟班儿，还主动想帮他拎包。

班里这回是真的安静，张钊凶神恶煞地关了门，坐回座位好半天，苏晓原才慢慢走过来。

受不了，真受不了，他也不知道自己受不了什么，脑子里一锅糨糊，不受自己控制。

大概过了几分钟，右边递过来一张纸，手还是抖着的。

"你别生气，别为了我打架。"

张钊立马别过脸，他一急，就抓了一把苏晓原的手。

苏晓原的恐惧感来自从前，他没见过这种针锋相对的场面，但他见过爸爸打妈妈。家暴留下的恐惧感太深刻了，一直没有消失。

张钊不好开口，自己喊的安静，自己破了规矩不合适。抓了一会儿，等苏晓原的手不抖了，他才拿起笔，在同一张纸上写字。

"收拾下，送你回家。"

直到走出一中的校门，苏晓原都是静静的，很乖地跟在张钊后头。张钊不开口他也不开口，不知道该说谢谢，还是说打架不好。

"我……我不是故意的啊。"张钊半天才说，心里全是苏晓原抖得厉害的手，"唉，都是闹着玩儿的，我们体特生都这么闹，你别当真。"

苏晓原不信，好多话赶到嘴边，却觉得说出来不合适。张钊是为了自己才差点儿打起来，再去埋怨他，自己都觉得不讲道理。

怕自己的话，伤了张钊的心。

又喜欢他这样，又怕他这样。

"还害怕啊？"张钊看他一直不吭声，"我不是没动手嘛，再说打起来我不吃亏。"

"你胡说。"苏晓原怕他得寸进尺，竟然还真想动手，"你这样儿，像个流氓。"

张钊装作无奈："你心里摸摸正，我是为了谁啊。"

"为了……我。"苏晓原红了眼，"可我也不想你打架……你说你要真打起来怎么办，还上不上课了，我生气了啊。"

"不会，我打架从来没输过。"张钊确实得寸进尺，苏晓原的语气像给了他某种特权，好像自己确实是不一样的，"再说，你生气的话我肯定不动手。要真打起来了……我还得顾你。"

苏晓原傻傻地看他一眼，继续低头走路，琢磨我还得顾你这五个字的分量："那你保证，往后我劝你都有用吗？"

张钊感觉自己挖了坑，自己还跳下去了："这个啊……"

"我害怕你那样儿。"苏晓原这才开始埋怨，但没有恶意，都是关心，"还班长呢，说话不算数。"

"行吧，你劝我肯定不动手，行了吧？"张钊很喜欢听他埋怨人，普通话倍儿好听，轻轻的。

苏晓原的家到了，张钊站在路灯底下，把人往楼洞里轰："快上楼吧，回家好好写作业，明天借我抄抄啊。"

苏晓原点点头。

"那你往后能别打架吗，万一打坏了呢。"

"哎哟我真不打了，你真磨叽。"张钊的小窃喜变成受宠若惊，"快上楼，我给你堵着楼洞，省得有人尾随你。"

"那我走了啊。"苏晓原回头看了一眼，那么高，站路灯底下，确实可靠，"明天见。"

"嗯，明天见。"张钊摆着一张冷脸说。看着 12 层那扇亮着的窗户，叫晚风吹得直发飘。

张扬接到电话的时候正是中午："有话快说。"

"哥，你干吗呢？"张钊在四楼拐角打的电话，还拿手捂着。

干吗呢？张扬也不知道自己干吗呢，真成老妈子了，一勺一勺喂生病的小倒霉蛋喝棒茬儿粥。

"你管我干吗呢，找我有事儿啊。"

"有，你别急着挂电话。"张钊躲着人，面朝墙，"哥，我面前有一座珠峰，这是……"

"你给我闭嘴，你到底怎么了，有病治病去！"张扬也不敢大声，发烧的人刚睡着，"快说。"

"我最近老有一种奇怪的感觉，有时候脑子里一团糨糊，有时候又跟火浆子似的浇下来，我也不知道怎么形容，心里头特乱，特受不了。"

巧了，张扬最近也是，心里头特乱。

"你这就是青春期导致的胡思乱想。"

"那指定不可能……"

"你别胡思乱想了啊。"张扬不耐烦，"还有啊，别老欺负同学，我平时教你的都就饭吃了吧？同学之间要和平友爱，挂了啊。"

刚挂电话，隔壁上铺就传来病恹恹的声音，还带着鼻音："三哥你又要走啊？"

张扬服了，真的服了，这倒霉孩子到底谁养大的，生个病还离不开人了："没有，不走，把胳膊底下的体温计给我，看看还烧不烧。"

杨光每回生病都是哥哥照顾，比任何时候都娇气："给……三哥我怎么烧这么厉害啊，夜里都烧糊涂了，你回来的时候我还以为做梦呢。"

"不烧了，37度多一点儿，你这一病瞧把你哥给急得，再不好他真能飞回来。"张扬当了好几天的老妈子，心里也担心，发愁再烧下去怎么把杨光扛医院去，"你家里人也是，都病成这样了也不知道来看看！"

"他们……忙，特忙。他们都是生意人。"杨光熟练地编造这个谎话，从上学1年级编到现在，"爸妈他们经常满世界跑，我不想叫他们太担心。"

"就知道赚钱，儿子生病也不打个电话。"张扬想什么就说什么，真给气坏了，除了哥哥那边，家里头就像没人一样，"你接着睡，我打热水去，晚上你坐起来我给你擦擦。"

杨光侧躺着，脸色蜡黄："大哥二哥他们呢？"

"上课呢，你远在瑞士的俩哥下了'口谕'，让我陪着你，我要走了他俩真把我'斩'了。"张扬也脸色蜡黄，好几天吃睡不香，"晚上想吃什么叫他们给你带回来，不能老喝棒茬儿粥，没有营养。"

"三哥你别走！"杨光突然伸出手，抓着他，"三哥你别打水去，我不洗，你一走没人管我。"

"打个水你也不让啊，生个病可真金贵。"张扬好无奈啊，"行吧，那我去躺会儿，看你一晚上累死了。"

"那行，咱俩再眯一会儿。三哥，我赚钱了，等我好了给你充饭卡。"

张扬累得不想说话，点头敷衍："行啊，快睡吧，睡醒了你给我冲一万都行。"

"嗯，那我睡了啊，三哥你千万别走。"杨光烧得好累，倒是真睡了。

张钊刚把三个人的餐盒摆好，陶文昌回来了，一坐下先拼命吃："钊哥我去找何安一趟，他爸妈那边刚解决，估计还是得赔点儿钱，我替你去看看。"

"嗯，去吧，可别打架啊，你这双腿值老钱了。"张钊怕昌子动手，这也是个暴脾气，"对了，你那天说想给朋友选个礼物，怎么样了？"

陶文昌急着去找哥们儿，狼吞虎咽："什么怎么样了？"

"买没买啊？"张钊追问，"过年送什么啊？"

"没想好，你不是说……离过年还早着呢嘛。"陶文昌很快吃完，"我估计何安也没吃饭呢，这两盒我给带走吧。还箱子的时候你和他们说一下，明天餐盒还回来……啧，谁有塑料袋啊？"

张钊瞥了一眼左边，人回家去吃午饭，桌斗里除了辅导题，还有一个当宝贝似的笔袋。

"别找了，这儿有现成的。"可算找到一个理由翻人家桌斗，他伸手倍儿快，从里头摸出一个崭新的塑料袋，再摸摸，欸？手机没带啊？

"你偷人东西啊！"陶文昌觉得不行，"快快快，放回去。"

"我就拿一个塑料袋，不算偷。"张钊把手机塞了回去，打包好何安的饭，"快去，有事儿跟我说，我找你们去！"

"行，咱们电话联系！"陶文昌一走，张钊就坐不住了，心思全被苏晓原的手机牵住。他又拿它左右研究，如果不说，真像个小姑娘的手机。

手机壳也是雪青色的，摸着特别滑，是硅胶的。

最要紧的是，苏晓原很喜欢发微信，有事没事就打开手机看看。在这点上他不像个好学生，下课的第一反应也是看手机。

这是和谁聊呢？张钊特别想知道。

研究半天张钊也没敢打开，再说肯定有密码。刚把手机放回去，苏晓原回来了，真险。

"怎么了？"张钊看他有些着急，"没吃饭吧？"

苏晓原刚上电梯就折回来了："我好像把手机丢了，回来找找……欸？这儿呢，还好还好……吓死我了，还以为丢了。"

张钊顺手把没动过的盒饭给了他："回来就别折腾了，你要没吃的话我……"

"苏晓原！"张钊和苏晓原同时抬头，前门站着汤澍，高高的单马尾好认，"王老师叫你去办公室一趟！"

"噢噢，马上去。"苏晓原累得刚要坐下，拿着手机，可是也没动窝。

张钊知道他怕老王："想我陪你去啊？"

"你胡——说。"苏晓原的胡字越拉越长，给猜对的人一个奖励，"那你陪不陪我去啊？"

"走着呗，你都考第一了，老王还能吃了你。"张钊站了起来，护卫队似的，跟他走。

到了数学办公室门口，张钊把人送进去，自己在门口等。

对面就是1班的教室，里头特别安静，大半个班的人都埋头苦学呢。好多笔一起动，可加起来，他都不觉得有苏晓原一支笔的声音大。

谁知道这一进去就是半小时，张钊一直站在外面等，可原地站也站不住。

在里头干吗呢？昨天上数学课的时候老王什么反应都没有，既没有夸也没有点名，如往常一样讲卷子，不正常，他绝对没安好心。

又等了十几分钟，门终于开了。苏晓原还以为这么久张钊肯定走了，有点惊讶："你还在啊？"

"那你以为我去哪儿了啊？"张钊有些郁闷。

"没，我以为你不等我了呢，咱俩又没说好叫你等在外头……谢谢啊。"苏晓原热了，脱了长袖校服，短袖胸口别着嫩绿色的校徽，"一直……等着我啊？"

"也没有吧，上了几趟厕所，楼下跑了几圈儿，顺路看你出没出来。"张钊迈着大步说。

苏晓原才不信，这人身上一滴汗都没有，抿着嘴笑他："我知道你没走，你怕老王难为我，是不是？"

"他又难为你了？"张钊一回身，吓后头的苏晓原一跳。

"没有没有。"苏晓原急急摇头，怎么知道张钊是个幼稚性子，一说就急，"真的没有，老王问我……"

"问你什么了！"张钊一着急就爱抢话，莽撞又不懂事。

"问我 9 班月考的监考老师是谁。"苏晓原不敢全告诉他，这样问，摆明了是质疑自己的成绩真假，"你先别急，我说监考两个老师呢，我不怕他。后来他拿了一份新卷子给我做，这才耽误半天。"

"他怀疑你成绩作弊了是吗！"张钊气得眼皮子一跳，"然后呢！"

"然后……"苏晓原很开心看张钊为了自己着急，从愁眉苦脸变成酒窝浅浅，"然后我就做完了，老王判卷子的时候脸色别提多难看。还问我，从前学校用哪一版的教材，平时用什么出版社的辅导书，我都告诉他了，他就说让我先回班……你别急啊，昨天不都答应我了，我劝你就不急了嘛。"

"我没急。"张钊想掉头找人算账，"老王真是，不就是考过他们班班长了，心里不平衡！往后还是我给你要卷子来吧，省得他再说你。"

苏晓原抱着大校服，在后头一步步跟着。张钊什么都好，就是走路太快，跟得费劲儿。

"他是老师，怎么会老说我呢。你快回班背课文吧，要不下午背不出来又得罚站。"

“罚站又怎么了，习惯了，正好清醒清醒。再说咱们班不经常是一站站一班嘛。”张钊一撩校服，热得慌，露出里头抢眼的运动衣。

苏晓原从小不能跑，对能跑的有些憧憬："……你要是罚站，我上课不踏实。"

张钊耳朵一热，心里软绵绵的："这有什么不踏实的……改天你背不出来，我替你罚站都行。"

"你胡说，我什么都背得出来……用不着你罚站。"苏晓原跟在他后头，笑一下，抿一下嘴。

CHAPTER

回到家，他拧开玻璃罐尝了一口，好甜啊。

归元膏

Guiyuangao

09

从前大姨给做的都发苦，张钊肯定没少放桂圆。

HAHA…

归元膏

CHAPTER 09

周五，何安终于来了。他没去晨练，而是直接先进教室。

苏晓原是生活委员，每天早上都要开窗换气，第一个来，张钊已经把9班的备用钥匙给了他。

"何安你来了！"

"给！"何安背着一个大包，拿出一个大塑料袋来，"给你！"

苏晓原定睛一瞧，笑得阳光明媚："你给我拿这么多萝卜干干吗，把我当兔子了是吗？"

何安这几天东奔西跑，又去派出所又去爸妈单位，看着精神不好："上回看你吃挺多的，我和爸妈说你爱吃，他们给你拿的。"

苏晓原粗略数数，差不多20多包，都是最简单的一次性包装，可对很少收到同学礼物的人而言再珍贵不过："都给我拿来了你早上吃什么啊？"

"不用，我家里还有呢。"何安怕他不要，"再说，也不是什么金贵玩意儿，我爸妈单位好多人都不吃，兴许最后还扔了呢。你喜欢吃就吃，往后管够。"

苏晓原心里头暖暖的，有张钊随时护着，还有何安给自己拿萝卜干，9班再是不好他也觉得好了。原来这就是同时拥有几个朋友的感受。

从前他只和季重阳熟。

突然他一愣，好像自己很久没有想起那个男生了。除了平时发发微信，讲讲题，或者季重阳把实验中学的各科卷子复印好，给自己发过来。

"喂，你俩干吗呢！"张钊瞧见何安了，追了一路上来，"送什么呢？哦，萝卜干啊，我就说吧，何安知道你爱吃绝对给你送来。"

何安傻笑，他也就拿得出这些东西来："我爸妈还说，等放寒假了请你们仨吃饭。昌子陪我跑了好几趟派出所，差点儿打起来……"

"那家伙，我劝他别动手了，真没法儿管。"张钊怕的就是陶文昌打架，"事儿解决了吗？"

"嗯，他们老去我爸妈单位闹，我也报警了。"何安提起来还后怕，"我没告诉你们，是怕你们几个着急。好在我爸妈领导也是明白人，先调解，他们要 10 万，领导最后给压到 3 万，毕竟……人家那狗确实快五十几万弄回国的，有血统证书……"

"还赔钱？他们没赔偿精神损失费就算便宜了！"张钊的意思是一分不赔，当然急了。

"班长你先听何安说完，别老打断别人说话。"苏晓原又打开一扇窗，可真是个大热天，闷热闷热，好像要下雷暴雨。

"嗯，你接着说。"张钊立马闭嘴，像哈士奇被驯犬师教育过。

"钊哥你别急啊，你这人就是爱急。"何安觉得奇怪，苏晓原还能劝得动张钊，稀奇，"领导是向着我爸妈的，万事不能求如意，这已经是最好的法子，再说他们还得赔我爸工友的医药费误工费……总之算解决了，我爸妈让我好好谢你们。"

"这有什么的，快，下楼训练去，跟你们教练报个平安啊，他还问我呢。"张钊把何安赶下去，教室就剩俩人。

苏晓原也奇怪，他和何安同在一个教室里就没事，换成了张钊，心跳怎么这么快啊。

"你……你怎么不下去跑步啊？"

"跑啊，我每天必须 5 公里，否则闹死你。"张钊不好好背运动包，挎着，耷拉在腰上，"那你……你早上吃饭了没有啊？"

苏晓原吃过了，可他看着张钊犹犹豫豫的手和他鼓鼓囊囊的运动包，把头一低："没，起得晚了，不敢吃怕迟到。你有吃的啊？"

"有啊，我当然有了。"张钊还怕送不出去，听他这么说特得意，"给，我早上做的，双肠双蛋。"

一份热腾腾的烤冷面，张钊放下了就想跑："你吃，你吃啊，我下楼跑圈儿去了！"

"你等等！"苏晓原把他叫住，颠颠地走到桌边来，再外八着脚走过去，"这个给你，你不是说……跑步前喝这个。"

张钊拿着看，像能从上头看出花儿来："功能饮料啊？给我买的？"

"也不是给你买的，我买水，结果拿错了。我又不跑步，不喝浪费。"苏晓原转身去扫地，真不行了，不能和张钊单独在教室里说话，"你快跑步去吧，要是晚自习有空，我给你俩答疑。"

张钊迷迷瞪瞪地走出来，脚底下都是软的，飘着。这个饮料他喝了好多年，没有 1000 罐，也有 999 罐了，可这一罐最来劲儿，喝一口，像过电，上头。

到了下午，天气热得不正常，憋了一场大雨。9 班虽然硬件条件差，但好歹还有空调，地理课上张钊吹着小凉风，老师在上头讲什么低气压高气压，他昏昏欲睡。

"咳……"右边又捣鼓上了，还咳嗽。

俩人课桌并排，张钊腿长，伸过去钩了一把苏晓原的脚腕子："又捣鼓什么呢？"

苏晓原是在找他的纸巾，腿一躲，扭着身子不理会。张钊见他不说话，算了，肯定又嫌自己上课聊天太烦人了。

没一会儿，张钊的困意正浓，旁边却擤上鼻涕了。

"不会吧你？"张钊是真服了，"吹这么会儿空调，感冒了？"

"你胡说。"苏晓原不想叫人知道自己有鼻炎，本来早好了的，叫空调连吹两堂课却有要复发的前兆，"我做笔记呢，你别打扰我。"

"有本事你别擤鼻涕啊……"张钊看了一眼他的衣裳，穿得不算少，"要不把空调关了？"

苏晓原怎么敢，他刚融入9班集体，关了大家伙的空调像什么话："别，你叫别人怎么上课。"

"那我把风向调高？"张钊又问，真受不了，这点儿风吹一天自己也感冒不了，仙鹤果真是稀有生物。

"不用，我没事。"苏晓原一边擦鼻尖儿一边嘴硬，"昨天晚上可能冻着了，大热天的，你让别人怎么上课……"

张钊看了看后头的台式空调，刚好直吹第5、6组最后一排："这大热天，晚上还能给你冻着？"

苏晓原急着开脱，没头没脑地说："我洗完澡没穿衣服不行啊，我冻着了，缓一会儿就好。"

张钊没再说话，默默转过脸，看窗外，看乌云，整个人僵直地趴在了桌面上。

到晚自习，苏晓原的鼻尖儿彻底擦红了，还坚持给何安补课："十年生死两茫茫这句的意思是……等等啊我擤擤鼻子……"

"意思就是告诉我们五年生死一茫茫，你快别忙了赶紧回家吃药。"张钊看不下去了，直接帮他收拾书包，"何安你下楼训练去，又不差这一天，下周再补吧。"

"是，身体要紧，你可别生病了。"何安一直想走，苏晓原不让，"你这样给我补课，我上不踏实。"

"那行吧，我下周再给你俩补课。"苏晓原本想坚持，"快要下暴雨了你们也训练吗？"

何安看了一眼操场："练，我们去器材室里头练。改天我带你进去看看，全都是器械，说不定你也能……"

"去去去，你快找教练去，几天不练还想着偷懒。"张钊不爱听，仙鹤是能练器械的吗？不能。跟汗流浃背的体特一起推胸拉后背的，更没戏。就算去，那也得是自己带着去。

苏晓原听不出来，他只想赶快回家吃药，千万别复发。等收拾完才发现张钊也收拾好了，像是要跟自己一起走。

"你今天晚上也不练了？"苏晓原看了看天，远处的乌云里都打起闪了，"要下雨呢。"

"我陪你走回去再回来练，要不你再叫雷劈了。"张钊偷摸藏了一把折叠伞在包里，万一真下起来了，仙鹤就成落汤鸡了啊。

"我又不做亏心事，雷干吗劈我啊。"苏晓原倒是没反对，俩人还一起和张大爷打了招呼。一路上，张钊的心理活动特别复杂，一会儿希望下大雨，越大越好，大到俩人不得不找个地方躲一阵，一会儿又希望别下了，万一真打起雷来，恐怕挨劈的是自己。

可苏晓原家离学校太近了，近到没等张钊的复杂心理活动完，就到了。

"今儿你家里没人啊？"张钊习惯性地去看12层的窗户，黑着。

苏晓原开始担心弟弟："还真是没人。估计小运还没回来呢，回家我给他打个电话。我妈今晚上夜班，家里头没给留灯。"

"你妈妈真棒。我妈就不行，懒，少睡一会儿都不行，烦死了。"张钊活动着僵硬的肩膀，一个大闪在头顶打亮，"行了，赶快回去吧，我给你堵着楼洞。"

风是雨的头，一起风，苏晓原心里没有底："要不你等等我，我上楼……从家里拿把伞给你，万一下起来了，淋着生病。"

张钊觉得这种时候应该装，越爷们儿越好："不用，我这体格不像你，淋透了都不感冒。你快上楼吧，我看着你屋亮灯了再走。"

"嗯，那咱……周一见。"苏晓原迈一节台阶，停一下，"班长，咱们周一是不是穿白鞋？"

"是，你可别忘了啊。"张钊堵在楼洞口，外头起大风，他甚至想把风也拦下。

苏晓原迈了一节，又停了："要是我又忘了穿，你还借我吗？"

这么重要的事怎么会忘记，可他想知道要是再忘了，张钊还会不会对自己好。

张钊抬了抬下巴："借。"

"嗯，那我上楼了啊……你到家，也给我发个微信。"苏晓原开心了，这才进了电梯。张钊在等他家亮灯的时候顿悟，自己傻吧？怪不得昌子招人喜欢，这要是陶文昌，绝对会等着苏晓原上楼拿一把雨伞下来。

有借有还，这多好啊。

经过难熬的两天休息，张钊好容易盼到周一，再见苏晓原的时候他没穿错鞋，脚底下的白鞋锃亮。可鼻尖儿红得不像话，看着不像是感冒。

苏晓原欲哭无泪，鼻炎还是复发了。

大概是体育生太少生病的缘故，张钊并不懂鼻炎是个什么玩意。他想可能和感冒差不多，无非就是擤鼻涕多。

可小仙鹤的鼻涕一流就是一个月，眼看到了十月初，一丝好转的迹象都没有。

今大是第二次年级测验，按照上个月的考试排名分考场，苏晓原直接被分到了 1 班的考场。

"哎呀，你们仨别跟着我了。"苏晓原不担心成绩，担心的是眼前。

三个和 1 考场气场明显不对付的体特生，怎么都轰不走。

有老王的前车之鉴，张钊怕苏晓原到考场挨欺负，执意拉着何安和昌子护送："昨天老王监考没难为你吧？"

"他是老师，难为我一个学生做什么啊。"还有半小时打备考铃，1 考场里全是做最后准备的考生，苏晓原百般无奈，"你们快回去吧，我没事。"

"等等，这个给你。"陶文昌从兜儿里掏出几个塑料袋，"给你扔鼻涕纸。不过鼻炎严重了是不是得看病啊？你都擤了一个月了，我都怕你再把脑浆子擤出来。"

"对，我也这么想。"何安嘴笨，心里话全叫别人说了，刚说完，腿就挨了一脚，从角度上分析，是张钊。

"你俩会不会说话，不会说把嘴闭上。"张钊不爱听，扭头看教室里，"那我们仨回去了啊，有事微信。"

苏晓原拿着透明的文具袋，半个身子在考场里。被同学亲自送过来，这种待遇还是头一回。

"快回吧，咱们班都没人欺负我，除了擦我黑板报的，这里更没有了。"

何安和陶文昌对视了一眼，心里同时给钊哥的精湛演技鼓掌。

好不容易把三人护卫队轰走，苏晓原坐回第一组1号座位。这点倒是和实验中学一样，一组1座无异于一个宝座，能坐这里考试的只有年级第一。

"喂，咱俩是不是在办公室里见过？"坐2号座位的汤澍碰了下他的凳子。

"啊？噢，是，刚开学那天。"苏晓原学习习惯好，正在检查用来答题的笔。

从前1座都是汤澍的，第一回前头有人。她一个女孩子，不搞欺负人那套，只是不服气。

"看不出来你还挺厉害，以前在哪儿上学？"

"南城。"苏晓原回头说道。

"南城？题型和咱们一样吗？"汤澍知道外地的卷子都难，"数学是不是题型特偏？"

苏晓原点头，确实是这样："也不能说偏，南城还好，最偏的是黄州试卷，我连大题都读不懂……你平时做哪里的卷子啊？"

汤澍说了几个名字，都是耳熟能详的："我跟你说啊，你可别太骄傲，这位子指不定下回是谁呢。"

苏晓原不怕她的咄咄逼人，相反，汤澍这样的态度才是他最熟悉的。

"行，兴许下回又是你坐了。而且我都没复习，这回月考成绩不一定好。"

"你就蒙人吧。"汤澍和老王是一样的毛病，学习好的人她就愿意多说几句，"看你老实巴交的，想不到还挺机灵，好学生都说自己没复习，成绩出来比谁都厉害。"

"这都被你看出来啦。"苏晓原低头笑，有些小坏。他从前不这样的，自从结识一帮体育生，慢慢也放得开了。

"少来。"汤澍没想到他还会打趣，笑起来还有酒窝，干净清爽极了，"别怪我没提醒你啊，你这样的成绩就该来我们1班，少和9班人接触。特别是那群体育生，别再让他们给影响了。"

"啊？"苏晓原的酒窝还在脸上，"他们不影响我，他们……都挺好的。"

"好什么啊，连个本科都上不了。"汤澍收起复习资料，傲得很，正巧监考老师入场。等听力播放的时候苏晓原走神了，体育生好什么呢？是啊，两个月前自己也是这种心情，可他们确实都挺好的。

和自己想象中的不一样，活得痛快淋漓，有血有肉。

考完英语有半天假，张钊看苏晓原精神状态不是很好，执意送人回家。他也奇怪，这病吃药是没用吧，为什么一点儿好转都没有？

一个月了，鼻子尖儿就没好过，红彤彤抹了胭脂一样。再细看，都擦破皮儿了！

晚上陪何安训练完，张钊赶紧回去遛狗。谁料家里早有人在，还是两个。

"哥你回来了也不说一声儿。"张钊进屋就往沙发上躺，腿翘着，累死他了。

"欸，一进屋就跟大爷似的，没看我带朋友回来了。"张扬随便炒了几个菜，正在摆桌，"过来叫人，叫光哥。"

"不就是你朋友嘛……"张钊确实累，陪着何安不比自己瞎跑，好久不练一下子跟不上，"哥们儿，你怎么称呼？"

地上蹲着一个圆寸，张钊过去叫人，一看，这人双眼皮真宽。

杨光特别喜欢狗，大狗，一进屋就和凯撒满地打。三哥说晚上带他吃火锅，可自己嘴里长了个大口疮，计划变成回老三家里吃沙拉。

"你好，我叫杨光，我是三哥的同学兼室友。"

"哟，小光哥，我张钊，是他堂弟。"张钊顿时懂了，按照堂哥的性格，指不定怎么欺负人家来着。

"别叫哥了，你叫我名字就行。"杨光拘束地站起来，"你家凯撒真帅，我也喜欢大狗，就是没地方养。"

"你喜欢赶紧牵走，我快被它闹腾死了。人和狗迟早得疯一个。"张钊肚子饿，不洗手就吃，又叫堂哥一巴掌打回来。

张扬："洗手去，没人管似的！"

张钊缩缩脖子，叫苦连天："我可不是没人管嘛。哥你再这么霸道将来找不到女朋友的。走走，光哥咱俩洗手去。"

杨光跟着一起进洗手间，刚打上洗手液，就凑过来问他："哥们儿你说实话，我哥是不是天天挤对你，羞辱你，霸凌你？"

"没有，三哥他人特别好，老请我吃饭。"杨光看着镜子里的人，不觉得他和三哥长得像，"你哥他……以前有女朋友吗？"

"有啊，他那样的脸，能没有吗。"张钊对堂哥平时的胡咧咧信以为真，"他，花着呢，你可别给他介绍小姑娘，害人！"

杨光嗯了一声，表情像憋了个大招，又问："那他以前有几个？"

张钊心眼儿实："据他说，十几个吧……是不是你们班有人看上他了，托你打听来着？"

"啊，啊，是啊。"杨光赶紧擦手，在老三安排的座位上坐好，"三哥你不是说只给我吃菜叶子吗？做这么多肉菜。"

"我是倒了血霉才加了你哥微信，他俩说年底回来，托我照顾你，我怕你瘦了他又嗷嗷。"张扬是想显摆手艺，怕菜凉了，"尝尝，好久不做不一定好吃啊。"

杨光胆怯，他是客人，主人还没动筷子自己哪儿敢吃。最后还是老三一筷子夹到他碗里："让你吃就吃，又不是什么外人，尝尝。"

"欸，谢谢三哥。"杨光这才吃，吃一口笑得像个傻小子，"……好吃，三哥你做饭真好吃，往后你要天天给我做就好了，我连盘子都舔干净，你都不用洗。"

"天天做还不累死我。我这手好不容易养得没茧子了。"张扬又给他夹了一筷子排骨肉，自从上回病过一场，这倒霉孩子特别黏自己。

"好不好吃？"张扬看他吃，心里高兴。

杨光从小就是哥哥塞什么他吃什么，老三的强行投喂别人可能不适，他超享受："好吃啊，三哥你……"

"哥，你敢给我夹一筷子吗？"张钊敲着空碗，"再不吃一口我就低血糖了啊。"

"你最好低血糖，省得精力旺盛拆家。"张扬才不管堂弟，"最近怎么又开始训练了，想回队啊？"

张钊自己夹荷兰豆，苦啊，还是仙鹤最疼自己，花生米儿都替自己剥好："陪何安啊，我怕他心灰意冷真不练了。"说着他突然想起那个擦红破皮儿的鼻尖，"哥，你知道鼻炎怎么治吗？"

"鼻炎？"张扬想了想，"不知道。"

杨光听了一耳朵，幽幽地说："……我可能知道。我小时候体质弱，得过鼻炎和冻疮，好几年都不好，挺容易复发的。"

"对对对，复发！"张钊突然找到救星，饭都不吃了，"光哥你怎么好的啊，吃什么灵丹妙药了？你犯鼻炎的时候是不是狂擤鼻涕？"

"嗯，鼻涕跟自来水似的，擤不完，秋冬刚觉得要好又犯了，特别是早晚。"杨光小时候条件差，跟着爷爷没少受苦。

张钊一拍大腿："那你吃什么药好的啊？"

"药啊……吃好多种，什么鼻炎康之类的，都没用。后来我哥带我看中医去了，说我是抵抗力太差所以反复，开了好多补药。我那时候小，怕苦，不爱吃，我哥就捏着鼻子灌我。后来还给我买归元膏……"杨光越说越没底气，三哥瞪自己啊，怪瘆人的，"养了一阵子，鼻炎自己就好了。"

"归元膏是什么？"张钊自言自语，一阵风地跑去抄车钥匙，"哥你俩先吃啊，我出去一趟！"

"喂你不吃了啊！"张扬拦不住他，看堂弟犹如哈士奇俯身冲了出去，自己气势汹汹地坐回来，"小光，你这孩子是不是忒倒霉了啊，小时候家里人不管你啊？"

杨光知道自己说漏嘴了，赶紧给老三夹肉："三哥你吃，你先吃。"

"不是，你爸妈到底是心多大啊，现在有几个孩子得冻疮？往后有机会见见，我非跟他俩急一顿不可。"张扬早听不顺耳了，这对父母毫无责任感，孩子一点儿没顾，完全是野生放养长大的。

这么想还挺心疼，骂完给一个甜枣，张扬接着给夹菜："吃吧吃吧，省得你哥回来跟我先急一顿。你爸妈真……不说了，真可气。"

"谢谢三哥。"杨光黏黏地看着老三，声如蚊蚋般保证，"三哥，其实你人特别好，就是老凶我，做饭也好。你放心，我绝不让我哥跟你急。他跟你急，我跟他急。"

"傻小子。"张扬的眉毛挑起来，"夸我好的人多了，还不如夸我好看。"

"也好看！"杨光急不可耐地说，"真的，你……特好看。我就没见过你这么好看的……比电影明星好看。"

张扬不知道该气还是笑，想不到有朝一日自己竟然叫个倒霉孩子给夸了。

也许是老幺夸得太过直白，张扬别过的脸红了一片，倒像颧骨洒了些胭脂。

好看吗？张扬自然知道自己好看，他不是美而不自知的性格，他持靓行凶。

环路辅路，一道荧光绿横冲直撞。张钊骑着死飞正往最近的大药房赶，累啊，两条腿累得疼。可苏晓原这人可能有毒，顶着红破皮儿的鼻尖，迈着外八字的右脚，颠颠地在他眼前晃，叫他连车都不锁，照直了冲进药房。

"师傅，咱们有归元膏吗？"张钊愣头愣脑地喊，边喘热气，边急着要，"给我整一个！有多少整多少！"

中医师傅正要下班，眼皮子都没抬："机器关了，整不了。"

过了一个周末，又到周一。

天气已经不热了，但张钊训练时还穿得很少。5公里热身，再小步跑、高抬腿跑、后蹬跑 30 米各 3 组……折腾下来也浑身湿透。

上课铃响完，出现在苏晓原左边的，除了一个刚换好干净衣服的张钊，还有一瓶黑乎乎的东西。

"这什么啊？"苏晓原偷偷问，鼻尖儿红着，像被咬过一口。

"归元膏，钊哥自己熬的。"张钊怕叫他闻出汗味儿，每回上来都换里衣，"我问中医了，你老不好可能是免疫力低，吃这个，补。"

苏晓原拿尾指抹薄荷精油，鼻涕擤多了，脑子总晕乎乎的："我不要，我妈给我买了好多药呢，西药快。"

张钊不甘心地塞给他："那你也吃这个试试，没毒，我自己都尝了。"

"……我没怕有毒，这东西挺贵的。"苏晓原知道这个，金牛座的小算盘敲敲打打，"无缘无故要你东西，不合适。"

"也不是特别贵，我爸妈也给我生活费啊。"钱不重要，张钊费的是功夫，而且，还非常想让苏晓原知道自己费了功夫。

他像个汇报成绩的小屁孩儿："我做了好几次，黑芝麻、核桃仁、东阿阿胶、冰糖，怕你失眠还抓了红枣桂圆，光是枣核就摘好半天。再一起放到锅里，黄酒搅和搅和，盖好放到大锅里隔水蒸……失败好多次，老拿捏不准火候。这周末没干别的，现在冰箱里头存了一堆失败品。"

张钊说一口地道北城话，吞音，一大段地说出来苏晓原总想笑："那我该怎么谢你啊？"

"你让我戳一下酒窝行吗？"张钊半开着玩笑，心里有股冲动。

"不行。"苏晓原往旁边躲。

"我开玩笑的……我跑鞋坏了，放学你陪我买双新的去行不行？"

苏晓原像头一回听说："什么，跑鞋还能坏了？"

"必须的啊，半年跑废一双，有时候是气垫，有时候是鞋底子。"张钊把中医嘱咐他的又重复了一遍，"记着啊，晚上先吃一勺，要是不上火的话再吃两勺，否则你鼻涕鼻血一起流。剩下那堆失败的我分给何安、昌子，好东西不浪费。"

这话犹如耳旁风，苏晓原在盯张钊的跑鞋。是啊，自己从来不能跑，别人都知道的常识，自己听都没听过。原来跑鞋还能生生跑坏，真羡慕。

一上午很快过去，中午苏晓原收拾好书包，准备回家吃饭。归元膏不舍得放书包里，他想拿着，想两只手一起拿着，直接拿回家。

"祝杰，来，出来一趟，昨天跟你说的活动有名单了吗？"韩雯在门口说。祝杰正听歌呢，瞧了瞧老韩，放下耳机，和正给他摆餐盒的薛业说："你先吃，别等我了，我过去一趟。"

陶文昌总说薛业没骨头，在祝杰身边跟丫鬟似的。果真他把餐盒一盖，不动筷子，拿过耳机继续听。明明祝杰说了让他先吃，他偏不，看着是想等着俩人一起开动。

张钊从厕所回来，在校服上胡乱擦手："你怎么还不走啊，等着下午喝西北风是吗？"

苏晓原捧着玻璃罐，像捧着千金不换的大宝贝："我看韩老师叫祝杰出去了，想着是不是得告诉你一声，就没走。"

"告诉我干吗？"张钊知道仙鹤动作慢，怕他着急来回赶路，"快，回家吃饭去，手机别忘了带啊。"

"我不急，我着急你。"苏晓原跟着，在张钊后头碎碎念，"明明你是班长啊，为什么韩老师非要找祝杰，平时班级活动他也不参加，都是你张罗的，干吗不找你啊？"

这语气像是替别人鸣不平。

张钊心里美滋滋："哎哟，这么向着我啊？"

苏晓原不承认："你胡说，我向着公平公正。"

"特想知道的话我告诉你，11月初运动会。"张钊丝毫没有斗志，很安逸，窗外的光打在他校服上，给镶了一圈儿金边，"祝杰现在是队里的一把手，队长，咱们班又那么多体特，肯定是找他安排。"

苏晓原不死心，从这头跟到那头："运动会？你也是体育生啊，你也行啊，干吗不找你呢？"他看不得张钊的安逸，认定这就是最能跑的人了，"你是班长，干吗不找你啊……"

"因为我不跑了啊。"张钊把脸转过来，轻松地挠了挠后脑勺，"你……还不回家啊？"

"我不着急。"苏晓原发了一卜呆，肚子饿都忘了，"可是……你为什么不跑了啊？你不是每天都训练吗？"

"我早就不练了，我平时是跑着玩呢，不是正规训练，就算参加比赛也赢不了，就这个原因。"张钊仰着头看蓝色吊扇，他的安逸不是自甘堕落，而是拎得清现实，"体育成绩靠练，就我平时那点儿运动量，算个屁。从前我和祝杰能打个平手，直接能给薛业跑套圈儿了，一年多不练基本算废了。你还不回家啊，快走吧，下午还随堂考试呢。"

苏晓原听不出来这是真话，还是张钊在赌气。回到家，他拧开玻璃罐尝了一口，好甜啊。从前大姨给做的都发苦，张钊肯定没少放桂圆。

可不知道怎么了，苏晓原心里不甜，十分苦涩。

午休时，祝杰开始敲定运动会的项目名单。一中向来重视体育，运动会是校活动里最隆重的，径赛100米短跑到5000米、110米栏，再到田赛跳高跳远和投掷类，没有一项空缺。

"400米×4接力还差一个，谁上？"祝杰问。底下鸦雀无声，基本上每个人都把项目报满了。

何安瞟着两组开外的张钊，他还记得高一那年钊哥的风光。可现在张钊趴在桌上睡觉，一点儿兴趣都没有。

"没人的话……"祝杰的主攻项目是1500米，"薛业，你顶上来。"

"啊？"薛业跟风，祝杰练1500米，他也练1500米，接力正好排在1500米之后，"不行吧，我可能……"

"就你吧，别的班也有体特，接力这块奖牌咱们班不要了。"祝杰不愿意干副班长，可自己是队长，张钊撂挑子不干，全落在自己身上，"今天放学班委都留下，决定一下运动会的细节，就这样吧。"

他话刚说完，张钊动了动，醒了，摆明没睡。

整整一个下午，那份苦涩还在苏晓原舌根蔓延。等开班委会的时候，张钊仍旧一言不发，把自己置身事外。当大家伙决定走方阵的服装时，苏晓原这个没分量的生活委员，头一回在班会上发言了。

"要不，咱们班穿迷彩服吧，班费可以收一下，用不完的，留着新年用也行。"他瞟了一眼张钊，速速挪开视线，想象他穿迷彩一定帅。

张钊对各种提议都没有意见，反正运动会他不参加。好不容易开完班会，他凑近攥着鼻涕的小仙鹤，开始嬉皮笑脸。

"喂，不急着回家吧？"

苏晓原记得他要去买跑鞋："你现在精神了？刚才睡那么半天……"

"我那叫养精蓄锐。"张钊是不想听祝杰发号施令，"走，陪我买鞋去吧，晚上我请你吃饭。"

张大爷刚挂了一个咨询地址的电话，有人把传达室的窗户拍得砰砰响："怎么又是你啊，你小子不训练了啊。"

张钊半个身子挂在门上，一脸讨好地说："张叔，想跟你商量个事……人生大事。"

"什么大事？"老张一听大事，认真了。

"自行车借我骑骑行吗？"

"滚！"

几分钟之后，一辆打好了气的二八停在苏晓原面前，后头还是熟悉的雪青色坐垫。他扭着屁股熟练地往上一坐："你骑稳点，咱俩去哪儿啊？"

张钊打了一把车铃："山屯儿！"

噗！苏晓原笑得很无奈，北城话的吞音加儿化，三俚屯叫山屯儿。那地方他回北城之后去过一回，可这个城市黄金商圈带给他的第一印象竟然是……物价高。

没办法，他是个心里头打算盘的小金牛，凡事都讲性价比。虽然手里零花钱不缺，可不该花钱的地方抠门着呢。

"就这儿，等我啊，我上去拿一趟就下来。"张钊带他进了一家体育用品旗舰店，让他待在一楼展示大厅，"我特快，都和他们认识，初中就在这儿置办装备了，专门给我留着呢。"

"那你快去，自行车没锁，别再叫人给偷了。"苏晓原对这里的第二印象是，没有自行车停车处，繁华是真繁华，可对骑行党很不方便。

"就张叔那破车，谁偷啊，白给都不要。"张钊跑上扶梯，自行车是扔在街边了，可坐垫他拿着呢，这东西丢了可不行。

到了店里他直接和店长打招呼，刷卡、等待、焦急等待、暴躁等待，还没提货。

苏晓原却不着急，在楼下看得新鲜。跑鞋、运动袜、护膝、腕带、心率表……全都是他没接触过也不可能接触到的。

因为他不能跑，大姨从不带他来什么体育用品商店，怕碰触他的伤心处。可张钊不知道，糊里糊涂就带着自己来了，还莽撞地把他扔楼下，叫他自己看，难过之余……更多的是稀奇。

一种被当作正常人了的稀奇。不难过，会偷着开心。

"看什么呢？"张钊经历完三重暴躁，冲下来的时候看他在发愣便问道，"看上哪双了，钊哥送你。我是最早那批会员，给打 8 折。"

苏晓原的心神叫张钊的莽撞劈开一条缝隙，吹进一阵烫风，从没有人敢说我送你一双跑鞋，在家里，腿、跑步、身高这些都是敏感词。

可他是个连试鞋都不敢的人，一脱鞋，两只脚的不一样就藏不住了："我没看鞋，我看……看小火车呢。"

小火车？张钊顺着他的视线找。一楼中央有玩具积木展，成千上万块色彩斑斓的积木拼出了高山流水、坑洼矿洞，还有一节鲜红色的火车车厢，不仔细看还以为是仿真模型呢。

"厉害了这个，多少块儿拼的啊？"张钊玩心重，拉着他冲过来看，"真的假的，能不能跑起来啊？"

苏晓原差点没站稳："应该能，你瞧！有开关！"

俩人像没见过世面，一边笑一边比画。展示台上有介绍，乐高的历史、发展、用多少块儿拼好的，写得清清楚楚。旁边还有一个二维码，小火车跑一圈十块钱。

"走吧，要不张叔的自行车该丢了。"看了一会儿，苏晓原拉了拉他的运动包。

张钊没被拉动，反手拽了他的书包带子："要不……你陪我看它跑两圈儿再走，行吗？"

"不要了吧。"苏晓原把脸一扭，"得花钱。"

"我有钱！你就当陪我行吗？"张钊不要脸了，反正脸又不值钱。

张钊愣愣地听。他应该笑话苏晓原不懂常识，5000米对一个专业对口的体特来讲，真累不死人。

运动会
Yundonghui

CHAPTER

'10

可他又不想叫苏晓原知道这个真相，怕他知道之后，就不紧张自己了。

运动会
CHAPTER 10

"别了吧。"苏晓原也想看，手里不缺钱，但他总觉得钱花在这上头不值得，"走吧走吧。"

"不走，咱俩看看呗。"张钊知道苏晓原其实很想看，"做得多好啊，不知道跑起来什么样，你别拽我，我扫码了啊。"

钱都花了，苏晓原立马乖乖站旁边等着。火车头的红色警戒灯闪烁几下，两节卡通车厢按照拼好的铁路穿山又越岭，绕过一片乐高拼出来的翠绿湖泊，驶入了层叠密林。

密林出来是矿洞，4名头戴矿井灯的乐高小人齐转身，迎接火车呼啸而过。

张钊只以为火车会动，没想到细节这样多。苏晓原看得认真，他认真地看苏晓原。

"你喜欢乐高啊？"他突然想起昌子的话，新年快到了，总想着送些什么。

苏晓原正在兴头上，摇了摇头："我大姨说乐高不能玩儿，有小孩子不小心吞下去了，噎死人。"

张钊终于明白他为什么像女孩子了："你大姨她……我不是说对你不好啊，她是不是把你养得太精细了啊，男孩儿磕磕碰碰才能长大。"

"不是，我以前身体弱，大姨和大姨父怕我有危险。"苏晓原找了个借口，别的男孩儿能磕能碰，他不行，"可他们对我是真的好，从没让我吃过苦。我大姨父还说他的钱都存着呢，将来我要想出国读书也供得起。"

听到出国读书，张钊心里嘎嘣了一下，好像俩人差距无比遥远："那你为什么在南城长大的啊？你爸妈舍得送你走？"

想想就舍不得。

苏晓原看着火车进站，不太想说。可刚停稳的火车头马上又运作起来，呼哧呼哧地朝山顶冲去。又是一圈。

"挺好玩儿的，你再陪我看看。"张钊又在扫码。

"往后这种钱别花，大手大脚的。"苏晓原只会拿眼神埋怨人，可火车开到面前他又盯住不放。

"玩儿呗，一瓶饮料的钱。"张钊的感觉很微妙，像小时候自己蹲土里搅和泥巴呢，正玩儿到满手脏、满脸灰的时候，蓝天上掉下来一个小朋友，干净到他不敢拿手接。

"我爸妈……在我和我弟很小的时候闹离婚，我妈要了我俩的抚养权，多一分钱都没有。我爸和我奶奶天天找她单位闹，正赶着我该上小学了。大姨她……没有孩子，就说帮一把，把我接去南城照顾。"苏晓原说一口标准的普通话，当真没有口音，可见大姨也是希望他将来回北城发展，"从小，我妈就偏我多一些，逢年过节总会带着弟弟来。我弟你还没见过吧，比我高，小我三岁，可像个大人了。"

张钊继续默默扫码，没心没肺地追问："你爸妈为什么离啊，俩孩子了，还不好好过日子。"

苏晓原看着乐高铁塔，仍旧心有余悸："我爸……喝醉了打人，把家都砸了，打到我妈满脸血。酒醒了就认错，可下回还打。所以我不爱看人打架，瘆得慌。"

"……哦，哦，这个啊。"张钊难受得满地转圈儿，绕着他，没着没落地心疼，"对不起啊我不知道，我妈也打人，最后一次揍我的时候我都初二了，逃学，打得我……唉，你别难过，往后我不当着你面动手了。"

"我不难过，难过的是我妈和小运，他们那些年不太好过。"苏晓原之所以让着弟弟，也是因为这个，妈妈给自己的爱太多，弟弟总被忽视，"你别花钱了，都跑好几圈了，咱俩又不是小孩子。"

"这你就不懂了吧，乐高是成年人的玩具。"张钊不听他的话，"你是不是特喜欢火车啊，眼睛就没离开过。"

苏晓原的头一歪，拿手挡住了抿着笑的嘴巴："也不是喜欢火车，我小时候体质弱，经常……经常跑不动。所以对会跑的都特喜欢。那时候大姨父一下班就开车带我出去，看南城的车流。我一下就高兴了，好像自己也跑快了，挺傻的。"

张钊又一次拿起手机准备扫码："嚯，会跑的你就喜欢啊？那天上飞的岂不是……"

"啊，咱俩把张叔的车给忘了！"苏晓原立马摁住他的手机，"快快快，车别再让人偷了！"

张钊先一步跑了出去，别说车了，地锁都被人顺走了。

当晚，老张没有等来自己的二八大跨，只等回来两个垂头丧气的高三学生和一串孤独的车钥匙。自行车，卒。

第二天，张钊来得依旧早，啪啪拍起传达室的窗户："张叔，张叔！我，张钊！"

老张巴不得他赶紧毕业，别糟害一中了："你来干吗啊，去去去，操场上跑圈儿去。"

"张叔你让我进去啊，你让我进去说。"张钊好说歹说才蹭进去，"给您赔不是还不行啊，咱俩一个姓，是本家，不就是丢了一辆自行车嘛。"

"你这小子，我就不该借你！你怎么不把自己丢了呢？还带着人家苏晓原到处乱跑，是吧？"老张在一中时间最长，资深老人，说是学校里的扫地僧都不为过，各个年级了如指掌，"人家是什么孩子，你们年级的文科状元，你不好好跟着他学文化课，还带着人家瞎跑！"

张钊读初一那年认识的老张，没见他发这么大火："你急什么啊，不就一辆破车……你那车有人偷都稀奇。"

"我是为一辆车急吗？你也不想想，别成天欺负人。"老张看问题通透，"你是诚心实意和人家交朋友吗？指不定动什么脑筋，别给他带坏了。"

"我不带坏，我就让他陪我买了双跑鞋。"五年前，张钊翻墙逃课叫老张给逮住，始终记得他的厉害，"昨儿说给您转钱也不要，今儿一大早我去提款机拿的，给您放下了啊。"

老张瞧桌上放了几张大钱，更气了："我缺你钱啊，去去去，拿走拿走，赶紧跑圈儿去！"

"放您这儿了啊，您要不花就存着，将来请我撸串儿也行！"张钊拎着运动包一通狂跑，时间还早，换衣服开练！

上午技术训练，下午大多安排下肢力量。热身5公里慢跑再拉伸肌肉，四项不同的技术跑之后再来5圈加速跑后惯性跑。整套完成张钊也累，在领操台旁边抻抻腿，按摩一下双腿肌肉。

跑完的腿硬邦邦，掐都掐不动。张钊盯着教学楼的正门，直到祝杰和薛业进去才起身。

薛业给祝杰拎着包和水，一直拎到4楼："杰哥……你昨晚没训练啊？"

祝杰脱了运动衣，绷着漂亮的肌肉，把拧过水的毛巾往胸口擦："练了啊。"

"那我怎么没看见你……"薛业知道他没练，昨晚上春哥还找人呢，"昨天你干吗去了啊？"

"我干吗去了没必要和你说。"祝杰就猜他肯定要问，他的圆寸贴着头皮剃的，说话和眼神一样都很不客气，"薛业，你是不是真把自己当我什么人了？"

"杰哥我不是这意思，我就问问……你最近腿还疼没疼啊？我看有种新药，喷雾的，给你买了……"薛业一顿，闭上了嘴。

因为张钊进来了。

这仨人不对付，一般看到对方在就会立马转头，可张钊这回没走，倒是直接进来换衣服。和祝杰背对背用着水池，都光着上半身，谁也不说话。倒是把薛业给吓着了，怕俩人动手。主要是怕张钊下黑手，把杰哥伤着。

祝杰有伤，他敢动手，自己跟他拼了。

张钊拿凉水拍胸大肌，流着汗，声音冷冰冰地扔出来："400米接力，最后一棒，把薛业给我撤了。"

祝杰丝毫不惊讶，擦起胸口的水："你说换就换啊，你谁啊？"

张钊往后瞥了一眼，主要是瞥薛业："不换，就他？他跑不了。"

"我怎么了我？"平时挨骂就算了，祝杰在，薛业不想偶像觉得自己没用，"我……"

"我跟你说话了吗？"张钊一甩毛巾，啪一下打在水里。要说和薛业的仇大概是这人爱打小报告，队里不少人经常被春哥罚。

祝杰套好了校服，一把推开薛业，站在张钊对面就差鼻尖对鼻尖。

"我让你骂他了吗？"

张钊的目的不是打架，运了一口气道："他什么速度你知道，跑最后一棒咱们班没戏。第三棒换你，我来救，正好我没项目，拿400米当热身。"

"热身？"祝杰比谁都清楚薛业速度确实不行，国二勉勉强强，让他跑最后一棒实属充数，"你还想干吗？"

"5000米，咱们班有人吗？"长跑规定一个班要出两个人，张钊明知故问，"还差一个吧。"

祝杰压着下巴："我一个，还差一个。你别以为自己还是当年那员猛将，训练断了一年，你输都不知道怎么输，别再让我套圈儿了，丢人。"

套圈儿，好比乒乓球打出11比0，一点儿面子都不给对手。

张钊抬了抬下巴："5000本来就是我的项目，一年不练，我照样赢你。"

直到中午宣布运动会名单，苏晓原才知道张钊原来是跑5000米的体特。

"什么！你跑这么多？"

张钊趴着休息，嘴里叼着半块大虾酥："不然呢，你当我白练的啊。"

"不是，我的意思是……5000米，你怎么跑这么多啊！"苏晓原是个连50米都坚持不下来的人，早上刚和韩雯打过招呼，说了自己的情况，方阵过主席台的时候自己都不用上。他怎么能懂跑长跑的感觉，只记得实验高中的长跑比赛结束后满目疮痍。

实验高中没有这个项目，最多3000米。可跑下来的运动员全瘫了，被拖走的也有，跑吐的也有，还有直接叫担架抬走的，呼吸不顺，惨不忍睹。

"多吗？"张钊没有装，"我项目一直就是长跑啊，你这么害怕干吗？"

"你胡说！"苏晓原真的紧张了，急得嘴里半块大虾酥掉了出来，"你不是说都不练了吗，5000米跑完了还能走路吗？"

"你紧张什么啊……"张钊一副习惯了的样子，眯着眼睛，看他攥起拳头着急。

"你别怕。"他知道苏晓原容易害怕，碰了下他耷拉的肩膀，又碰了下他的腕表。张钊安慰他，想把自己最珍贵的东西亮出来。

"别怕，钊哥赢了把奖牌送你好不好？"

苏晓原心里是说不清的酸和苦："我不要，你都说自己赢不了了，干吗还跑这么多啊。你报一个400米接力不也挺好的嘛。"他忍不住地埋怨，不再是眼神传达，而是说了出来。

"你心里摸摸正，这么逞强，累死了怎么办？"苏晓原傻傻地埋怨，以他的认知，5000米绝对能把自己累死。

张钊愣愣地听。他应该笑话苏晓原不懂常识，5000 米对一个专业对口的体特来讲，真累不死人。可他又不想叫苏晓原知道这个真相，怕他知道之后，就不紧张自己了。

"喂，你能不能答应我一件事啊。"张钊向右趴着，脸微扬，有介于男孩儿和男人之间的可爱和可气，阳光和帅，"我摸摸正我摸摸正，你别生气行不？"

"不行。我生气了！"

"你气什么啊，不就是跑步吗。"张钊吃力地说，悄悄拽了下他的垃圾袋，都不敢拽他，"运动会之后，咱一起去看电影啊？就学校旁边的小电影院。我……我请你。"

下午第二节的下课铃响起，张钊拎起运动包，要走不走的样子："喂，我走了啊。"

苏晓原整理着笔记："是训练去吗？"

"啊，是啊，我这不是报项目了……得练。要是发卷子了，你帮我收桌斗里。"

"行，你去吧，我给你收着。"苏晓原不敢看他，心里隐隐不安，"等等。"

"干吗？"张钊两步撤了回来。

"5000 米真的累不死人吧？"还是这个问题。

张钊扯开校服领口，耍了一把帅："累得死别人，累不死你钊哥。"

"那行，你悠着点儿。还有……薛业说祝杰肌肉拉伤过，你伤过吗？"苏晓原是生活委员，薛业是卫生委员，俩人一来二去还聊熟了。

"小意思，体特谁没受过伤啊。"张钊不清楚他什么时候跟薛业熟了，"我有数，能保护好自己……那咱俩说好了啊，运动会结束，看电影去。"

苏晓原不抬头："嗯，只要你不受伤，我陪你去。"

只要你不受伤，我陪你去。张钊坐在跑道外的空场上换鞋，琢磨着这句话背后的意思。这是一种很奇特的感觉，像未卜先知，像预感。他能猜到一些自己即将面对的现实问题，但又不敢，只是徘徊在原地，等命运的发令枪鸣起。

致命一击，所向披靡。

血液在他的血管里横冲直撞，不仅是对跑、对跑道、对迎风的渴望和兴奋，还有些别的，叫他不寒而栗。但也叫他甘之若饴。

甘之若饴，这个词可真好，前两天苏晓原给何安补语文的时候强调过。

"哟，热身呢！"春哥大嗓门儿，还是从前的习惯，上来照着张钊的后背就是一掌。

"你吓死我！"张钊肯定后背绝对被拍红了，"春哥你太不仗义了，下黑手！"

春哥笑了笑，正着鸭舌帽在他身边坐下。五十岁出头，带过的体育生一届届数都数不过来，但说心里话，张钊是他最看好的一个。

"怎么，一年不练，这点儿力都受不了？"春哥身为田径队总教练，习惯和体育生打打闹闹，"听祝杰说，今年运动会你报名了？"

张钊系着鞋带，没有点头，却嗯了一声。

春哥叹了一口气，瞧着远处起跑的下届生："张钊，想没想过回来？"

"没想过。"张钊肯定地摇摇头，没有置气的成分，"这可真没想过。咱们学校体特尖子这么多又不差我一个。"

"是不差你，我是觉得你这孩子可惜，天生跑步的料。"春哥又拍了他一巴掌，又是啪的一声，"心肺功能好，极点高，初中练你的时候我就知道你是长跑的坯子。"

"嗨，一般般吧。"张钊回了春哥一掌，"祝杰那野人怎么样，过弯道还拐人胳膊吗？我这一走，他上去了，上回市里比赛的成绩我看了，不错，他也能冲。"

春哥对俩人的幼稚过节一笑置之："他也是好，耐力方面条件优越，但也有不如你的地方。"

"比如呢？"张钊钩着脚尖儿，抻小腿的韧带。

春哥直接过来压他肩，帮他开腿，压得张钊直叫唤："他啊，后劲儿差一些。所以他项目是 1500 米，再往上我给他打住了。你这也太缺练吧，这点儿力都不行！"

"我都一年没跑了啊！"张钊平时也跑 5000 米，但都是不掐表的，"他耐力好你培养他跑 5000 米啊，虐待我干吗？"

"耐力这个东西没有速度难练，长跑必须挑你这种极点高的，越快进行第二波呼吸越好。祝杰他……"春哥提起哪个都挺喜欢，都是好苗子，"让他练 5000 米我怕他最后两圈冲不上去。"

"哎哟行了行了，我自己压腿还不行吗！"张钊从春哥的魔掌下逃脱，"反正我肯定得赢他，跑岔气儿了也得赢。"

"嚯，这么牛。"春哥又拍了第三掌，一回比一回使劲儿，"有这求胜心你归队行不行，成天看你在操场跑，也不知道回来练练。"

张钊得赶紧走，强忍着腿酸往跑道挪："不回，我不练了！"

"那你干吗又报名，给自己找罪受。"春哥的声音突然冷下来，他不懂，张钊这么好的先天优势为什么退队了。可再好的天赋也抵不过后天的努力，除非他平时的素质锻炼没落下，再一个月紧急训练，否则跑不过祝杰。

"想跑了呗，活动活动这把骨头。"张钊迎着风，舌尖顶在上颚，调整起跑的呼吸频率。

俯身、触地、后蹬，跑就对了！

毕竟好久没练自己的专业项目，张钊没有掐表，而是尽量匀速地跑完全程，寻找熟悉的呼吸节奏。最后一圈沿内线过弯的时候他超了一个人，橙色的运动背心挺熟悉。

"你跑圈儿呢？"张钊放慢速度，没冲刺。

400 米一圈的操场，陶文昌刚跑第一圈："你吓死我！"

张钊跑习惯了，呼吸还算均匀："你不练跳高跑什么圈儿啊，占我跑道啊！"

"这不是……叫龚女士给罚了嘛。"陶文昌看了一眼跳高垫子那头，一个身材修长的女教练正在吹哨集合。

"你还能叫她罚了，我怎么这么不信呢？"昌子可是龚教练最得意的队员，罚他除非是出大事儿了，张钊跑完全程，又跟着陶文昌进下一圈，"罚多少？"

陶文昌嘴里还嚼着泡泡糖："3000 米中速，跑完了再过去。"

"3000！你是把垫子吃了吗？"张钊没想到,他最多也就罚 3000 米,可自己的专业就是长跑。昌子摆明出大事儿了。

"唉……没什么，昨儿逃训练来着，本来想能赶回来。"陶文昌低着头跑，"叫龚女士逮了个正着。"

"你学什么不好学逃练！"张钊恨不得一脚飞踹。

陶文昌越跑越快，张钊也跟着快了，两条腿沉重许多："昌子我警告你，你现在这状况不对，你贪玩可以我不拦着你，但你不能逃练啊。你这正要劲儿呢，明年比赛你想不想冲市级了！"

"想，我肯定想。"陶文昌彻底后悔了。

苏晓原朝着领操台走过来，找了半天没地方坐，却在最后一排运动包里认出最熟悉的那个，张钊的。

什么牌子他不知道，但上头有个小豹子，很可爱。他颤颤地走近，挨着小豹子坐下，好像这个位置就是留给自己的。

9 班的晚自习太乱，前阵子张钊在，谁也不敢说话。今天他开始训练，9 班就像炸了锅，逼得苏晓原出来透透气。

现在的他对这群精力旺盛的体育生十分好奇。他们是怎么训练的呢，每天都在练什么啊，男生和女生是分开的吗……一连串的好奇叫他走到了这边，试图在操场上找认识的同学。

张钊、何安、陶文昌，包括祝杰、薛业。

可体育生太多了，他还没来得及找到，手机响了。来电人再熟悉不过，季重阳。

"喂，这时候是晚自习，你敢偷偷用手机？"苏晓原接起来。

"我在洗手间呢，你干吗呢？"季重阳逃了严格的晚自习，偷偷打电话，"闷死我了，你这一走班里都没人考得过我，毫无斗志。"

苏晓原知道他在开玩笑："你心里摸摸正，咱俩在班里也就二十名开外。怎么今天想起给我打电话了啊？"

"我闷得慌，班里每周模拟大考一回，累了。"季重阳也穿的运动校服，可手腕上全是钢笔水，"闷得我修钢笔，还弄一手。你可不知道班里多可怕，每月月考像上刑一样。上周有人举报龚磊早恋，你猜怎么着，停课一周！女生家长都请来了。唉，赶紧毕业吧……你那边怎么样，年级多少？"

苏晓原没好意思说第一："十来名吧，你呢？"

"还和以前一样。你现在晚自习还是在家呢？"季重阳听电话那头不太安静。

"我……我刚下晚自习，正往家里走呢。"苏晓原捂着电话，怕那头听出这边在训练。

季重阳烘干着双手和袖口："那你赶紧回家，查一下 QQ 邮箱。上礼拜的模拟考卷子我发你了，好好准备啊，11 月初期中，我们苏晓原同学争取一举夺魁，考个年级第一名。"

"啊？都发给我了？"苏晓原是想等张钊的，可一听卷子发过来就坐不住了，"那我马上回家收，等做完了你帮我看看。"

"没问题，你什么时候也给我发一份北城的题型，咱俩交流交流。"季重阳不敢待太久，手机再被没收就惨了。

苏晓原在两难选择中最终决定回家："等下一回吧，期中考试的卷子我给你看。"挂了电话他又往操场上找，无奈人太多了，又都是颜色鲜艳的背心短裤，一时真找不到。

看来今天没机会说明天见了……

张钊陪着陶文昌跑完，累得呼哧带喘，到领操台前头的时候小腿都酥了。

确实退步了，从前这个配速跑完 5000 米绝对不会这么累，充其量算个热身。

体育竞技冷酷无情，练着都不一定能进步，更何况不练。

伴随着沮丧的心情，张钊在一地运动包里找自己的包，一个纯黑色的单间挎。

"谁在我包前头扔垃圾了……"地上有一张白色的餐巾纸，张钊没看清，再近一步，呼吸一滞。

一张雪白、干净的纸巾，铺在小豹子的图标底下。摊开的纸巾上头有一小把剥好的花生米儿，两颗大虾酥。

张钊扶着地，慢慢蹲下。这是两个人的暗号，别人不知道。

明天见。

一场秋雨一场寒，下了几场毛毛雨之后，北城进入了有金色银杏叶的秋天。叶子铺满地的画面美得苍凉，又格外惹人珍惜。

苏晓原换掉短袖，穿一件加绒衬衫再套校服。出门时看到苏运，还是穿着短袖。

"小运你冷不冷啊？"兄弟俩一起进了电梯。

俩人被一辆自行车隔开："还行吧，你穿这么多热不热啊？"

"不热啊。"苏晓原看了看自己的衣服，没觉得多。

"哦，差点儿忘了，你不在北城长大。"苏运调整起车把的方向，"北城秋老虎听说过吗，早立秋冷飕飕，晚立秋热死牛，今年立秋晚，早晚凉，中午热死你。"

"啊？"苏晓原知道他说的，地理节气这都是基本常识，可他没经历过北城的秋老虎。

"我的意思就是，别看早晚凉，睡觉不用开空调了，中午该闷还闷。真觉得冷了我自己会穿衣服。"苏运正说着，电梯停在 9 楼，外头的人要进来，他说了一句没地方了，按下关门键。

苏晓原站在旮旯里，始终对不上号。他走的那年小运那么小，一年见一回，再后来两三年能见一次，眼见着弟弟一点点长高。小运最后一次去南城大概是六年级，那时候没现在这么高，说话也没这么冲。

"你现在学业也紧张吧？"弟弟铆着劲儿追自己的成绩呢，苏晓原都知道。

"还行吧，市级重点没问题，能考去海区。"兄弟俩的学籍都落在朝区，中考往外区考，要比同区的考生高十几分。

"也好，海区的好学校多吗？"苏晓原不了解北城的学校排名，隐约知道朝区不算最好的，海区、西区有不少名校。

"多啊，比你高中好多了。"苏运顿了一下，"你是不是犯鼻炎了啊？"

苏晓原擤了把鼻涕："老毛病，吃着药快好了。我这个是慢性鼻炎，不传染。"

"我没说你传染，我是说你晚上出声儿影响我写作业。"苏运说，门又开了，一层，"你先走吧，我车出不去。"

"……那你骑车慢点啊。"苏晓原出来后像个正常人，不瘸也不歪，"妈最担心咱俩路上安全，别叫她……"

"知道了，你慢慢走就行，管我这么多。"楼道口一边是楼梯一边是下坡，苏运都是从高处直接骑下去，可今天出口有人，"谁啊，让让！"

一辆荧光绿的死飞和一个蓝白校服裤子的男生，背向着这边，纹丝不动。

"张钊？"苏晓原先认出的车，颠着走下坡，"你怎么来了啊？"

张钊刚练完晨跑，脖子上除了凸起的血管还有汗，披着白色的运动外衣，里头是橙色跑步背心。头发随意拢向脑后，用金属发箍固定住。

"接你啊。"张钊摸了一把鼻梁，才看见后头的人，"你弟？"

"是，我弟。"苏晓原让开半条坡道，"这就是我弟小运，别看他比我高，才读初三。"又回头冲苏运说，"这是我们班班长，张钊，我前几天和你说的那个，能一口气儿跑 5000 米的。"

苏运打量了他一下，比自己高，看这身行头是体育生。真想不到自己这个手不能提的哥哥，还能结交这种同学，太阳打西边出来了。

"走了啊，妈中午下夜班，你回来的时候她要睡觉了就别吵她。"苏运上了车，很快没了踪迹。

苏晓原尴尬地站在原地，看着张钊："……不好意思啊，我弟他现在叛逆期，不是针对你，他和谁都不好好说话。"

"小屁孩儿，我搭理他呢。"张钊也看他。这几天训练完，都能在运动包旁边找到一张纸巾，放着剥好的花生米儿、两块大虾酥。

"上车，我抽空送你一把，还得接着训练呢。"张钊没问过你干吗给我吃的，而是前两天把车送去了专业车行。

苏晓原记得死飞是没有后座的："咦，你换车了啊？"

"你问这么多干吗，坐上试试。"张钊不好意思说是特意改装过，还加了两手车闸，"不硌你屁股，快点儿，晚了春哥又掐表骂人。"

"什么屁股不屁股的……"苏晓原扭着屁股坐上去，后座被一块坐垫包住，就是上回用的那块。

"稳吗？"张钊往前倾身，后背都是汗，怕他不愿意碰。

稳，比从前都稳，苏晓原没回答，只是说："好好的死飞，怎么加了个后座？"

这下轮到张钊不回答了。

"……颠得慌。"苏晓原抓住了张钊的衣服，让张钊立直了腰。

"你别抓太紧啊，有汗。"张钊怕他嫌自己有汗味，"你弟看着和你不像啊，我还以为和你挺像的呢。"他瞥了一眼两人的影子，车胎压过干净的积水，叫雨滴重新飞了起来，"他没你好看。"

"小运像我爸爸，长得比我好，像男子汉。"苏晓原知道自己不阳刚，头一回坐死飞，生出好些好奇心，"班长，你们这车为什么叫死飞啊，都没有闸吗？"

张钊的运动外衣叫风吹出一个鼓包，卖弄起专业知识："因为后轮被固定在花毂上，不能空转，是和脚镫子一体的，所以才叫死飞。也不是都没车闸，好多专业骑手都安，不安大多是为了装酷耍帅，是吧？"到校门口了，张钊没捏车把，长腿放下来踩地点刹，"是吧，这么刹车多帅，小姑娘都看。"

苏晓原嘀咕了一句哪儿有小姑娘看你，下车不肯走："你还去练啊？"

张钊的车改造成搞笑的外形，一点都不炫酷了："练，不是说了拿第一名的奖牌送你嘛。哎哟你赶紧上楼吧，作业一会儿借我抄抄。"

"嗯，那你别受伤啊。"苏晓原这才走，可上了二层又后悔，自己再下来，去小卖部买了三瓶饮料。

它们一直静静地待在苏晓原书包里，直到下午第二节课结束才被拿出来。

"给你们仨的。"苏晓原一瓶瓶地摆好，自己还有两节课要上，可体育生要去训练了。

张钊皱了皱眉头，拿发箍将头发："你买这么多？"

"我给你们仨补习，请你们喝还不行啊。"苏晓原较真，多好，买三瓶人人有份。

"他们俩有，正好我没带水，谢了啊。"张钊不管那套，什么你们仨，在他眼里都是自己的，"晚自习之后你等等我，这几天下雨……"

苏晓原低着头扯垃圾袋："下雨怎么了？"

"下雨，路不好走，我送你回去不行啊！"张钊受不了自己的磨叽，"8点半，操场等我行吗？"

"今天不行。"苏晓原手底下的小动作一停，"今天我得回家，晚上给小运辅导功课。"

张钊又皱了皱眉，再点一点头。他不喜欢苏晓原的弟弟，说不上来，可能是自己叛逆期也没过吧，见不得劲儿劲儿的人。

"那你慢点走啊，路上水多，别老低头发微信……也不知道给谁发呢。"

操场上又是一轮痛并快乐着的训练，下雨并没有影响体育生的安排。等到何安和昌子来找，张钊看了看表，刚好9点整。

"钊哥你终于又跑了！"陶文昌从跳高那头过来，"怎么今年有兴致跑运动会，是不是看祝杰太不顺眼了，必须亲自下场收拾！"

"我才懒得搭理他。"张钊还是把饮料拿了出来，给他一瓶，给何安一瓶，"喝，有人请客！"

仁人推着三辆死飞往路口走，就数张钊的最显眼。多加一个稳定后座不说，还包了个秀气的坐垫。雪青色水波粼粼的曼妙色彩。

"谁请的？"陶文昌打开就喝，"钊哥我跟你说啊，不是我对这方面敏感……你发现没有，跑圈儿的时候有小姑娘等你。头发短短的，看校服像是高一学妹。"

何安对这方面最不敏感，一听这个不好意思喝了："是不是人家小姑娘给你买的啊。不行不行，这不能喝。"

"我可没看见啊，昌哥你别瞎说！"张钊其实看到了，就站自己运动包边上等着，吓得他愣是多跑2000米没下场，"我可没看见……你快喝，不喝还我啊，这是苏晓原请的。"

"什么？"陶文昌一惊，随口开起玩笑，"嘶，我们晓原这么可爱啊，不行，这要是个品学兼优的小姑娘我铁定追了，你们都别抢啊。"

何安老实巴交地摇头："我觉得不行，他要是个品学兼优的小姑娘，铁定看不上你啊……他肯定是喜欢 1 班邱晨那样儿的。"话音刚落，小腿被人猛踹一脚，从角度上分析，是张钊。

邱晨，1 班的学习委员，白净高帅，成绩和汤澍差不多，老王最喜欢的那类学生。

张钊推着车使劲儿压水花："人家是小姑娘吗，你们不会说话就别说，省得叫外人以为体育生的文化水平就这水准了……再说不是一直传闻邱晨喜欢汤澍没追上嘛，你们别瞎给苏晓原配对儿啊！"

"别啊，他要是个女孩儿我真要。"

"你要不起！"张钊踹了他一脚车轱辘。

陶文昌只觉得张钊可笑，回踹一脚："随便说说你也当真……等会儿，那不是苏晓原吗！"

何安刚喝第一口，吓得差点儿喷出来："哪儿呢哪儿呢！我刚才乱说的啊，他可别听见……"

苏晓原找了一家半岛咖啡，点好一壶花茶，这会儿耳朵里塞着棉花球，专心致志地研究实验高中的历史卷子。他正写着，对桌的椅子被人一把拉开，光线挡得严密不漏。

然后看见怒不可遏的张钊，后头是陶文昌和何安，满脸都是问号。

"咦，你们仨怎么来了啊，跑完了吗？"苏晓原歪歪脑袋，赶快把棉花球拿出来。

"怪不得，敲玻璃也听不见，喊你也听不见，还自己戴耳塞了……"张钊的心情像冲刺到最后一圈被人抢了跑道，胸口里炸了一串儿鞭炮，"不是回家给你弟辅导功课吗？骗我是吧！"

"你们班班长知道你是个瘸子？"

CHAPTER

他不会
Ta Buhui

11

苏运不经意地追问，"知道你两条腿不一样长吗？"

他不会

CHAPTER 11

张扬从一家甜饼屋走出来，杨光还在马路边上的木椅上乖乖等着。

"还行啊，这回知道不乱跑。"他在旁边坐下，"再瞎跑我得给你安个定位器，省得你哥跟我成天叨叨把你看住了。"

杨光不说话，笑嘻嘻地只看他。去年也是今天，三哥拿发蜡拢好头发，自己买了个芝士蛋糕回宿舍吃。

"傻了啊？"张扬手里拿着一个9寸黑森林蛋糕，在街边直接开吃，"你也尝尝？"

杨光捏着叉子，让他尝，他就直接挖了一大块儿："我记得你生日不是今天啊……"

"肯定不是我生日，你傻啊。"张扬今天依旧美，浅金色的头发打了发蜡。

杨光实在憋不住了："三哥，我去年就想问你，今天到底是谁生日啊？"

张扬抢在他前头，把生日快乐的巧克力字牌吃了："一个故友，你问那么多干吗。"

杨光心里痒痒，能让老三每年买个蛋糕的人，肯定不是一般人。

"谁啊……我就问问。"他先往最不靠谱的方向猜，"你家里人吗？"

"不是啊。"张扬一下灭掉了这个选项，"以前的一个高中同学。"

"哦，哦。"杨光瞬间蔫掉，狠狠挖一大口，蛋糕心直接挖出个洞，"以前同学过什么生日……搞这么神秘，要不打个电话？"

再是一大口，像要把蛋糕嚯嚯干净。

张扬笑他吃太快，跟没吃过饭一样："打不了啊，故人已去，给他庆祝庆祝。"

"什么？"杨光急得噎了一口，"你同学……死了啊？"

"啊？死了？"张扬也噎了一口。

"是，算是死了吧。"张扬从大口变小口，嘴边沾了些樱桃色的奶油，"你吃慢点，把你噎着你哥又该嗷嗷了。真服了他俩，有本事自己回来看着你啊。"

杨光刚才嫉妒，这会儿不敢再吃，心里默念了好几声得罪得罪，不该和故去的人计较这些："三哥你别骂我哥，他俩就是放心不下我。可我长大了，我说新年你俩别急着回来，春节的时候再说。"

"我也有个弟，张钊，上回你见着的那个。"张扬扬着眉毛，"我怎么不像你哥似的，我烦死他了，说两句话就想端飞了。"

"那肯定因为他老惹你生气，指定不是你脾气不好。"杨光舔着嘴说，拿小叉子悄悄划拉了一下老三的嘴唇，"嘿嘿，三哥你嘴上有奶油。"

张扬就受不了他成天嘿嘿，没心没肺一样。

"嘿什么，你也是，脑子里不装正事儿，你哥能放心才怪。将来等你娶个媳妇儿他才敢撒手，让别人管你去吧。"杨光攥塑料小叉扎了一颗樱桃。

"我不娶媳妇儿，我……我没有喜欢的女生。"

"哼，才大二，可别说太早了。"张扬轻轻捏捏他耳朵，"还小着呢，你。"

"我不小了，三哥，我又赚了点钱，给你饭卡里充钱吧。"杨光大一那年几乎都在吃老三的饭卡，"要不我……我送你一套护肤品行吗？"

嗯？这个张扬喜欢："你还会挑这个？"

"也不会，我看哪个卖得好，就留下了，她们再要的时候我说没货了。"杨光有些得意，这一年成绩一如既往地差劲，可微商在哥哥的经济支持下干起来了，"我藏宿舍了，回去给你试试。"

"行啊。"张扬解决掉最后一口。

杨光贴着他走，跟着一路去找垃圾桶，喋喋不休。

"啧，你贫不贫啊……再贫我揍你了啊！"

杨光摸摸后脑勺，眨巴着和哥哥如出一辙的大双眼皮子："你别揍我脑袋就行，我不还手。"

"你……你多大了啊，吃蛋糕也能蹭衣服上。"张扬拿他巨没辙，要真和张钊一样就好说了，可以上手打，"走吧走吧，跟我回家看看。我弟他最近抽风，一眼看不住就把家拆了。"

"欸，那行，我帮你遛凯撒。"杨光喜欢大狗，屁颠儿地跟着去了。

刚一开门，张扬先瞧见两个穿一样校服的男生站在客厅喝水："哟，你俩来了啊，我弟也不说一声儿，我给你们带俩菜上来。"

何安和陶文昌早就认识张扬了，都叫他哥。这会儿面面相觑，谁也不敢说话。

"怎么了，我弟呢？"张扬精明，别看比他们大不了几岁，看事情准得很，"张钊干吗呢？"

陶文昌也精，不说话，直接把开口解释的重任扔给老实巴交的何安。何安那瓶饮料到现在都没喝完，喝也不是，不喝也不是。

"何安，张钊是不是又惹事儿了！"张扬急了，他弟家里人都不在北城，人是自己管着，"你说话老实，他人呢？"

杨光跟着进来，不想家里还有陌生人，满屋找凯撒，发现狗不在。

何安看了眼张扬，又看了一眼他带进来的小伙子，支支吾吾地说："钊哥啊，他在屋里头。"

"唉，吓死我了。"张扬松了一口气，在屋里就行，"凯撒呢？哦，给你们介绍一下，这我同学杨光，叫小光哥。"

"小光哥。""小光哥好。"两个高中生赶紧给大学生让道。

杨光心里还在打鼓，他一向认生："别别别，三哥你别让他们叫我哥，叫我小光就行……凯撒呢，开着门没跑出去了吧。"

"凯撒也在屋里头。"陶文昌无奈地说，"钊哥带着狗，在屋里审人呢，说不让我俩进去。"

"不让进去？"张扬心里顿时亮起红灯，"谁在里头啊！"

陶文昌见瞒不住了，谁也没想到今天张扬会回来："就……就是我们班一个同学。"

苏晓原直接被张钊拐回了家，这会儿站在他睡房里，孤立无援："我都跟着你来了，你就把卷子给我吧。"

"什么卷子？我不知道！"张钊气炸了，"你不想和我一块儿回家就直说，骗我干吗？说给你弟辅导功课，结果呢，自己跑半岛喝那么一大壶茶，你不怕夜里睡不着啊！"

"我没有啊……"苏晓原觉得委屈，"你先把卷子给我吧，我掐着表写的。"

和体育生掐表计时跑步相同，苏晓原把这套模拟题当作正规考试对待，只有在规定时间内完成才能测出真水平。

可张钊不管那套，他一生气，凯撒就开始围着主人转圈子："去去去！一边儿去！"

苏晓原看他踹狗，一下不乐意了："你发脾气归发脾气，踹它干吗啊！狗又不懂事。"

"它不老实，刚才给你扑一大跟头。"张钊也是个狗脾气，火没处发就四处乱咬，"苏晓原你心里摸摸正，我张钊对你怎么样？"

"我知道，我不是那个意思。"苏晓原屁股有点儿疼，哈士奇闹腾，4个人进来专门扑他，苏晓原直接坐了个大屁墩儿，"我没想骗你。"

"那你为什么不回家？"

苏晓原只身站在床边，书包大敞着，里头是张钊不分青红皂白没收的卷子。他没想到张钊是这么个人，憋了一路拽自己回来，就因为骗了他一句话。

"我回家……唉，我怕影响我弟复习。"苏晓原小声说。

凯撒又挨了一脚踹，呜咽着绕过来蹭他，似乎看出来这个人温柔。

一人一狗，狼狈地站在张钊的怒火前。

"你弟？"张钊先是惊讶，转而松了口气，好歹没骗自己，"你弟又怎么了？"

仅仅一个照面儿他就能看出来，兄弟俩有问题。

苏晓原摸着凯撒的项圈，是个真皮的，银色的柳丁嵌在皮子里，一看就价格不菲："我弟明年中考，也是要劲儿的时候。我不是鼻炎犯了嘛，老出声音。"

张钊愣了一秒，什么都明白了。

"他在家里欺负你，是不是！"

苏晓原从张钊的瞳仁里看到好些不明的成分，可有一点他看得出来，张钊的气消了。

"你别瞎猜，我俩是亲兄弟，没有欺负不欺负这一说。"奇怪，苏晓原感觉自己并不怕张钊，哪怕是他怒气最大的瞬间。

他怕的是叫张钊误会。

张钊不接话，只狠狠地瞪着他看，要从他脸上看出答案。

苏晓原低头拿纸巾，轻轻擦着鼻涕："半岛环境不错，咱们班里太吵了……你还有训练，往后我去半岛写作业。写完了……"他假装若无其事地看凯撒，"你想和我一块儿走，也行。"

外头有开门声和说话声，张钊猜大概是他哥来了。没等反应过来，门开了，张扬冲了进来，直接抄起张钊的运动衣，就是一抡。

"你欺负同学欺负到家里来了是吧！"张扬定睛一看，堂弟嚣张趿扈地站着，一个瘦白的男孩儿吓得靠墙，擦着鼻子像被训哭了，顿时火从心中来。他和堂弟动手惯了，抡完就是一拳，张钊也习惯了，轻松闪到了一边。

谁料有个人追着堂哥进来，和张钊撞了正面。

"哟，小光啊。"张钊刚要夺门而逃。

"叫他光哥！"这时咣的一声，张扬一拳横扫过来。

苏晓原吓得手心出汗："别！别打他！"

张钊昂着下巴，打了个小哈欠："轻点儿轻点儿，疼。"

苏晓原用冰袋帮他敷着，俩人挤在厨房半天不言语。

"干吗啊你，我哥他就这样，我俩从能跑那天打到现在，没事。"张钊的左腮帮一片青红，嘴角也肿了，"是不是心疼我了？"

"是我喊太慢了，叫你挨了打。"苏晓原直接捧冰袋，忘了垫毛巾，小手冰凉。

"唉，真不疼。"张钊想笑，嘴角抻动伤口咻地疼了一下，"你看你钊哥挂彩，是不是特酷？"

"你胡说，肿这么厉害，明天上课全班都得看见。"人都是以己度人，苏晓原最怕出洋相，就觉得张钊也是，"你叫人笑话！"

张钊动了动肩膀，瞄他鼻子和眼睛："笑话就笑话呗，我又不在意。"

"……你家怎么会有这么多冰袋啊？"

"咳……那个，我们体育生容易受伤，家里备着有用。"

"受伤？"苏晓原立即想起来，"那冰箱里的双氧水和碘附……"

"也是备着的啊，万一磕了碰了擦伤流血啊，骨折啊……"张钊心里又是一阵蠢动，好像说了就有人管，"也没人管我。"

苏晓原不敢接他的话，只指着他左耳上方的那一块问："这……也是你从前锻炼受伤了？"

张钊不想承认，搞体育的受伤太正常，拿出来显摆只能让人觉得成绩不好："这个不是，打架，小时候不懂事儿……"

"喂！"张扬推开厨房门，"你有完没完，不就打了一拳至于吗！赶紧给人送回家去。苏晓原是吧，甭怕他，他再欺负你我收拾他。"

"你打我这么狠，不怕我告诉你爸啊！"张钊抹了把脸，出来的时候屋里只剩堂哥和杨光，兄弟们太不仗义了吧。

"他俩人呢？"

张扬气儿更不顺，指着钟表，声音高了一个八度："几点了，你自己看看几点了！谁大晚上陪着你折腾！快把同学送回去。"

"我没说不送啊。"张钊拉着苏晓原的书包带子，"走，我骑车送你。"

杨光收拾好客厅和睡房，出来时三哥还气得喝水呢："三哥你别生气，你弟他没欺负人，他同学不是解释了嘛，别气。"

"唉，你不懂。"张扬把话只说一半，一下坐回沙发里，长腿蜷着，比吃奶油蛋糕的样子还需要守护，"我弟他啊，你不懂……"

"我怎么就不懂了？"杨光从没见过这样的三哥，气焰灭了。

"我得替他爸看住了他，叫他顺顺利利地上个大学。甭管什么大学吧，叫他有个书念。"张扬一上沙发，凯撒也跟着跳上来，赖着不走了。

哈士奇很少有这么乖的时候。杨光静悄悄坐在旁边，不知道想摸的是狗，还是三哥。

"往后我得多盯着些，他可别再惹出什么麻烦来。"张扬把下巴埋在凯撒雪白的颈毛里，像说给自己，又像说给它。

在苏晓原家楼底下，张钊不让人家上去："你刚才说的都没骗我？"

他还是纠结这个，过不去这个坎儿了。要是骗了他，今晚上估计要失眠。

苏晓原急得想蹬腿跺脚："真的，我擤鼻涕影响我弟复习才去了半岛。我得上楼了，作业还没写完呢！"

"那你往后也不能天天去半岛啊，大晚上的……万一路上有人抢你手机呢？你这么爱发微信，也不知道和谁聊呢！"张钊挡在楼洞口，他知道苏晓原推不动自己，霸道地占了通道，"要不你往后来我哥家，辅导昌子、何安也行，自己写作业也行，我训练完再给你送回来？"

苏晓原晃了个神："你哥和我又不熟，我去算什么啊。你别这么幼稚好不好……"

"不好！你不答应……"张钊无理搅三分，骗他一句，他连本带利要回来，"我不让你上楼！"

苏晓原没见过他这种人："你这样儿……"

"像个流氓是吧？"张钊流氓地替他说完了。苏晓原没办法，只好同意，好说歹说才把人送走。

唉，真没办法，这人好幼稚。苏晓原拧开门锁，屋里是陈琴和小运，看着正要出门。

"妈你干吗去啊？"

陈琴拿了一把雨伞，正在套外衣："这不，妈妈怕你看不见路，想下去接你。回来了就行，饿不饿？"

"不饿，我在同学家吃了。"苏晓原撒谎，其实是喝了一肚子的花茶。

苏运劝了妈妈半天，心疼她又要出门，阴阳怪气地说："呵，你这一句不饿，在同学家吃山珍海味了，妈担心你一个晚上。"

"怎么和哥哥说话呢？"起初陈琴以为两兄弟感情好着呢，可两个儿子的关系真正怎么样瞒不住一个母亲，"小运，你先回屋，妈和你哥说几句。"

"知道知道，你就偏他。"苏运撂下一句话，进了屋。

苏晓原被陈琴招呼过来，弟弟不在了，他歪着肩往凳子上坐："妈，你往后别太为我担心，大晚上的，说不准什么时候下雨，小运他担心你也是对的。"

陈琴摸了一下大儿子的右膝盖，这么多年了，自责愧疚越来越重。当初要不是自己抱着大儿子去小诊所打针，不至于毁了孩子一辈子。

"你和你弟什么脾气，妈妈能不知道啊？你告诉妈，晚上跑哪儿去了？"

"真的去了同学家啊。"苏晓原赶忙拿出手机来，刚好张钊给他发了个微信，问他到没到家。

"妈你看。"苏晓原感激张钊的及时雨，"这是我们班班长，我们成立了一个互帮互助小组，4个人，我上他家给同学辅导去了。"

"真的？"陈琴的担心不是无凭无据，"你大姨可说过……"

"妈，那都是小学时候的事了，我现在真不一样，我有朋友。"

苏晓原想起那件事来，为了怕大姨一家担心，他骗大人，说班里有好多小朋友。结果大姨一时兴起给自己办了次生日会，写了30张邀请卡片。

第二天，他一瘸一拐地往同学桌斗里塞卡片，心里想的是，有一个人来也行。结果可想而知，大姨和大姨父弄了一桌子菜，还布置了客厅，最后只有班主任来了。

一个小朋友都没有，一张生日贺卡都没有收到。苏晓原不在乎祝福，他想要的始终是好朋友。

那天，苏晓原抱着班主任送的变形金刚，很没出息地哭了鼻子。他是瘦弱，可从来不哭，理疗那么疼都没掉过眼泪。他记得自己哭了好久，哭到隔日班主任开了个紧急班会。

也就是从那时候起，他下定决心好好走路，就是装，他也要装成一个正常人。

"妈是担心你。"大儿子这个状况她不得不偏心，陈琴承认自己有时有失公允，偏得太过了，"班里同学都挺好相处的吗？"

"好，他们都特好。班里体育生多，文化课进度落下一些，我抽空给他们补补。"苏晓原满脑子都是张钊急赤白脸不让自己上楼的画面，"小运还见过我们班的班长呢，就上回我说的那个，一口气能跑 5000 米的男生。高高的，有一回他来楼下接我……妈你看，这是我们的聊天群。"

"哟，那他还挺好的啊。"陈琴没想到儿子还有群聊，这肯定不是假的，"以后也是去他家里复习？"

苏晓原看张钊发了语音，没敢点开，万一是脏话就完蛋了："嗯，他家里挺安静的，有一只大狗，哈士奇。可我们关上门复习就不碍事了。妈你放心吧，班里真没人欺负我。"

听儿子这么说，陈琴心里好受了些："那……你和韩老师说了吗？"

"嗯，都说了。"苏晓原懂事得早，反过来安慰妈妈，"班主任也对我好着呢，理解我的情况，说运动会走方阵就不带我，给我安排举牌手。到时候我在方阵最前头，举高三（9）班的班牌，他们踢正步，我还是正常走路。"

"那就好。"陈琴笑了。

苏运在屋里收拾明天的课本，半天才听有人进来："行啊你，现在都有朋友了。不会又是骗家里的吧？"

苏晓原看了一眼时间，怕是今天的作业写不完了。真糟糕，自己的窘事弟弟全都知道。

"那都是我小时候的事了……小运，我有话跟你说。"

"说啊，我又没说不听。"苏运一伸手，把上铺的几本书拿了下来，"咱家你说话最管用，妈从来不听我的。"

"小运你别跟我置气，咱们是一家人。"苏晓原站累了，摸着床边坐下，"妈是偏心我一些，可咱俩都是她儿子，你心里摸摸正，妈前天还说给你准备好了冲刺班的学费……"

"别，我怕我一摸她心里头全是你，没我。"苏运的犟脾气上来也不客气，"上回来接你那个，真是你们班的？"

苏晓原不愿意起冲突，这是他亲弟，除了爸妈，这就是自己最亲的人："嗯，他是班长呢。"

"你们班班长知道你是个瘸子？"苏运不经意地追问，"知道你两条腿不一样长吗？"

苏晓原哑然。

"你想想，他要是知道了，还有你们那个什么四人组，"苏运耳朵尖，听见了外头的谈话，"都知道了，还愿不愿意搭理你，会不会笑话你？"

苏晓原捏了捏拳头，没有说话。等苏运出去洗澡，他才有勇气点开张钊的语音。

"明儿早上你吃大包子还是烤冷面？"

苏晓原抿了抿嘴，大着胆子给他回了一个：烤冷面。回完之后他大胆地想，也许张钊不会。

他想他不会。

几天之后的一个中午，张钊推开校医室的门，探头探脑，腮帮的红肿还没全消："葛叔儿，我又来了。"

葛明，一中的老校医了，体育生眼里的赛华佗："哟，张钊啊，好久没见你了。"

"可不是嘛，我退队之后没怎么麻烦过您。"张钊厚脸皮地钻进来，"从前来您这儿勤，现在我是个全乎人。"

葛明站起来看他到底想干吗："欸欸欸，我这是校医室，外头的东西别拿进来热。"

"葛叔儿您何必呢，从前我在您这儿不说是断腿的交情也是头破血流，给个面子呗。"临近 11 月初，张钊的校服里终于穿上高领毛衣，手里是个乳白色的双层塑料饭盒，"微波炉闲着也是闲着，这叫资源浪费，给我用用吧。"

"你……你这孩子，就最后这一次啊。"葛明先摇头又叹气，"最近怎么样啊，没受伤？"

搞体育的孩子辛苦，没个七病八灾太少见了，随便哪一个拎出来都有伤。

张钊按了个二分钟时长："您看您这话说得，盼着我出事儿是吧？我现在可健康了，吃嘛嘛香。"

葛明不信，当初他脑袋上的大口子就是自己处理的，鹰眼扫描似的看他："行，知冷知热了，还知道穿高领。怎么自己热饭，不在学校吃了？"

"这不是……挑食嘛。"张钊动了动肩膀，觉得热，火力太壮了，"葛叔儿，我往后都跑您这屋热饭来行吗？行吧，肯定行，咱俩这交情……"

"我可没说行啊，这是医务室……胡闹！"葛明就知道这小子没憋好事，刚要再说，人家拿着热好的饭盒一溜烟儿跑了。

张钊直接跑回了班，看另外仁人都没动筷子："干吗啊这是，非等着我？咱们可不是祝杰、薛业，别弄个人崇拜那套啊。"

"想得美，晓原说等着你一起吃。"陶文昌一边回朋友微信一边吐槽。

苏晓原的脸色白了一瞬，惴惴地接过自己的饭盒："谢谢班长……往后你也不用专门找地方给我热，凉着吃也行。"

"你可别凉着吃。"何安饿坏了，大口吞饭，默默承担着 4 人小团伙里的饭量担当，"我们仁吃凉的没事，你这么瘦，拉肚子跑厕所几回，第二天起得来起不来都另说。"

"你胡说，我没这么娇弱。"苏晓原笑着回嘴，小勺挖了一口米饭，还是热着好吃。

从前是他羡慕地看着别的同学吃饭拼桌，没想到上了高中自己也能。他喜欢交朋友，喜欢听他们在旁边谈天说地，看着他们笑得东倒西歪，你一拳我一脚地胡闹，哪怕自己加入不了也没关系。

"你够吃吗？"两张桌子上摆着 7 份营养餐，其中 3 份是张钊的，"怎么这几天不回家吃饭了？"

苏晓原扒拉着午饭："来回一趟也挺麻烦的，你们尝尝我妈的手艺不？鱼香茄子。"

"行啊！"陶文昌不客气，刚伸一筷子被人打了回来，"钊哥你干吗啊？"

"昌哥你不行啊，让你吃就吃，要饭的？"张钊是怕小仙鹤不够吃，"老实吃自己的，何安你米饭够不够？"

"够啊。"何安反应慢了一拍，"什么鱼香茄子？"

刚问完，脚底下被人踹了一下，从角度上分析，是张钊。

苏晓原对朋友很大方，赶紧一人夹一筷子："我妈做的啊。你吃，上回你给我那一口袋萝卜干我妈还说谢谢你呢。"

正巧这时候祝杰带着跟班儿过来了。

"咦，薛业你剪头发了啊？"叫所有人没想到的是，苏晓原最先打招呼。薛业以前刘海儿长，现在短了，露出个美人尖。要不是陪着祝杰他真不愿意过来。

"剪了，你从家里头带饭啊？"薛业绕到一边，不想离另外仨人太近。

"我妈的手艺，你尝尝……"苏晓原孤单怕了，以前开班会和薛业说过几次话，觉得他挺好的，"你尝尝。"

"你有事啊？"张钊转头问祝杰，"吃饭呢啊，没工夫和你打架。"

"你幼不幼稚，谁成天想干架。"祝杰话这么说，真特想揍他一顿，一山不容二虎，从前在队里俩人水火不容，"班里人聚不齐，开个班委会商量校运会。"

"有什么可商量的？"陶文昌心里算着，自己是体委，张钊班长，祝杰副班。再加上薛业卫生委员，苏晓原生活委员，还真快凑齐了。

祝杰根本不搭理陶文昌："老韩昨儿的通知，说从咱们这届开始高三不参加篮球赛了，只有校运会。"

"那不更好吗，谁打得过那帮校篮球队的，找虐呢是吧。"体特术业有专攻，他们几个在田径场上所向披靡，真拎到篮球场里，得叫人火锅扣晕了。

"所以，老韩的意思是希望咱俩把最后一次的运动会弄起来。"祝杰说，回身一把给薛业手里的筷子撅断，"人家让你吃就客气客气，别什么都往嘴里送。"

张钊听这话耳朵不舒服，站了起来："你什么意思？"

他一起来，陶文昌和何安也起来了，五个男生站着，就苏晓原坐在座位上，看不懂他们怎么就又不对付了。

"杰哥你别生气，你不让吃我就不吃了。"薛业挺抱歉地看了一眼苏晓原。

哦，苏晓原这才懂，祝杰不和张钊明着来，暗地里朝自己开火呢。

祝杰直接把这事跳过，不是个省油灯："别的班都练上了，今天放学之后都别走，最起码得弄个方阵出来。苏晓原你举牌手是吧？"

"嗯，我不跟你们踢正步。"苏晓原也站了起来。

"行，牌子我让女生弄，陈文婷组委顺便当后勤，太复杂的东西咱们就不弄了，花里胡哨，班费也不够。"祝杰有点领导才能，什么都考虑到了，"口号你们想想，也别太复杂，反正这都不重要。"

张钊没反对。确实，别的班弄这些都是花架子，给主席台看的。真到了比赛阶段，9班体特杀个片甲不留。

那才是9班真正厉害的地方。

"服装呢？"张钊问，"还有，接力赛用不用提前练一下，没默契跑不了。"

"你不让薛业上最后一棒，你就别输。"祝杰顶了第3棒。一般男生两个项目就差不多了，还会分出侧重来保存体力，取一舍一。可体特生的优势占了先机，别人脚底下的百米冲刺，在他们身上勉强当个热身。

"服装，还不就校服短裤吧。上身不是穿迷彩吗？"何安除了200米还有田赛，"你们换跑裤也快，11月初能冷到哪儿去。"

"可……短裤我不行。"苏晓原立马反对，他不能穿短裤啊，一瞧就露馅，"我不行，我怕冷，我穿长裤吧。你们方阵穿短裤也不影响美观。"

张钊真以为他是怕冷："也行，反正就走那一趟。咱们班也别整那些花样，再折腾也折腾不出什么来。就普普通通走方阵，喊个团结友爱的口号。"

"我也是这么个意思。"祝杰难得和张钊想到一起去，"那就这么定了吧，这几天抽出空来，先别训练了。咱们都是身上两三个项目的，也

206

别掉链子。"

张钊看不得他拿官腔："嚯，说得跟真的一样。"祝杰刚转身要走，又转回来："你行你上啊，让高一那帮新人见识见识，咱们一中跑步永动机张钊的神话。"

跑步永动机的神话？剩下的人都懂，就苏晓原一个人不明白。

晚上等方阵练完，苏晓原和张钊一起回家，天色已黑，他站在路灯下想问一问。

"班长，祝杰今天说的那话什么意思啊？"

"没什么啊。"张钊盯着他，想显摆一下，可对上他的眼神就装不起来了，丝毫不酷，"你别担心，跑个步而已，真没大事。"

苏晓原担心得不行，他小时候一紧张就习惯绞手指头，两只手相互捏，这习惯好久没犯，这时候又回来了："你别蒙我，绝对有大事。"

"真没有，再说……"

"你要是不说我生气了！"

"别别别……"张钊知道他是开玩笑，男孩子哪有说生气就生气的，可他受不了这句话，就跟紧箍咒一样，"真没什么……就是高一的时候我跑 5000 米差 1 秒破了国二，当时我还没怎么训练呢，厉害吧……你钊哥厉害着呢，那年一中的长跑纪录就是我的。后来高二那年我退了，校运会没上，好多人看笑话说是我怕了，怕超越不了从前的成绩。今年要上的话，赢不赢祝杰单说，别人盯着看我成绩呢。"

苏晓原听完手指头绞不动了。原来是这样，不止祝杰，队里指不定多少新人等着看张钊的笑话呢。他都一年多没练了，要是没跑赢……

"那你干吗非要报名啊！"苏晓原后悔了，都是自己瞎张罗，"你到时候……叫别人笑话怎么办！"

"笑话就笑话呗，你当我怕啊？"张钊摘掉发箍，揉揉勒疼的太阳穴，头发很嚣张地冲着天，"你到时候……站终点拉线的地方等我行吗？"

苏晓原扭着外八字的右脚，碾着脚下不存在的小石头："等你干吗？"

"给我……加油啊。12圈半，你等我16分钟，我把第一名的奖牌送你。"张钏抬起头，阳光地笑着看他。

三天之后，期中考试。考完后没太多时间休息，终于到了校运会这一天。

观礼台上的校领导还在发言，各班方阵在操场按年级排成回形。苏晓原举着班牌，心里头惴惴不安。除了不安，还困。他打了个哈欠，只想找个地方坐一会儿。

"怎么了啊？"张钏在他后头举条幅，想不到老韩真能安排让他和祝杰干这个。

"没什么，我怕自己走不好。"苏晓原又打了个哈欠，每天复习到凌晨一两点肯定不够睡，做梦都是祖国的大好河山和历史卷轴。就连吃早饭的时候，他和小运也是一人一本英语单词背着，谁也不打扰谁。

头一回当着这么多人的面走路，苏晓原有些发怵："班长，你看……别的班弄那么热闹，咱们班是不是太冷清了啊。"

"冷清吗？"张钏看了一圈操场，高三1到8班全副武装，有拿鲜花的，有女生穿小裙子的，有全班穿雅典长袍的，山顶洞人和高达也出来了，回头再瞧自己班，方阵没人家的整齐，普普通通的校服短裤和迷彩短袖，确实寒酸了些。再看高一那帮第一回参加校运会的新生蛋子，更是五花八门、大放异彩。

祝杰和张钏差不多高，俩人站一排正好："你走你的，管他们干吗。"

苏晓原看前头1班开始挪动了，不再说话。

张钊受不了祝杰呛仙鹤，猛地拽了一把横幅的边儿："先说好，就今儿这一天，我不跟你吵。"

"我才懒得跟你吵。"祝杰也拽了一把，给高三（9）的横幅拉了起来，"前头可都等着看咱班笑话呢。"

班级荣誉感和体特生的骄傲，拉起两个不对付的男生之间的默契桥梁。张钊不服输，祝杰也是，不然他不会等张钊一退队就立马顶了队长的位子，野心可见一斑。

"知道老韩叫咱俩拉幅什么意思吗？"张钊高高举起了胳膊。

祝杰后一步也举起来："知道。"

"让他们看看。"张钊抬步。

"谁尿谁孙子。"祝杰也抬起了腿。

9 班方阵随着大部队缓缓移动，和他们意料的一样，全年级最差劲的一个班只有出洋相。训练时间短，再加上体特生请假训练，步伐没有其他班整齐，服装也不够新颖，口号除了响亮找不出任何创意和优点来。

"上头主持人是谁啊？"张钊还有工夫问这个。

祝杰瞥了一眼，正巧路过排阵的高二年级，还有人叫他名字："汤澍，邱晨，你好好走，该咱们班了。"

"正步——走！"张钊高喊，同时和祝杰举起高三（9）班的横幅。

苏晓原心里除了委屈，没有别的。不全为自己，也是为了 9 班。是，9 班成绩是不够好，年级后 20 名都在，剩下的体特都是成绩一般的人。但成绩能决定一切吗？

他曾经觉得能，现在……真不好说了。

大概这就是班魂吧，越是不受重视，他越替班里的人不值。8 班在前头放了气球，彩色的气球伴随清风犹如展翅飞扬的梦想，苏晓原昂首阔步向前。

汤澍在观礼台上念着 9 班的简介："紧跟在 8 班之后，我们迎来了高三（9）班的同学。朴素的服装象征了他们踏实肯干的决心，看，他们的步伐是多么整齐，给今天的列兵仪式画上了完美的句号。9 班加油，9 班必胜！"

其他排阵发出一阵哄笑，大概是因为主持稿写了步伐整齐，可 9 班的正步踢得真不怎么样。

邱晨继续朗诵："这是一支由体特生组成的队伍，他们坚定的目光象征着实力，汗水代表了体育生的不懈努力！愿 9 班的同学能在今日摘金夺冠，再创新高！"

苏晓原摆正身体往前走，心中的不甘幻化成波诡云谲的冲动，他直了直腰，把高三 (9) 的班牌举得很高，很稳。

摘金夺冠，再创新高！有张钊在他相信一定没问题。

五千米

CHAPTER 12

　　十一月初虽然还没冷到穿羽绒服，可高三（9）班的位置刚好是个风口。

　　苏晓原捏着鼻子打了个喷嚏，然后叫人拽了一把。

　　"给。"张钊猜到他得擤鼻涕了，想接他手里的班牌，"上后头歇着去，前头顶风。"

　　"你干吗啊……"观礼台上的发言刚轮到高三运动员代表，别的班纹丝不动，苏晓原急着推走他，"你干吗啊，你回队！"

　　"我不……你瞧上头有人看咱们班吗？"举牌手和横幅手的位置只相差几步，张钊明目张胆地走过来顶替，"去厕所洗把脸，鼻子红的……破皮儿了似的。"

　　苏晓原抓着班牌不撒手："你胡闹，开什么玩笑！"

　　"我没胡闹啊。"张钊一把抢过班牌，给他手里塞了一包纸巾，"洗脸去，你以为硬挺着就不丢人啊，鼻涕过河再流过嘴了……"

　　苏晓原被抢了班牌，还被挤了一下，只好往队后面走。其实他就算直接走也不明显，谁让9班的位置太劣势了，直接靠着教学楼。

　　他溜进一楼洗手间照了下镜子，鼻子红得像个匹诺曹。苏晓原赶紧低头洗脸，擤鼻子，擦完再抹油，刚弄好准备出去，外头热闹了，乌泱泱往厕所里面挤。

　　是高一运动员开始换衣服了，运动会这就开始了？怎么这么快！

　　苏晓原夹在一群热血澎湃的男生堆里寸步难行，往外挤也不是，再说他哪挤得出去。正在发愁呢，突然有人拉了他一把，苏晓原一看，太好了，是薛业。

"你干吗呢啊，傻站着。"薛业进来换衣服，被高一新生挤得没地方站，和苏晓原一起靠着墙，"刚才看你跑了，我还以为你不舒服呢。"

看他要脱衣服了，苏晓原别过脸去："我鼻炎，进来洗把脸。运动会这就开始了？"

"是啊，一中人多，裁判代表再多讲几句，下午5点也完不了啊。"薛业脱了校服短裤换运动裤，然后往膝盖上绷护膝，"陈文婷她们发矿泉水和热狗呢，一会儿你赶紧去领啊，要不就没了。"

薛业也是田径队的标准身材，苏晓原羡慕坏了："那我把你那份也一起领了吧，你今天几个项目啊？"

"3个，100米、跳远和1500米，不过我跳远就是去充数，100米跑是热身，主要是1500米跑的成绩……"薛业早就领完了，还偷偷地扣了一份，打算给祝杰，"你快走吧，一会儿人越来越多，你出不去。"

"1500？"苏晓原听到这个数字也心里打战，"你真厉害，能赢吗？"

薛业摇了摇头："我不行，平时成绩就挺一般的，杰哥厉害，他肯定能赢……你记得给他加油啊！"

"行，我也去给你加油！"薛业帮忙开出一条道，苏晓原这才挤出来。一到操场他都看傻了，整个儿是标准运动会的模式，和实验高中不一样。

这帮学生……动作怎么这么快！

观礼台全部清空，田赛、径赛的检录处、记录处分别在两边，记分员、裁判员、登记员一切井然有序。各个班在操场有着自己的位置，后勤组的老师在帮忙收垃圾。

男生运动员多到一组录不完，分出高一高二高三男子组。广播里在通知110米栏的高一男子组开始检录，田赛那边的跳远也同时开始。

果然是体育试点高中啊，真不一样。

"班长，班长！"苏晓原一眼找到张钊，"你们仨怎么还不换衣服去啊？"

砰一声发令枪响，东侧跑道上高一男子组的100米预赛开始了！操场东边的学生像一群吃食的小鲤鱼挤了过去，给自己班加油。

　　"且轮不到高三呢，不急。"张钊推了一把何安，"你先去换吧，田赛那边进行得快，别紧张啊。"

　　"行，我不紧张。"何安突然一拍脑袋，"不对，我还有100米呢！"

　　陶文昌的臭德行摆明了胜券在握，直接在操场开脱，光着大后背："那你赶快去吧，100米快着呢，马上就轮到高三。田赛别有心理负担，不就一个玩儿嘛……晓原帮我别一下号儿！"

　　"欸，你别动啊。"苏晓原接过运动员的编号，拿别针扎进运动背心，"你别动啊……编号是0906啊。"

　　"是，09不就是9班嘛，06是号。"陶文昌根本不往田赛那边看，一中根本没他对手，别人要高都180、182这样往上叫，他直接叫190，都用不到绝对高度。

　　这就是普通学生和体特生在运动会上的不同之处，他们看的是热闹，服装要出彩，口号要响亮，啦啦队起哄着加油。可体特生朴实无华，上场只为名次，不要虚的。

　　100米短跑终点突然绽开爆炸式的欢呼声，看来是结束了一轮预赛。汤澍的声音立马从广播里响起，高一男子组预赛前8名的成绩出来了。

　　"走吧，陪我换衣服去。"张钊慢悠悠地翻运动包，看着高一新生蹦跶。

　　"我不去，人多。"苏晓原想起刚才挤成人海的洗手间，摇摇头。

　　"那行，你在这儿等我啊。"

　　不一会儿他穿着橘色运动背心、湖蓝短裤回来，脚底下是刚买的那双新跑鞋。

　　"帮我也别一下呗。"张钊递给他自己的号，弯下腰等。

　　苏晓原领了4人小组的酸奶和热狗，还自带了花生米儿、大虾酥，搞得像秋游："那你别动啊……咦，你是0920，何安呢？"

　　"0909，好记吧。"张钊自己别胸前的号，高三的学生其实对运动会已经没多大热情了，操场上抱团儿叫好的全是新生，"走，咱们找昌子去，看他表演。"

苏晓原像进了大观园的姥姥，从前实验中学的运动会他只负责后勤，根本不在意体育成绩。可一中的运动盛况给他的运动热情激活了，看什么都新鲜。

"咱们学校的运动会可真热闹！"苏晓原站在一帮加油助阵的啦啦队里，旁边是张钊，远处是陶文昌正在检录，"上午和下午为什么还分开比啊？"

张钊诧异得都笑了："你看，你们尖子生从不关心体育运动吧。上午，短跑和田赛预赛，1500米跑没有预赛，完后是接力。接力是大项目，比完了全校中场休息。下午把上午的决赛名单拿出来练一练，最后就是长跑了。基本就这样。看！昌子上场了啊，快喊加油！"

苏晓原激动坏了，挤着往前看："哦哦……我怎么喊啊？"

"想怎么喊怎么喊！"

"那……昌子！你……加油！高三（9）班加油！"

陶文昌很有人气，一上场周围刹那沸腾，而后是一片寂静。他先往高三（9）班的助阵队招了招手，又给高一女生啦啦队招了招手，这才不慌不忙地站到起跑点。

"昌哥第一！"张钊高呼一声。

陶文昌弯着腰，眼睛始终注视着跳高架上的横杆。1秒之后他猛地开始助跑，加速！大臂快速甩动，再加速！苏晓原紧张地屏住呼吸，刚好陶文昌跑到了踏跳线，左脚立地蹬的同时双臂摆动向上。

起跳！

修长的身体腾空而起，一气呵成。身体稳稳落下，横杆纹丝不动，半秒后周围响起热烈掌声和口哨声。陶文昌翻了个身从垫子上起来，还能再叫两次高度，但他直接不叫了。

保存体力，准备一会儿跳远去。

"666，昌哥赢了！"张钊看了一眼高度，真行，直接叫191，这谁与争锋啊。苏晓原这口气一直憋着，直到陶文昌起来才呼了出来。

"赢了？赢了吗！咱们班赢了？"太过瘾了，苏晓原攥着拳头欢呼，蹦跶着晃悠张钊的胳膊，好像自己刚才也变成飞燕跳了过去。

"这就过瘾了啊。"张钊往他身边靠了靠，捕捉他眼里的光彩，顺手揉了一把他的脑袋，"那记得下午也给钊哥加油啊。"

"嗯嗯嗯，加油，加油。"苏晓原点点头。

"走，咱们去那边看看。"张钊看出他什么都不懂，带着苏晓原在操场转悠，比逛庙会还兴奋。等田、径两边预赛完毕已经快11点了，1500米的运动员准备检录。

"班长，1500米不预赛啊，我刚才看见薛业了。"苏晓原什么都问，新鲜坏了。

"1500米还有预赛？下午真没体力了啊。"张钊瞧见祝杰带着薛业过去签到，站起来开始热身，"1500米跑之后没多久就接力，该钊哥上了啊。"

苏晓原正在吃大虾酥，那边发令枪一响吓得他直接站了起来："该你上了啊，那怎么办，这么快就轮到接力赛了……那我站在哪儿等啊？"

"就拉线那儿，终点。"张钊指了指操场西边，"早该换电子的了，非弄人工计时。祝杰真野，知道有接力还不保存实力，你瞧薛业，直接被拉开到第二梯队了,他就不是跑步的料,还非跟着祝杰瞎耽误时间……1500米跑下来挺快的，我先去准备检录了啊。"

张钊往前走，突然一队人紧急过弯。张钊看了一眼记分员的牌子，还剩下最后两圈呢。不对，他心里捏了把汗，祝杰今天的配速也太不正常，提前开始冲刺了。

除非是……有人在弯道切他的跑道，他在甩人！

一堆加油助威的迷妹迷弟们疯了，朝这边涌过来。张钊顺手把苏晓原拉到身边，挡着四面蜂拥而至的啦啦队。

最后一圈，直道上径直奔向终点的第一名是祝杰，身后号码 0901，张钊曾经在 8 班的弟兄紧随其后，然后是 6 班的人。

"赢了吗？你先松开，我过去看看啊！"

"看什么啊，都结束了，第一是祝杰。"张钊皱起眉头，丝毫高兴不起来。

"那我也得看看，我找薛业。"苏晓原恪守承诺。

前三名的成绩都出来了，震耳欲聋的欢呼声全在终点线那头。

弯道上很冷清，没跑完的人也不着急了，以匀速冲刺。

苏晓原一眼瞧见了第二梯队的薛业："加油！薛业加油！薛业！薛业！9 班加油！"

薛业正盯着终点的祝杰看，没想到还有人给自己加油。他愣了一下，笑着冲苏晓原挥了挥手，再重新回到冲刺状态，排名第九。

张钊找到祝杰的时候他正在低头看分数："你至于跑这么快吗，一会儿接力累死你。"

祝杰看着成绩一笑："你说自己呢吧，下午还有 5000 米呢，你行不行？"

"谁尿谁孙子！"张钊也看了一眼成绩表，超了祝杰正常训练的平均水平。

俩人互骂着往主席台前头走，准备去检录。

薛业下来的时候没人扶他，只剩下零零散散的学生在清理场地。他成绩不行，刚入队的时候还被杰哥套过两圈半，成了队里最大的笑话。

"薛业你真快！"苏晓原站在终点，也是接力赛的起跑点，"你累不累啊，我有水，给！"

薛业喝了口水："……谢了啊，我都跟你说了我不行，没拿名次。你怎么自己站着啊？"

苏晓原刚要说话，何安和陶文昌往这边来了。薛业没吭声，笑了一下走了。

一刻钟之后，邱晨播报上午最后一项比赛，也是唯一一项团体比赛，4×400米接力即将开始检录。陶文昌挑了个好地方，直接能瞧见运动员接棒。

"哎哟，那不是张钊吗？""……哪个？""就那个蓝短裤的，高一时候退队了，怎么又出来了？""谁知道是自己退的还是给开除了……"

苏晓原耳边全是这些，心里难受得慌，可自己又不会吵架，只会左右瞪人。然后听昌子开始不平了："钊哥就歇了一年，全出来看热闹。"

何安嗯嗯点头："是……我不担心他，我担心的是祝杰。他刚比完1500米就能跑接力？"

"都等着钊哥救呗。"陶文昌拢着两边的肩膀，左边是何安肩宽背厚，右边是苏晓原单薄一片儿，"我跟你们说，刚才跳高的小姑娘告诉我……4班和8班联合起来要干咱们班。"

苏晓原听傻了，急得想唤几声："什么叫……干咱们班？咱们班招他们惹他们了？"

"唉，就是纯不服气呗。"何安瞧着田径队集合的方向，"百分百是钊哥和祝杰从前的腿下败将，这回刚好合班了，要给他们俩使绊子……你们没看刚才1500米，祝杰赢得不轻松，第一个弯就让人别了。"

陶文昌也看见了，就是懒得提："瞧见了，内外夹击，这够够的。欸欸别说了，钊哥他们上道了啊，喊加油就行！"

张钊听见有人议论自己，根本无压力。他和苏晓原可不一样，说就说呗，自己还能少块肉啊。

九个班抽签分AB组，祝杰代表9班抽到A，五个班的配置，24679班，位置第二道，不算太次。一、二棒安排的是班里没项目的男生，跑得还行，第三棒他来追，再由张钊收尾。

"各就各位！"裁判长举起发令枪。

要开始了！苏晓原中考都没这样紧张，突如其来的集体荣誉感和危机感压得他喘不过气。枪响，五道第一棒径直冲过直道，他还没来得及喊加油已经开始过弯了。

真快！

"加油！加油！"昌子带起了啦啦队的节奏，"速度可以！稳住！稳住！稳到祝杰就行！"

可接棒的位置根本听不到他们吼，张钊碰了一下祝杰："听说你刚才叫人挤了？"

"谁拦得住我，都是我玩儿剩下的。"祝杰轻蔑地说。第一圈交接，9班第二。

"有人要办你，还是办咱俩？"张钊太明白了，他俩都不是低调的主儿，平时高调惯了，肯定有人气不顺，"就你平时那德性也没少惹事儿吧，该。"

"少废话！赢了才是真的！"第二棒接到了，9班落到第三，祝杰提前做出迎棒姿势预备。转眼二棒到位，他提前预跑几步，在直线交接，瞬而急追，拿棒了！

这一跑就显出和前两棒的差距，祝杰的起跑速度仍旧保持在水平线上。苏晓原急得浑身沸腾，手出了不少汗，他眼看着张钊预备接棒了，可急得连一句加油都喊不出来。

"9班奋起直追，不到三米！两米！超了！超了！太快了，太快了，0901渐渐缩小了差距，追上了4班！领跑！0901领跑了！"邱晨的播报令半个操场沸腾，观礼台更是做起人浪，所有人的目光都聚焦在最后一棒上。

"张钊……张钊你加油！你……你……"奇怪，苏晓原明明一步都没跑，却上气不接下气了。

两秒之后祝杰第一个入弯，进接棒区，张钊左手探向身后，预跑准备。却不想最悲剧的一幕发生了，也不知道俩人是真的八字不合还是缺乏接棒传递的默契，红白木棒竟没送到位。

"9班的第四棒掉棒了！掉棒了！"邱晨播报的同时人浪瞬停，苏晓原的心跳好像也要停了。

张钊没想到还能有这么一出，来不及思考先弯腰捡棒，而后蹬地奋起直追。

"4班！加油！4班！加油！"啦啦队又一次沸腾，挤在跑道边儿上蹦跶。为9班叫好的声音逐渐被压了下去。

"怎么办，咱班是不是输了啊！"苏晓原被啦啦队挡住，看不见跑道，只好去问何安。

何安看着跑道不言语，倒是陶文昌笑了一下，好像并不是没法挽回："这跑步永动机，看他表演吧！"

"啊？"苏晓原踮着脚尖儿，人生中第一次，扒着别人的肩膀试着单脚往上蹦。

陶文昌带着9班开始喊口号。

"怎么样，他在哪儿呢……"苏晓原蹦高了才能看见张钊，他在超别人，快得叫人害怕。

像一匹马，跑起来像一匹马，汗珠都比别人亮。苏晓原一蹦一蹦地看他跑，像看一匹掉帧的快马，看这匹马终于跑回了自己的地盘，跑出了教室。怪不得一中的操场上永远有他的传说，哪怕他一年没跑，一上场别人休想赢他。

他天生就是跑步的。

跑道上风云迭起，胜负的改变仅在几秒之内。不到半圈张钊以无人匹敌的速度直接赶上了4班，在播报台还在措辞的空当里拉开了距离。

还不够，距离还在拉大，特别是进入最后100米张钊的优势更加明显。9班的啦啦队炸出阵阵欢呼，从一蹶不振到斗志昂扬，重拾的士气由第一个团体比赛的夺冠带了起来。

"张钊！张钊！"其他班的学生也开始叫好，吹口哨，"还是张钊厉害，别看一年没练！"

这话才中听嘛，苏晓原听在耳朵里，也跟着得意起来。

张钊一上午没有项目，400 米全当热身。冲刺之前他很讽刺地套了 2 班的第 3 棒，回头又看一眼 4 班的追赶，确定慢个 0.1 秒赶不上来，最后一步愣是减速跑过去的。

整个操场都被他的神操作弄傻眼了，只有总裁判长春哥无奈地摇了摇头。张钊就是张钊，改不了，祝杰在场上从不给人留余地，套圈儿这种打脸的跑法张钊还看不上呢。永远给对手留一分面子，也常用这种方式显摆，显得他减速都能赢。

"钊哥牛啊！"冲线之后啦啦队围了上去，众星捧月似的，陶文昌拉着俩兄弟往前头挤，先看班级的名次，"看 B 组了，跑不过咱们班就赢了！"

何安兴奋地想捶胸口："咱们班肯定赢！钊哥我们在这儿呢！"

张钊拿着接力棒过来喝水，笑道："真的……祝杰傻吧，递棒都递不到手里！"

苏晓原抿着嘴笑，他第一次看张钊赛跑，从前觉得跑步是瞎玩闹，现在看张钊像发了光一样："你……你累不累啊！"

"这就累了？你也太看不起我了……"张钊不明白苏晓原为什么这么担心，跑个步多可怕似的，"你先回座位，我和祝杰去登成绩，一会儿过去找你……等我啊！"

"嗯，那我……"俩人隔着一条跑道，主席台在播报 B 组预备，苏晓原只能用喊的："我中午给你拿盒饭，我等你啊！"

不出所料，张钊用最后一棒追回的时间拿下了接力赛团体成绩第一。午休开始了，比赛暂时中止，全校疯了一个上午，等着下午田径决赛的重头戏。

好多田径队的老队员来找张钊，都以为他打算归队了呢，可张钊只是摇头，说自己就是想跑，生下来就是要跑，没别的意思。

生下来就是要跑，这说的就是张钊！苏晓原大大方方给他夹菜，羡慕得不行，自豪得不行。

下午的比赛由田赛决赛拉开序幕，高一、高二组之后，陶文昌毫无悬念地拿下高三男子组的第一块田赛金牌，高度叫的1米92，一中纪录保持者，真应了张钊那句谁与争锋。紧接着，高中女子组的跳高和跳远金牌也叫9班收入囊中，总分数遥遥领先。

再加上一块1500米的金牌和接力第一，整个班的气势就是，牛。

接下来是铅球、100米、400米、110米栏的决赛，9班体特生多，金银铜牌一溜烟儿地进账，碾压得其他八个班倍儿没面子，就连何安都扔了高三男子组第二名回来。所有人都铆着最后的力气，等着最后的5000米赛。

苏晓原见张钊闭眼休息，偷摸拿了一件校服上衣，想盖他的小腿，谁知刚一盖上就被人发现了。

"吓我一跳……"张钊闭目养神，琢磨着祝杰说的有几个班联合要干9班，"你忙活一上午累不累啊？"

苏晓原是生活委员，肯定累。光是收拾垃圾就来回好几趟，还是薛业帮着的："还行，你冷不冷啊，穿这个短裤。"

张钊戏谑道："不冷啊，你这样好像个老妈子！"

"你胡说！你再无赖我不给你喊加油了啊！"

"哎呀我错了行吧。"张钊受不了他，"喂，一会儿我可跑5000米了啊，巨累，能累死人的那种，叫声钊哥听听。"

"不叫不叫不叫，你都说自己累不死了。"苏晓原直接把校服扔在他脸上，扭头走了。

半小时之后，汤澍在主席台上播报："高三男子组5000米开始检录，请运动员到签到处集合。"安静一中午的操场再度点燃激情，操场中央齐刷刷站起来十几个男生，都是长跑的。

长跑报名人数少，整个年级要是凑不出八个，项目直接取消。可今年的 5000 米热度超过往年，一共 16 人参赛。

祝杰歇了一个中午，缓得还行，一过来就开始讥讽："让着对手，多余。"

"跑道礼仪，你不懂。"张钊别着胸前的 9020，"你滥用职权了吧，凭什么你是 01？"

"因为我滥用职权啊。"祝杰活动着脚腕，拧了一下腕带，"听说有人要干咱们班，你说是干你还是干我？"

"那肯定是你，我都歇一年了，谁知道你惹谁了。"张钊和祝杰抽签的起跑位置不太好，贴着最外圈，注定开跑就要往里切，"你领跑还是我，说个准数儿，别到时候你又拐我胳膊。"

祝杰数了数内切要超的人："谁没能耐谁领跑。"

"那绝对是你。"张钊试了几把起跑姿势，抬臀，蹬地。

"班长……班长！"有个人颠颠地过来。

张钊急了，赶紧和裁判打招呼，把人拉到外圈来："都要开枪了你过来，不怕叫人撞飞了啊！"

苏晓原恨自己跑不快，操场西边到东边要走好半天。他和张钊不一样，跑步留给他的印象是自己维持不了平衡和摔大马趴，是别人跑白的脸、吐出来的水和直接晕倒被担架抬下去的惨状。5000 米，这是一场什么样的比赛，他想象不出来。

再联想昌子的话，苏晓原吊着一颗七上八下的心，顾不得被撞飞的危险了。

"钊哥，我给你加油来了……跑这个 5000 米真的累不死人吧？"

张钊没说话。跑步能跑死人吗？能。

可他能跑死吧？显然不。

文无第一，武无第二。体育竞技叫这帮体育生过早拥有了自我认知和定位能力，能跑多少、跑什么成绩、跑完自己什么德性，他们都能从身体的反应之下猜个大概。因为体育容不得情绪参赛，小圈子比完了就想往上打，总会遇到高手教做人。

经历过多次胜利、失败，反复摸爬滚打，体特在个人专业上最拎得清。不妄自菲薄，也不嚣张自大。

"钊哥你能别出事吗？"苏晓原看了一眼裁判长，剩下的十五个人都等着呢。

张钊笑了，还是没说话，故意等他着急。

苏晓原踮着脚尖儿说："你别跑了！昌子说，4班他们要对付你们！是不是要给你和祝杰使绊子？"

"行了，知道了。"张钊又笑了，拨了一把小软毛，"别担心！"

"你别闹！"苏晓原急得想踹人了，"我不要你跑第一，也不要奖牌，有人要干咱们班！"

张钊陪不了他，那边开始发哨了："知道！你放心吧，如果这场只能有一个人赢，那肯定不是别人。"说完，他朝裁判长招了一把手，又回到了第八道。苏晓原默默走回啦啦队身边，跑12圈半，他都不敢想。

"哟，专门给你加油来了？"祝杰做好起跑姿势。

"不行啊？"张钊蹲下踩后脚跟，抬大腿，双手触地，"枪响你先冲，他们要干咱俩肯定抢领跑位置，压速。可你也别冲太快啊，不然冲刺叫不上劲儿就傻了。"

祝杰点头："我倒要看看他们想怎么干。"

发令枪响之前全操场一片寂静，苏晓原捏着手里的矿泉水，恨不得现在就把张钊拉下来算了。

"各就各位——"发令员举起了枪，十六名运动员的动作整齐划一，抬起了臀。

砰！

枪响，抢道！

祝杰的位置比张钊有一步的优势，先进入切内圈的角逐赛。张钊紧随着往里切，丝毫不敢怠慢。三组速度不同的梯队在前 20 米内划分完毕，16 个人在震耳欲聋的加油呼喊声中朝遥不可及的 12 圈半出发了。

"看啊，勇敢的运动员们出发了！今天是他们再创辉煌的日子，让我们拭目以待，共同记录他们勇于拼搏的精神……"汤澍的声音从广播中传来，苏晓原动都不敢动，生怕一动窝就被人抢了好位置，看不到张钊冲线。

他腿真长啊，一步迈那么大，像马。

跑道上，张钊调整好呼吸节奏，目前并不想争速度。第 1 圈、第 2 圈按理说是最轻松的，可他和祝杰几乎同一时间发现了问题。

有人想把他俩分开。

两个人同在第一梯队既能保证速度，又能保一金牌。可一旦分开了，前后没人照应，节奏一乱就坏事。弯道时张钊就明显感觉有人想超自己了，他当机立断，放弃匀速跑，提前加速。心有灵犀的是，祝杰也在同一时间加速了。

都是常年比赛总结出的经验和教训，身体先于思想做出的应激反应。

长跑中的领跑通常是耐性好、速度差一些的人，可前头这个 0406 直接压着祝杰，故意叫他俩超不过去，导致第 2 圈第 3 次过弯时差点又被掐断。

除非祝杰、张钊同时牺牲平常的训练节奏，占领跑！

感觉到张钊要冲的一刻，祝杰提前加速，抢过弯的本事不在话下，切入内道的同时还把 0406 挤退两步。张钊看不惯他使小动作，但好歹是带自己冲过来了。

"0901 和 0920 两位运动员冲出了第一梯队，成为第 3 圈的领跑！"

汤澍在台上激情播报，观众台不少学生站了起来。

光是一个祝杰、一个张钊，田径队前队长和现队长之争就很有看头。

苏晓原看不懂他们抢跑是在干什么，三组梯队为什么变成了四组，他只知道张钊跑太快了，这么下去体力肯定不够啊。翻牌员才翻到数字3，离 12 还远着呢。

张钊平视前方，呼吸调整为三步一呼一吸。他像蛰伏的动物在等待惊雷，等着 5 圈之后会出现的第一次极点。伴随需氧量的增加，现在他只出现了轻微的呼吸困难。

春哥说得没错，张钊天生就是练长跑的孩子。他的心肺功能好，极点出现时间比一般人靠后，调整时间短，总能先对手一步进入第二次呼吸。虽然大部分体特也调整得快，可在跑道上，快 1 秒便能拉开距离。

"呼、呼、呼……"张钊跟在祝杰后头，紧盯他 0901 的号牌。不得不说祝杰这个领跑干得不错，顶风，匀速，呼吸节奏还标准，跟在他后头不算吃亏……

没等张钊想完，汤澍的声音又来了。

"现在第一梯队已经进入第 4 圈，0901 仍旧领跑……不好，有人紧随其后，是 0813！ 0813 和 0605 追上来了！看来本届的长跑比赛能人辈出！让我们为他们加油！"

什么？闹呢吧！张钊一惊，第 4 圈还有抢领跑的人，这人是不想要名次了，目的太纯，只为了把他和祝杰的体力耗尽。是个跑步的都知道，变速跑消耗体能的速度远不是匀速跑能比的。

祝杰往后看了一眼，扔下一个字："跟！"

张钊立马放弃匀速，跟着他往前推进。唯一摆脱这种无休止骚扰的方式只有一种，就是甩人。

往前跑！俩人同时调整步速，步距拉大，保持着领先优势，尽快甩开多余干扰。

进入第 5 圈，张钊的双腿也进入了机械式迈步中。他不得不加大呼吸力度，平视前方，尽量不去考虑跑了多少圈，准备迎接自己的极点。但就是这时候，祝杰的速度明显慢了。

从后头看，也能看出他迈步的姿势有些力不从心。张钊心说坏了，肯定是上午跑了 1500 又被人破坏了节奏，祝杰的极点提前了。

领跑位极点提前，压速。

祝杰只觉得越跑越累，但他对这种身体反应很熟悉，所以完全不慌。这时候最重要的是不要落下速度，不要打乱呼吸，硬扛到第二次呼吸就行。

张钊就在这时候从他右侧超过，成了领跑。

"疯了。"祝杰骂了一句，趁机调整呼吸，两步一呼，也不知道张钊听没听见。

张钊赶在极点出现之前抢占领跑，救了祝杰的速度，不仅引起全场欢呼，也叫所有人捏了把汗。长跑最重要的就是节奏，他和祝杰的节奏一开始就被打乱了，刚稳下来又被追赶一次，现在他自己主动放弃匀速，简直是疯了。

但张钊的想法非常简单，这块金牌就算落不到自己身上，也得掉在 9 班里。

6 圈一过，极点开始干扰张钊的体能。大脑这时候会一片空白，需氧量在急剧增大，他只能调整跑姿、呼吸，争取让身体尽快适应。也许是因为提前耗费了体能，直到进入 8 圈张钊的第二次呼吸才开始。

这时身体完全进入机械式运动，最黑暗的一段，来了。

张钊和祝杰保持高速匀速向前推进，过弯时他瞥到第二梯队的速度，仍旧不差。这就是领跑的重要性，他速度快了，后面的速度不自觉也会跟上。可这段最艰难的问题是，无法呼吸。

每呼吸一次，胸口就会疼一下。好像骨裂，无数迸碎的尖刺从内到外顶着，怎么喘都不够用。所以这个阶段也是放弃者最多的，仔细看每个运动员的表情都很痛苦。

但张钊也松了口气，没人会在这时候加速。越是难熬的时候，往往越是能分出高下的阶段。

祝杰的两条腿完全没了知觉，胸口除了疼就是疼。他没想到张钊一年不练还能保持这种速度，但显然也是被打乱过节奏，不然他的第二次呼吸不会调整到第8圈，跑得很乱。

可春哥说得没错，这人天生为长跑而生。

张钊被超的时候差点儿喊出妈啊，一看是祝杰。

"0901再次成为领跑，看来是想要替0920接过重任，08和04组成的第二梯队也不甘落后，速度一直保持得不错，看来今年5000长跑的金牌花落谁家还是个未知数！"

祝杰是傻子吧！张钊脑子里就这一个想法，第10圈的时候超人，基本上是提前挪动了冲刺的体能才能办到。下午风又大，祝杰这么一闹算是不准备冲了。

但他管不了那么多，迈开大步，把呼吸调整为四步一呼。刚才是胸口压一块石头，现在感觉那块石头已经压到了喉咙，压在喉结上。

疼！长跑最后的感觉就是这样，腿沉，肚子酸，主要是喘气疼，心脏在超负荷工作。

翻牌员终于翻到了11，还剩下两圈半。张钊整了整跑步姿态，要加速了。这是他之所以能跑长跑的天赋，最后阶段的加速。

这时，祝杰在前头让开内道，已经没力气说话了，只拿手比画一下子。长跑最后拼的是心肺，他的条件注定最后两圈上不去，只有张钊，只有他有这个能耐，在跑完10圈之后再来一波加速。

让跑道了！张钊收到指示立马冲刺，迈开他标准的大步，冲到了第一位。

"傻吧你！"祝杰趁他过人的瞬间骂道。

张钊咬紧牙关，冲刺时步子一定要稳，要和人的身体本能做最大的对抗。身体在拖后腿，就用意志力死扛过去。呼吸越来越重，腿越来越沉，嗓子像吞了刀片，疼，是真的疼。进入最后 300 米，他再一次加速，呼吸一步一次，开始熟悉的耳鸣。

身体发出最后的危险信号，急需氧气，急需氧气，心率到极限了。

"致 5000 米长跑运动员，今天，你的身影成就了赛场最壮观的风景线，前一刻你踏上起点，奔上跑道，下一刻你驰骋前进，英勇无边！"

汗珠从张钊的额角流下，杀进眼里。更多的汗水直接落进了运动背心里，前后都被打湿。每一次的呼吸都成了一次灼烧，要一点点蒸干身体中最后一滴水。

"5000 米，对于小小的我，是一种无法想象的恐惧和挑战，可对于你，却是可以尽情燃烧魅力的角斗！"

张钊直视跑道，最后 100 米，再冲一把！祝杰没有的能耐，他得叫别人看看，看他是不是还能霸着一中长跑一哥的位置。呼吸愈发急促就越是胸闷，身体急需氧气又得不到补充，痛感从喉咙直接上升到鼻腔。

"……看着你奔向终点的背影，或许比赛输赢已然不再重要，因为你已然战意胜火，战功显赫！加油！高三（9）班投稿。"

冲线！张钊张开双臂，朝拉起的红线直冲而过！计时员掐表喊停，12 圈半！

赢了！

陶文昌站在计时员身边，抓着何安跳了起来："16 分 01！ 16 分零1！破纪录了！破纪录了！"

"嗯！嗯！"何安高兴得说不出话，一个劲儿地挥拳，哐哐砸昌哥后背。

祝杰看到张钊冲线的瞬间放慢速度，放弃了名次。一个接一个的人从身边跑过去，最后他以减速跑的方式过了线。过线之后的情景和上午截然不同，可以说一片惨淡。有的人倒下，有的人直接趴在别人背上，更多的是被两个人搀走。

"杰哥！"薛业跑过来，一把扛起他的胳膊，"靠着我靠着我，你怎么样？我扶你休息去吧。"

祝杰咽了一口唾沫，像咽血，甩开他的胳膊："你……刚才跑哪儿去了？"

薛业早就习惯被甩开，又主动去扶："我上厕所去了啊，中午没来得及去。杰哥你别自己走，摔着……"

"用不着你。"祝杰踉踉跄跄地往前走，直接扑到另外两个队友的身上。

张钊像一条被甩在沙滩上的鱼，大口大口地呼吸。没想到来接自己的人不是何安和昌子，竟然是苏晓原。但他知道仙鹤脚下没根儿，只扶了一下，直接躺在了垫子上。

心脏快要从胸口跳出来，张钊怀疑自己出幻觉了，眼前全是肥皂泡儿，扑通通，透明的。

"你……你干吗啊，你钊哥又没死。"

苏晓原跪在垫子上，表情比张钊还难看，脸都吓白了："你是不是……你是不是特难受啊，要不咱们叫葛校医吧！你等着啊！"

"别别别，我缓缓就行……"张钊说话都疼，"怎么样……你钊哥厉害吗？"

苏晓原点了点头。

"帅吗？"他又问。

"还行。"苏晓原笑了，乖乖低着头，任那只手摸脑袋，"就冲线那刹那……特帅，像体育明星……你真不用叫校医啊？"

"你怕什么啊，死不了人……"张钊这么说，可他喘气的样子像刚死了一次，"还给我……写信啊？"

"你胡说！那是广播稿！"苏晓原挣了一下，要起来。

"好好好，不说了，我喘气啊……是够累的。"张钊看着蓝天，看着白云，看着周围来来回回的人，躺下就起不来了，"晚上……和我，和我看电影去……行吗？"

苏晓原被人摸着脑袋，缩一缩脖子："嗯。"

耶！张钊彻底放松，瞅着大朵白云飘在天上，吹着风，流着汗。这是最累的一天，也是最美的一天。

四

叶师傅炒面里，一桌高中生在举杯欢庆："干杯！"

"干什么杯啊，这又不是啤酒。"张钊他们都不喝酒，杯子里全是透明雪碧，"你们看见颁奖时候老王那表情了吗，真逗！"

"看见了，那可是他宝贝1班，没看两个主持人都从他班里挑的。"陶文昌挑着炒面里的火腿肠吃，"一个年级第一，一个年级第二，多给他长脸啊，可运动会没拿着名次。"

何安叫雪碧冰了一下："你记错了，咱们班苏晓原才是第一，邱晨他不算数了。"

"我这脑子记性不行。"陶文昌赶紧给苏晓原赔罪，"年级第一在这儿呢，对了，晓原你是不是和汤澍认识啊？"

苏晓原捧着小碗面吃，这是他头一回参加同学聚餐："也不算太认识吧，期中考试她坐我后头，我俩考完试对题来着。你们别看她平时说话刻薄，学习上的问题一点不马虎。我能考过她是因为我见过的题型多，她可努力了。"

张钊就不爱听这个："见过的题型多也是本事，来，吃面！"

陶文昌帮他拿香醋："我就说呢，她是广播员，手里接的通讯稿一大沓子。那么多不念，专门把咱们班的抽出来，肯定是和你关系不错。"

"也没错，我俩就对题来着。"苏晓原抿着嘴笑，"她人挺好的。"

"好什么啊……"张钊感觉那瓶子醋全倒自己这碗里了，"快吃快吃……"

何安默默承担着团队里的饭量担当，愣头愣脑："钊哥你跑完就别折腾了，回家吧。"

"我早缓上来了，吃你的面。"张钊给他夹排骨。

吃完叶师傅焖面张钊结了账，挥别了两个兄弟，刚好晚上 6 点。

"给，拿着这个，送你。"一个穿校服的高三男生往另外一个学生手里塞东西，怎么看怎么青涩。

苏晓原知道是什么，掰了一块大虾酥放张钊手里："还挺沉的呢……真给我啊？这可是第一名的。"

他打开礼盒，里头安安静静躺着一块奖牌配红缎带，刻着和区一中第 35 届运动会高三男子组 5000 米冠军。

"这么贵重的东西给我，你就没有了。"他摸了一下刻字的凹陷，仿佛烫手。

"给你呗，我又不稀罕。"张钊从他手里接了糖，"走，钊哥骑着小绿带你看电影。"

学校旁边有个电影院，不大，经常排几部电影，可观影人数始终不多。张钊给荧光绿上了地锁，跑去了售票处。买票的时候他犹豫了一下，一咬牙，要了倒数第二排的座位。

苏晓原拿着张钊的奖牌喜欢得不行了。5000 米啊，这对他而言相当于地球到月球，这辈子都跑不出来。不一会儿张钊拿着爆米花过来，给他一杯汽水："走吧，电影不太好看啊，咱俩看个热闹。"

"嗯。"

票订得晚，进影厅的时候前面都有人了。

张钊脚底下是运动包，想把隔在俩人中间的扶手抬上去，悄悄往近了挪："别看了，不就一块奖牌嘛……"

"什么啊，这可是第一名呢。"苏晓原又拿出来看，珍惜地擦着，还哈了一口气，"5000 米啊，我都不敢想。"

张钊那点说不出口的虚荣心立马膨胀起来："你要喜欢我还有，家里多得是。"他也不是嘚瑟，就是想说，我学习不行，但我别的方面能让你刮目相看。

"我……我跑过好多场比赛呢，市级、省级都有，你要喜欢的话我都送你。"

"那不行，你的奖牌我收着算什么啊。"苏晓原两只手拿奖牌，像捏着一块金色雪饼，"我有这一个就够了，往后没事的时候……我拿出来看看，心里……"

"心里怎么着？"张钊追问，问完发觉自己太彪了，赶紧往回收，"……你有事没事都能拿出来看，我家里真的好多呢，都让我妈收着，她说……她收着。"

"你妈妈是不是每天都看啊，这么多的金牌，要我，我就天天看。"

张钊的手心着火一样热："咳……也不是，我妈那人特别烦，什么都管着，一点儿自由都不给。叨叨完我就叨叨我爸，成天叨叨叨。"

"我大姨也什么都管……"苏晓原低头摸奖牌，"你妈妈，是不是特骄傲啊，可你怎么不考二级运动员呢？昌子说……说你成绩够，妥妥的。"

"不愿意。"张钊吸了一口汽水，"骄傲应该算有吧，是吧？毕竟你钊哥这么能跑，这双腿，是吧？运动健将。我这人，生下来就为了跑，静不下来。往后……我带着你跑。"

苏晓原右腿一疼，不是真正的生理痛，这条腿早就不疼了。苏运的话回荡在苏晓原耳边，如果你们班长知道你是个瘸子，知道你两条腿不一样长……

"我不跟着你跑……万一，我是说万一，你发现自己突然跑不了了呢？"苏晓原谨慎地问。

张钊想了想，不知道怎么回答。因为他就没想过这个问题，跑步，从小就是他脑门儿上的箴言，活到老跑到老的。

"不可能！我不可能跑不了，活到多大我跑到多大。不让我跑步？除非死了。"

"那万一……"苏晓原一愣，张钊的语气不像是开玩笑，"万一你瘸了呢？"

"欸，你可别咒我啊，你才瘸了呢。"张钊略略皱起眉头，"可万一……万一我要是哪一天瘸了，绝对谁也不会告诉，自己麻利儿收拾行李。"

"收……收拾行李干吗啊？"苏晓原磕巴了。

"找一个谁也不认识的地方，躲一辈子。"对一个生而为跑的男生来说，瘸了腿的痛超过死亡。张钊稍微想象了一下扶着拐的自己，还真不如死了。

"哦……"苏晓原手里的奖牌变得格外烫手，像个笑话，笑他明明就是个瘸子，还以为摸了人家的第一名就能跑。

他想带着自己跑，有多高兴就有多讽刺。

"你是不是……"苏晓原鬼使神差地问，"看不起瘸子啊？"

"也不是看不起，反正我要是个瘸子肯定不会再出来丢人。走路都走不顺当还能干吗？你想象一下，我要是个瘸子，还能给你跑 5000 米第一吗？我连操场都不去，丢不起那个人。"

"别瞎说，你又不是瘸子。"苏晓原声音弱了下去。

"是，我又不是瘸子，你也不是，想那么多干吗？"张钊毫无察觉，还在兴冲冲地说，"你放心，我往后跑步注意安全……我瘸不了。你要喜欢这些奖牌……你喜欢，我再去跑！"

苏晓原心里又酸又疼，张钊是他最好的朋友，还想带着他跑步，但是张钊不知道，他是个真瘸子。

-上册完-

独家番外

Dujia Fanwai

"是不是担心我和别人聊天，不理你啊？"

　　夏天的热度总是不散，树上的蝉鸣吵得人心烦意乱。苏晓原坐在树下的长椅上，盘算着离军训开始还有多长时间，越想越入神，就连手里的雪糕化掉都没发现。

　　"我来了！"伴随着一声雀跃的欢呼，一个人影蹿了过来，明明可以从正面坐，但是他非要从后面飞，"热不热？冰棍怎么不吃啊？"

　　"哎呀，都化了！"苏晓原这才回过神来，赶紧拿纸巾擦手，再把雪糕往嘴里塞，"你怎么这么久啊？"

　　"我教我爸照顾凯撒呢，我这么一走，狗子又该想我了。"张钊满心都是他家的狗，还有面前这个人，"你呢，明天就要开始军训了，我最不放心的其实是你。"

　　"我没事，我挺好的。"苏晓原一口一口舔着仅剩的雪糕，却不觉得冰爽去火。他小时候被孤立怕了，总是担心自己不能融入集体，面对新环境有些紧张。他总觉得，高中能有这么多好朋友，都是因为张钊，到了大学，他不知道自己一个人还能不能交到朋友。

　　"别，你这副表情骗骗别人也就算了，骗我？做梦吧。"张钊太了解他，"是不是操心军训呢？你都不操心我了。"

　　"没有，你心里摸摸正，我什么时候不操心你了……"被人拆穿了，苏晓原无话可说，自己在张钊面前根本没有秘密可言，"只是万一……万一军训的时候我给班里人拖后腿怎么办？"

　　"我就知道你担心这个呢。"张钊从包里拎出一瓶汽水，咬开盖后递给了苏晓原，"又钻牛角尖了吧？"

"一点点。"苏晓原看着自己的腿，"其实我也知道，同学们不会为难我，说不定还会鼓励我，只是我心理负担太大……"

"有我在，你有什么负担啊？"张钊已经掌握了劝说苏晓原的技巧，"要是有人敢欺负你，你给我打电话，我开学骑着自行车去你大学门口拉横幅谴责他们。你要是还不高兴，我骑车带你去三俚屯看小火车，看几十圈。"

"你别闹，拉横幅……这样像个流氓。"苏晓原被张钊哄笑了，果然，天大的事和张钊一说，都可以一笑了之，"其实我也担心你。"

张钊愣愣地问："我？担心我什么啊？"

"担心你军训受伤啊，担心你跑步不要命，担心你长跑训练的时候会中暑……"苏晓原拿出湿纸巾，把滴上雪糕的手指一根根擦干净，然后从自己的包里往外拿东西，"这个是清凉油，你要是觉得头晕就赶紧用，这个是蚊香液，你晚上在宿舍记得用，千万别让蚊子给咬了。"

"没事。"张钊嘴里说没事，东西还是一样样都收了，"本来我就黑，蚊子咬了也看不出来。"

"这不是看不看得出来的事，蚊子咬你，你多难受啊。"苏晓原又拿出一瓶花露水，"这个，给你用，千万别省，我买了两瓶给你。"

"你怎么和我爸似的。"张钊全部都给收了，脸上是止不住的笑容，露出一排洁白整齐的牙齿，"我爸也给我买了。"

"叔叔那是一片好意，你都带着。"苏晓原有张钊爸爸的微信号，两个人经常一起商量怎么管理张钊和凯撒，一人一狗都是精力旺盛的主儿。

"这个最重要，你可千万拿好。"他又从包里拿出两个小瓶子来，宝贝似的塞给张钊，"这个是我给你买的进口防晒霜，好评如潮，据说用了之后肯定不会伤到皮肤，你记得早晨中午都要涂一次……"

"不是，我都这么黑了，涂这个真的有必要吗？"张钊伸出胳膊给他看了看，"咱俩的肤色差已经不是一星半点了……"

"这个和黑不黑没关系。"苏晓原认真地进行科普，"你是长跑运动员，每天训练量很大，再加上军训，长时间暴露在紫外线下面其实对皮肤很不好。你没看新闻吗，很多外国人就是因为晒太阳的时间太长导致得了皮肤癌。"

"你是不是太紧张了？"张钊赶紧收下，知道自己不收，苏晓原肯定着急，"不过你放心吧，你给的，我肯定用。"

"说好了啊。"苏晓原这才彻底放心，"凡事别太要强，身体第一。"

"你也是啊，别让我太操心，该给你买的东西我都买了，你别忘带了。"张钊也想用相同的话来劝他，其实苏晓原才是那个凡事要强永争第一的人呢。

苏晓原点了点头，夏日的清风再一次吹过他的脸颊和细碎的刘海儿，心里的火气已经完全消散，只觉得一阵清凉。

第二天，两个人分别开始了自己的军训之旅。大学军训时间都差不多，只不过是去往不同的军训基地。

苏晓原坐在大巴车上，周围都是陌生的同学，告别了妈妈和弟弟，心里真有些不舍。

这一年，发生了太多的事，从南城回北城，认识了那么多朋友，考上心仪的大学，这一切就像是一场梦，而且是一场美梦。可是他偶尔还是会失落，不是因为别的，归根结底还是这条腿。

现在，他能坦然接受自己的缺陷，不会在乎外人的眼光，也相信自己未来能走得更远。

可是……张钊考上的可是体育大学，一想到他的同学都是体育特长生，跑得快，跳得高，苏晓原难免萌生出一些酸意。

怕自己被比下去，怕张钊有了更加志同道合的人。

车子发动了，苏晓原闭上眼睛，等待着自己的军训生活正式开启。

而另外一边，张钊也刚刚上车。车上乱哄哄的，体院的男生大概永远不懂什么叫安静。

集体活动对张钊来说倒是非常熟悉，他先上了车，再帮后面的同学拿了行李，随后坐到最后一排，拿出手机给苏晓原拍了个视频。

"我现在上车了，你看，这就是体院的同学，好吵啊，还是你安静。"张钊一边说，一边拍，最后把摄像头翻转过来，拍到一张阳光帅气的脸，"你上车了吗？"

苏晓原原本正在低落，但是手机一震，张钊的信息犹如一道热烈的阳光照亮了他周围，永远火热，带给人力量。

张钊这边手机一震，是苏晓原的微信，也是拍了一个小视频。视频里可比他周围安静多了，说笑声都是轻轻的，镜头转了一圈，最后停留在苏晓原的笑脸上，他还比了个V。

真是可可爱爱，张钊反手将视频保存，发了个"我睡会儿"就闭上了眼睛。

张钊迷迷瞪瞪就真睡着了。

昨天他爸和他认认真真谈到半夜，什么你现在大了，将来的路一定要好好走，什么无论你能不能成为长跑冠军，永远都是爸爸的骄傲……

除了这番话，凯撒也没完没了地闹腾，像是动物性的敏感，知道和主人即将分离半个月，就是不睡觉。张钊根本没法睡，大概闭上眼睛的时间就三四个小时，天不亮，张钊又带着心爱的狗下楼跑步，遛完了狗，将狗粮分成一份份，才把父亲叫醒。

父子俩吃了一顿早饭就到了北体大门口，看着长大成人的孩子，当父亲的不可能不高兴……张钊睡着的时候也做梦了，梦见妈妈，和老爸一起站在北体大门口送自己去军训，冲着自己笑。

"到咯！到咯！马上就到咯！"

周围的欢呼声大作，张钊醒来就看见窗外的风景已经更换，不知道什么时候从高楼大厦变成了青山绿水。大巴车明显已经进山，张钊拉开车窗，使劲儿呼吸了一口山里的空气。

在山里空气都不一样，仿佛氧分子更加充足，张钊给苏晓原发了个微信，拍了照片，告诉他自己到了。

苏晓原那边刚刚准备下车就收到了张钊的信息："你到了？太好了，我也到了。"

"是啊，这里空气特好！"张钊远远眺望，看到了军训基地的大门，"不过我们这边怎么是阴天啊，头顶一大片乌云！是不是要下雨啊？"

"啊？阴天了？"苏晓原抬头看了看，"不会吧，我们这边可是大晴天……"

"你们那边是北部山区，我们是南面，估计这片乌云会从我们这边飘过去的。"张钊开始担心了，"欸，下午可能就要站军姿了，你别逞强，下雨的话你第一个找地方躲。"

"知道啦，就你能叨叨。"苏晓原虽然嘴上埋怨，可心里是暖的。

挂断电话后，下车的学生已经开始按照院系集合，苏晓原赶忙拉着行李箱站到队伍里，左右环视，自己1米75的身高竟然不是第一排。

和区一中是全市有名的体育试点校，半个班都是体育生，除却张钊、陶文昌、薛业、祝杰、何安……一个个都很高。所以苏晓原一直觉得自己不算高，甚至很娇小。谁料到了这里，咦，1米75也还行。

"你是新闻学专业的新生吗？"旁边的男生主动搭话道。

"嗯，我是，你呢？我叫苏晓原。"

"巧了，我也是新闻学的，我叫赵子豪。这四年里咱们互相关照。"

"好。"苏晓原笑了笑，赵子豪的落落大方让他放松了不少，看来交朋友也没有那么难。再看看头顶的晴天，真希望张钊在这里啊，也不知道他们那边的天气怎么样了。

张钊这边已经下起雨来了。这是一场雷暴雨，说来就来，异常凶猛，车子还没停稳，豆大的雨滴夹杂着冰雹就袭击了车窗，仿佛有小石头砸下来，将车顶砸得咚咚响。

大巴车没办法开到宿舍门口，中间还有一段不远不近的距离是人行小路。一帮体育特长生也不怕风吹雨打，抄起一个个箱子就下了车，朝着前面的集合处奔跑。

张钊冲在第一个，热心充当活雷锋，帮大家搬行李，也不知道怀里抱着的是谁的箱子，先冲再说，搬完行李又挨个车辆去送雨衣，来来回回十几趟，整个人都湿透了，裤兜可以兜水。

等到所有人员转移完毕，张钊最后跑进军训基地的大堂，想给苏晓原报个平安，谁知手机拿出来毫无反应，已经进水关机了。

张钊甩了下头，甩出一串水珠子，这下可麻烦了，要是平时也就算了，这会儿在军训基地里都没地方去修啊，完了完了，没法和苏晓原联系，小仙鹤一定要生气了。

"所有人员！迅速去宿舍休整一下，半小时后在这里集合，进行军训开营仪式！"前面的总教官开始催人了，张钊一边往宿舍跑，一边不断甩着手机，默默祈祷过一会儿它能自己痊愈。

苏晓原这边已经进入宿舍，刚好和赵子豪分在一个房间，两个人刚刚聊了一路还挺有共同话题的。

"你不方便，就睡下铺吧。"苏晓原现在已经不会刻意瞒着自己的腿疾，赵子豪十分热心，说出话来也是坦坦荡荡，"我睡你上铺，有什么事你就叫我。"

"好，谢谢你哦。"苏晓原笑了一下。

"你啊，小心别中暑。"赵子豪捏了一把苏晓原的肩膀，"太瘦了，得多吃点啊，以后你就是咱们宿舍的保护动物，晚上多吃一顿加餐才行。"

"我吃得挺多，就是长不胖。"苏晓原揉着鼻子笑了笑，又拿起手机来，看张钊有没有回复自己的微信。可是时间已经过去半小时，手机仍旧没有新信息。

奇怪，他人呢？苏晓原的好心情打了些折扣——和新同学聊天呢？连回个消息的时间都没有？聊体育运动？他们都是能跳能跑的人，会不会更有共同话题啊？

这一等，就等到了晚上，但是先抵达的不是微信消息，而是张钊所说的乌云。

经历了一下午，那片乌云终于飘到了苏晓原的头顶上，原本下午还在大太阳底下站军姿，这会儿已经狂风大作。

苏晓原一直希望口袋里的手机响起来，可是什么动静都没有。

等到熄灯哨都吹响了，张钊的视频通话才终于来了。通信接通，苏晓原的手机屏幕里是张钊阳光的笑脸；张钊那边，却是苏晓原略带忧愁的小圆脸。

"怎么了？"张钊赶紧解释，"我不是不回你微信！真的是手机坏了，下雨的时候我帮大家拿行李，手机进水了，晾了一下午，又借了吹风机，吹了半小时才打开！真不是我不回啊！"

"我没有。"苏晓原底气不足地辩解着，忧愁被担心代替，"下雨还帮人家拿行李，你是不是淋着了啊？有没有感冒啊？要是能喝一碗热热的姜汤就好了。"

"不至于，我身体好，就算在雨里泡两个小时都不会有事。"张钊一听就知道苏晓原想什么来着，"是不是担心我和别人聊天，不理你啊？"

"没有……"苏晓原心虚地反驳。

"你心里摸摸正，我什么时候干过这种事？"张钊嬉皮笑脸。

"哎呀，你别胡说……我就是……有那么一点点小失落，现在周围人都不认识。我以后再也不多想了……你到底有没有淋坏啊，我好担心。"

"没有，手机坏了我都不能坏！我刚刚跟室友说，我铁哥们在人大，他们都不信，回头军训完了非得让他们见见你，让他们近距离好好看看学霸是什么样的。"

苏晓原被逗笑了："军训完我就去找你，我请你们吃饭。"

"不用，我带你去吃，把我们学校周围吃遍。"张钊在手机屏幕上弹了一下。

"好，你也听话，好好军训。"苏晓原的一颗心完全落下，真想给自己几拳，真是昏了头才会去怀疑张钊。

挂断电话，苏晓原在床上躺平，心里涨得满满的。

开学前的所有担心都不再是顾虑，自己会有很多新朋友，最好的朋友也不会离开。

苏晓原再也不会是一个人。

- 番外完 -

"怎么了？背一下就害怕啊？"

"有点儿，你太高了啊。"

"高还不好啊。"张钊有些得意，哪怕他的身高在校篮球队里刚过平均线，"等你腿好了我教你骑自行车。"

苏晓原心里暖暖的，他沉默了一会儿，说："钊哥，我想跟你说个事儿。要是……苏瘸瘸一辈子都是个瘸子，没法跟你们一起骑车打篮球，张跑跑会不会跑了啊？"

择日不如撞日，就今天吧！

明明已经入秋，

可是张钊和苏晓原的盛夏还未结束。

Sweet Mischief

《惹你生气，有点开心Ⅱ》完结篇，即将热血上市……

图书在版编目（CIP）数据

惹你生气，有点开心 / 晒豆酱著 . -- 武汉：长江
出版社，2022.4
ISBN 978-7-5492-8208-1

Ⅰ. ①惹… Ⅱ. ①晒… Ⅲ. ①长篇小说－中国－当代

Ⅳ. ① I247.5

中国版本图书馆 CIP 数据核字 (2022) 第 037390 号

本书经晒豆酱授权同意，由北京晋江原创网络科技有限公司
委托天津漫娱图书有限公司正式授权长江出版社，在中国大
陆地区独家出版中文简体版本。未经书面同意，不得以任何
形式转载和使用。

惹你生气，有点开心 / 晒豆酱 著

出　　版	长江出版社	
	（武汉市解放大道1863号　邮政编码：430010）	
选题策划	漫娱图书　唐新雅	
市场发行	长江出版社发行部	
网　　址	http://www.cjpress.com.cn	
责任编辑	江　南	
特约编辑	张　劲	
总 策 划	重塑工作室	开　本　880mm×1230mm　1／32
装帧设计	吴琪　倪争	印　张　7.5
印　　刷	武汉鸿印社科技有限公司	字　数　211千字
版　　次	2022年4月第1版	书　号　ISBN 978-7-5492-8208-1
印　　次	2022年5月第1次印刷	定　价　42.80元